我看红楼梦中人

陈苏梅 / 著

天津出版传媒集团
百花文艺出版社

图书在版编目（CIP）数据

我看红楼梦中人 / 陈苏梅著 . -- 天津：百花文艺出版社，2021.11
ISBN 978-7-5306-8052-0

Ⅰ. ①我… Ⅱ. ①陈… Ⅲ. ①散文集—中国—当代
Ⅳ. ① I267

中国版本图书馆 CIP 数据核字（2021）第 031499 号

我看红楼梦中人
WO KAN HONGLOUMENG ZHONG REN
陈苏梅 著

出 版 人：薛印胜
特约策划：凌 翔
责任编辑：徐丽梅
出版发行：百花文艺出版社
地址：天津市和平区西康路 35 号 邮编：300051
电话传真：+86-22-23332651（发行部）
+86-22-23332656（总编室）
+86-22-23332478（邮购部）
网址：http://www.baihuawenyi.com
印刷：廊坊市海涛印刷有限公司
开本：710 毫米 ×1000 毫米 1/16
字数：200 千字
印张：14.5
版次：2022 年 1 月第 1 版
印次：2022 年 1 月第 1 次印刷
定价：58.00 元

如有印装质量问题，请与廊坊市海涛印刷有限公司联系调换
地址：河北省廊坊市安次区码头镇金官屯村
电话：（0316）2516002 邮编：065003

目　录

世外仙姝寂寞林——林黛玉

春蚕到死丝方尽，
蜡炬成灰泪始干。

——李商隐

“天上掉下个林妹妹”，是宝玉初见风神灵秀黛玉的惊艳，这么美好的妹妹只能是天上来，人间能得几回有？这个有着“两弯似蹙非蹙罥烟眉，一双似喜非喜含露目……心较比干多一窍，病如西子胜三分”的林黛玉，“秉绝代姿容，具稀世俊美”。她是一首诗，镌刻在每个人的心上；她是一份爱，缠绵在每个人的心中；她是有趣的灵魂，千万人之中也难得挑一。

这株从西方灵河岸，三生石畔坠入凡间的绛珠仙子，用她的仙、她的诗、她的爱融化了无数读者的心。

一、爱哭的黛玉

本应在灵河岸边草木一世的绛珠仙草，机缘巧合，被女娲补天剩下的那块顽石、赤霞宫的神瑛侍者，日日以甘露灌溉，脱了草木之胎，幻化成仙子。不甘寂寞的神瑛侍者凡心偶炽欲下凡投胎，愿以一生所有的眼泪还他甘露灌溉之恩的绛珠仙子与其一道坠入凡间，转世投胎成贾府的血亲林黛玉。

前世的因，注定今生的果。哭成了黛玉的标签，大家爱用“林黛玉”打趣娇柔爱哭的人。为此，有心人做过专门的统计，《红楼梦》前八十回写黛玉之哭，大约有三十七处之多，其中有二十六处眼泪是为宝玉所流，这是今生的黛玉在兑现前世的承诺，用眼泪报恩，也是用眼泪还爱。鲁迅先生说：“你们看，林妹妹整天愁眉苦脸，哭哭啼啼，小鸡肚肠，我可受不了啊……”可是，如果是不哭的黛玉，那就不是有恩必报有情有义的林黛玉了，哭，是她酬答知遇之恩的外化形式。

黛玉除了本名，还有宝玉送的“颦颦”二字，来言说黛玉气质的忧郁美。黛玉有“两弯似蹙非蹙罥烟眉”，这“似蹙非蹙”是黛玉抑郁不舒内心的外显。林黛玉的抑郁，还有她前世“郁结着一段缠绵不尽之意”。曹公在判词中谓黛玉“病如西子胜三分”，四大美女之一的西施捧心，自然美好，黛玉之颦，是生理的也是心理的。不管是生理还是心理，也是自然而然的生发，皆非东施效颦的矫揉造作。

黛玉还有“潇湘妃子”的别号，皆因黛玉爱哭，书中第三十七回，高雅的探春送了她这个雅号。探春对此号做了这样的注解：

> 当日娥皇女英洒泪在竹上成斑，故今斑竹又名湘妃竹。如今他住的是潇湘馆，他又爱哭，将来他想林姐夫，那些竹子也是要变成斑竹的。以后都叫他“潇湘妃子”就完了。

传说舜娶了尧的长女娥皇、次女女英二女为妃。《述异记》载："舜南巡，葬于苍梧，尧二女娥皇女英泪下沾竹，文悉为之斑。"南望舜归的娥皇和女英痴情的泪滴，洒在了九嶷山的竹子上，竹竿上便呈现出点点泪斑，有紫色的，有雪白的，还有血红血红的，这便是"湘妃竹"。哭干了泪水的二妃最终沉入湘水，化为湘水女神。这是怎样真挚的情怀，才能有如此锥心泣血之哀恸来成就如此之传奇？

林黛玉爱哭，她的眼泪之多，常常"自泪不干"。黛玉之泪自是如娥皇女英般，饱含着对宝玉真挚的情怀。酬答知己的涟涟泪水，哪一次不让她肝肠寸断？吕启祥先生有论："潇湘妃子的别号之起，主要不在哭的形式上的重叠，而在泪的含蕴中的贯通。这当是黛玉形象文化结构的有机构成部分。"（《花的精魂　诗的化身》）

是的，哭已经成为黛玉的文化形象，哭也是黛玉的宿命，是佛家的因果轮回。贾母曾经因为宝、黛闹矛盾说他们"不是冤家不聚头"。宝玉是黛玉的冤家，而且还是要命的冤家！黛玉在书中第三回自述道：

> 我自来是如此，从会吃饮食时便吃药……"若要好时，除非从此以后总不许见哭声；除父母之外，凡有外姓亲人，一概不见，方可平安了此一世。"

以和尚之言，黛玉的病，是不能哭的。如此，爱哭的黛玉哪里是还泪，分明是在还命啊……"想眼中能有多少泪珠儿，怎禁得秋流到冬尽，春流到夏……"一曲《枉凝眉》，预示着黛玉泪尽之日，也是人去之时。续书黛玉临终之时，是带着对宝玉无限怨恨离去的，这和前文的潇湘妃子别称，为爱哭尽思念的泪水，是不一致的，曹公可一向是"草蛇灰线，伏脉千里"。更何况黛玉有自己的诗句"冷月葬花魂"，也在揭示黛玉的人生价值取向，为情来凡间还泪，为爱死而后已，因为月在古诗文中依旧是“思念”的文化元素。所以她的生命中常如惜春所言“林姐姐那样一个聪明人，怎么就看不透？……”无论前路有多少阻隔，她为爱的执着从没有减少过半分，也不曾为了开解心头的郁结去参禅去开悟，为爱她是“蜡炬成灰泪始干”啊。

爱哭的黛玉，却有一颗精致有趣的灵魂。她话语中的诙谐，绝不亚于凤姐，却又比凤姐来得雅致深刻。宝玉听宝钗讲《鲁智深醉闹五台山》的奥妙，“喜的拍膝画圈，称赏不已”，含着醋意的黛玉道“安静看戏罢，还没唱《山门》，你倒《妆疯》了”，说得湘云笑个不止；刘姥姥胡吃海喝，她用母蝗虫来形容吃的气势，这还不算，还继续详细补缀说，连惜春的画，她都有了题跋《携蝗大嚼图》，引得众人哄然大笑，笑得前仰后合，湘云笑到连椅子都翻倒了；宝钗给惜春开画画用的材料，提到生姜和酱，黛玉笑道“你要生姜和酱这些作料，我替你要铁锅来，好炒颜色吃的”，众人都笑起来……这还没完，接着她又谐趣了宝钗一把：

> 黛玉又看了一回单子，笑着拉探春悄悄的道：“你瞧瞧，画个画儿又要这些水缸箱子来了。想必他糊涂了，把他的嫁妆单子也写上了。”

宝钗的注解对黛玉的幽默诙谐形容得再恰当不过：

> 宝钗笑道：“世上的话，到了凤丫头嘴里也就尽情了。幸而凤丫头不认得字，不大通，不过一概是市俗取笑，更有颦儿这促狭嘴，他用‘春秋’的笔法，将市俗的粗话，撮其要，删其繁，再加润色比方出来，一句是一句。这‘母蝗虫’三字，把昨儿那些形景都现出来了。亏他想的倒也快。”

大观园内幽默者良多，如凤姐、史湘云甚至刘姥姥，她们的言语可令人开怀大笑，但是笑过之后不会让人留下更多的思考余地；而林黛玉的幽默则常常让人既能解颐开怀，又妙趣横生，发人深省，她的幽默便有了境界。同为外来之客，黛玉又不同于湘云的暂住，她是长期借居贾府。细致敏感的她，渐渐生出寄人篱下之悲愁，她的言语之间难免有维护尊严的尖刻，于是人人都记住了她的任性尖酸，而忽略了她的有趣。

二、任性的黛玉

“心较比干多一窍”，传说比干心有七窍，黛玉更多一窍，其灵秀聪慧，大观园中无出其右者。聪慧的少女黛玉，初到荣国府时，她谨记母亲之言“外祖母家与别家不同”，因此她“步步留心，时时在意，不肯轻易多说一句话，多行一步路”。如果她一直这样谨小慎微地做人，大概会和宝钗的“装愚守拙、随分从时”一样，收到赞许，得到认可。

可是这并不是黛玉的做人原则，她的那种“步步留心，时时在意”，不过是为了不“被人耻笑了去”。很快“孤高自许，目无尘下”就成了众人眼中黛玉的形象，那是明显比宝钗矮下去的印象。

造化总是拙弄人，小小年纪的黛玉就没了母亲，不久，把她捧在手心的父亲也撒手人寰。自此，从故乡奔丧再回荣府的黛玉，再不是为了“减轻父亲内顾之忧”做客贾府的扬州盐课林老爷的千金小姐，而是无家可归前来投靠亲戚的可怜孤女了。因此，寄人篱下之悲感，并不是她的多思多虑。

黛玉出身世袭侯爵、支庶不盛的“书香之族”，这即便是今天，也是人人眼热的豪门“清贵之家”，何况是那个“人人眼睛向上”的时代。清贵之尊的林如海，为“聊解膝下荒凉之叹”，把这个独生女儿的地位提到如男子一般来抚养，教她从小读书识字，爱如珍宝。林黛玉的童年是在无拘无束、娇生惯养中度过的。与同样作为男子抚养的王熙凤有着很大的不同，王熙凤得到的是和男子一样耐摔打和肆意而为的训导；而黛玉受到的是书香的熏陶，林如海不惜重金为之延师贾雨村，这一切，让黛玉有着较高的文化修养，同时也养成了她孤高任性的性格。但是先天的纤弱体质，和父母的早丧，又在她的心里蒙上了一层化不开的忧郁。

所有境遇的改变，并没有使黛玉的性格和生活态度发生少许的改变，反而让她用更多的高傲多疑地审视着周围，极力维护着自己的尊严和原有的骄傲。

她首先发起自尊攻击的是送宫花的周瑞家的，这个王夫人跟前的红人被她冷笑怒怼“我就知道么！别人不挑剩下的也不会给我”，她关注的不是宫花美不美，而是，是否为“别人挑剩下的”；贾母为宝钗庆祝生辰，她本就心里不快，史湘云偏说她像那个贾母怜爱的小旦，众人都笑着附和，她本也可以一笑了之，但她却敏感地觉得这样拿她和“戏子”相比，是轻蔑的“取笑”她，且顿时怒形于色；元妃省亲时，大家赋诗取乐，她本应随众俯仰、随声迎合一番，但她却不在乎“女子无才便是德”的礼教，一心只想“大展奇才，好将众人压倒”，幸好有谕在前，只“一匾一咏”，因不能“违谕多做”，便“胡乱作一首五言律应命”……

凡此种种，皆因她身上有着太多的敏感和自尊，让她的气量也显得狭小起来，被众多人诟病。如果我们能读到她内心深处那些解不开的隐痛，寄人篱下命如浮萍的漂泊之感；如果我们能读出她不安心于这样的命运，可是她又无奈于这样命运的安排；如果我们能读出她是因为无法平静的内心，才招惹着这许许多多看似没有必要的烦恼和痛苦……那我们就能和吕启祥先生一样懂得黛玉：“粗粗看去，黛玉确实挑剔、小气，透过表象，可以感到她时时处处看重拥有一个独立个性的自我。只有深入黛玉的灵魂，我们才能真正走进黛玉，为她的欢喜而欢喜，为她忧伤而忧伤，也为她的任性而任性……”（《花的精魂　诗的化身》）

表面看来，外祖母家对她没有亲疏之别，一切都待她以贾府小姐之礼，甚至高于她们任何一位。贾府太上权威的贾母，那样“万般怜爱”于她，因她的失去父母，让老太太施与她更多的温情与怜爱，丝毫没有冷落歧视她。如此，她的念念不忘的寄人篱下是不是多余？抑或全是她自怨自艾的折腾？

在用家庭地位衡量一个人的价值尊严的封建宗法社会里，家就是一切。一个没有家的人，也就失去了自己的身价。失去家的林黛玉，贾府给予她的立身之所，老太太捧在心尖的疼爱，并不能消除掉社会的种种观念在她和周围人心里的存在。

贾府里人与人之间因社会观念带来的种种矛盾和爱恨情仇，哪一天不在黛玉的周遭上演着？贾府有钱有门第的亲戚薛姨妈说：“这里人多嘴杂，说好话的人少，说歹毒话的人多。”不太懂得人情世故的小丫鬟佳蕙也曾感慨：“这地方本也难站！”家庭正式成员的三小姐探春说得更为犀利：

> “……咱们倒是一家子亲骨肉呢，一个个必像乌眼鸡似的，恨不得你吃了我，我吃了你！”

玲珑剔透的黛玉更是深知，人们对她的恭敬，不过是对贾母的恭敬。

著名红学家蒋和森先生对此，有更为深刻的见解：“非要等到别人露出脸色，才开始感觉到仰人鼻息的悲哀，这已经几乎是每一个人都可以达到的‘品格’了。林黛玉的多疑和敏感并不是她自找来的毫无根据的痛苦。倒是透过她的这种多疑和敏感，让我们看到了那个社会具有一种什么样的魔力！它可以隐秘地、曲折地折磨着一个人，并且把一个人损

伤之后，甚至会让人觉得完全是由于他自己的过错。”（《红楼梦论稿》）

曾经是清贵之尊的家庭，是那样的纯粹而又简单，小黛玉可以无忧无虑，可以自由舒展，可以任性，可以傲娇……可是投身错综复杂的荣国府之后，命运的安排，要她必须学会适应复杂的人际关系。她应当始终守着自己初来贾府的小心谨慎，甚至隐忍，去奉承贾府上上下下人等，如变色龙般，跟着环境去改变自己，营造对人对己双赢的人际关系，她也许就不会有那样展不开的眉头。可是，这些“聪明”的为人之道，这个天上掉下的林妹妹，这个扬州盐课林老爷的掌上明珠，却是不屑为之。她依旧本色出演，想哭就哭，爱恼就恼，想说就说，一如从前林府千金的任性。

她不加掩饰地讥讽宝钗；恼怒湘云的同时也迁怒于宝玉；送宫花的周瑞家的她狠狠怒怼；忙于夜赌的老婆子，她不留情面揭穿；对絮叨不已的宝玉的奶母李妈妈她照样斥骂。甚至连袭人和宝玉隐秘的暧昧，她也打趣说：“你说你是丫头，我只拿你当嫂子待。”她不去看任何人的脸色，也不去揣度任何人的心思，她只凭着自己的心意和好恶去行事，不加掩饰，口中所说，皆为心里所想。

这是多么不合时宜的黛玉！这样任性不屈的性格，成了生活在那个时代的痛苦根源。不仅在大观园被留下“尖酸刻薄”“孤高自许”的印象，这印象也根植在读者的心中。有着“心较比干多一窍”聪慧的她，连人人称赞的宝钗的藏奸，她都能看透，对大观园的人情世故何尝不能省察?

是的，因为她能体察到人情的凉薄，因而更加珍视难得的情谊。她对恼怒过的湘云主动示好；对曾经心存芥蒂的宝钗一两燕窝的温暖关怀，立刻感动得为之冰释前嫌，把宝钗视为姐姐；对真心关怀她的丫鬟紫鹃，她可以低下自尊和高傲，诚恳接受紫鹃“太浮躁”“小性儿”的责备……

她能看得透凤姐所打的“花胡哨”，更看得出贾府人与人之间的“虎视眈眈”，她没有一刻忘记自己寄人篱下的身份……她一切都明明白白清清楚楚，但是她是黛玉啊，她有自己的做人的准则和尊严。她是蒋和森先生所言：“这是一个只知道信从自己的情感，而不知道顺应世人情感的人。同时，这又是一个永远不安心于把自己的尊严建立在别人的力量上的人……是一个愈是处在屈承的境遇下，就愈是坚持自己人格尊严的人。”（《红楼梦论稿》）这是闪耀在懂得黛玉的人心中永久不灭的魅力光芒——她的冰雪聪明，她的至真至纯、至性至情。

三、诗的黛玉

在林黛玉的生命里，能让她倾注全部的唯有诗和爱！这不仅是佛家的因果，也是来自血脉深处的回响。植入灵魂深处的敏感和忧郁，造就了她的诗人气质，她的周身都流淌着诗的气韵。

跟着刘姥姥，我们一起走进黛玉的闺房，一窥其样貌：

> 见窗下案上设着笔砚，又见书架上磊着满满的书，刘姥姥道：“这必定是那位哥儿的书房了。”“……竟比那上等的书房还好。”

她的闺房更像是书房，满架的诗书，把黛玉熏染得更加气质超绝，风神毓秀！走进“凤尾森森、龙吟细细”的潇湘馆的贾宝玉，眼见“湘帘垂地，悄无人声”，“有一缕幽香，从碧纱窗中暗暗透出”。这岑寂的幽香，是诗香，也是黛玉灵魂之香！

她的多愁善感、她的一言一颦里都散发着诗的清奇的韵味，都晕染着她诗的哀怨和清妍雅丽。

一旦沉浸在诗的国度，她所有的别扭不安、所有的烦忧压抑，都烟消云散。只有神采飞扬的鲜活，只有潇洒开阔的襟怀，俨然是一代浪漫诗仙的模样，哪里还能见那展不开的眉头？

大观园的诗社，发起人虽不是黛玉，但是作诗的黛玉是无比开心的！她所有的欢乐都在这里开出花朵。高度自尊的黛玉从没有因为诗作未能夺冠而紧锁眉头和使小性，她有的是如沐春风般的恣意笑谈。

诗，点燃了她生命的光芒。写诗是她倾诉自己的方式，是她生活的核心。大观园内爱诗者众多，在他们，写诗不过是附庸风雅的娱乐。唯有黛玉，是用整个生命去爱诗，去写诗。如果黛玉生活在今天，以她过目不忘的聪慧一定是万人瞩目的学霸兼风华绝代的诗人。整部《红楼梦》她的诗作最多，诗述说着她的心路历程；她将难与人诉说的心理世界和精神境界，用诗默默倾吐。为此曹老先生专门为她写了《葬花吟》(三首)、《桃花行》(二首)、《秋窗风雨夕》《五美吟》，用这些诗作表达着黛玉高洁的追求、对悲凉身世和人生的思考。那是一个诗人的艺术个性和追求，而不是简单的语言的诗化。

同样有高超诗才的宝钗只把写诗作为一种可有可无的消遣，在宝钗的认知里，女孩子的第一要务还是要做好女红，做好针黹纺织这些女人本分的事情。她说，“至于说读书，倒是不认得字的倒好，作诗写字，根本不在女孩的分内，诗词文章本不懂也可以，就是懂了，那也不应该作为正经的事来做，否则就容易被别人笑话”。所以宝钗只有集体活动和奉命写诗的情形下才会写诗，绝不会像黛玉那样对诗倾注全部的热情，这也许正符合宝钗“冷”的个性，热烈本就不是宝钗。

爱诗的黛玉，大自然的这些能够触动诗意灵感的花花草草，自然惹她怜爱。黛玉对一花一草都付出真诚的尊重和热爱。黛玉葬花美得绝尘，美得飞扬。庚辰侧批：一幅采芝图，非葬花图也。蒙侧批：真是韵人韵事！庚辰眉批：此图欲画之心久矣，誓不过仙笔不写，恐亵我颦卿故也。三条批语赞葬花图之美好，美到画者都不知何处落笔，唯恐亵渎了颦卿的美好。

黛玉葬花是《葬花吟》的前奏和序曲，曹老先生用他轻快美好的笔调书写的都是美，不带半分哀伤。黛玉葬花不单单芒种那天为送花神，也不是一时兴起，它是黛玉诗心的生活化、日常化。这既不是人言的自慰自怜，也不是以花自比，黛玉本就是花神，这是融入黛玉诗人气质的生命状态。

“因为懂得，所以慈悲”，大自然的一草一木一物，在黛玉的眼里都如亲人般可亲可敬，都有它们生命独立的方向，甚至高于一些所谓的人。书中第二十七回正书写着这样的认知：

> 黛玉对紫鹃说：“把屋子收拾了，撂下一扇纱屉；看那大燕子回来，把帘子放下来，拿狮子倚住；烧了香就把炉罩上。”

大燕子出去觅食这样细微之事都落在了黛玉的眼中，唯恐紫娟放下帘子把大燕子挡在外面不得回巢，这样柔软的诗心也只有黛玉这个“心较比干多一窍”，有着玲珑剔透心的女子才得以拥有。黛玉把日常的生活都过成了诗的模样，是彩虹般的美好。

黛玉对大自然的草木生灵尚且如此尊重，对人亦然！香菱这个地位身份尴尬的侍妾，黛玉对她关爱有加，她自心底喜欢自带慧根、有灵秀之气的香菱，她自告奋勇教香菱学诗，真心夸赞香菱聪明。

苦心学诗的香菱十分称赞陆放翁伤于纤巧的两句诗“重帘不卷留香久，古砚微凹聚墨多”，林黛玉却告诉香菱：

> “断不可看这样的诗。你们因为不知诗，所以见了这浅近的就爱，一入了这个格局，再学不出来的。”

然后不遗余力地教香菱读王摩诘，读李青莲，读杜甫，读陶渊明等人的诗。

黛玉的每一首诗都是那样的哀怨凄婉、清雅妍丽。可是这并不妨碍她欣赏李白的浪漫，杜甫的批判，王摩诘、陶渊明田园的朴素悠远。

这样一个冰雪聪明、风华绝代的少女，她应该拥有飞扬的青春，应该绽放生命的异彩！然而我们看到的常常是一个多愁善感、独自落泪、孤寂茫然的黛玉。

蒋和森先生说："生命对于她却是沉重又沉重的负担，她所具有的那种属于'艺术型'所特有的敏感和细致，主要不是用来感受生活中的美和诗意，而是用来感受那一时代的阴冷和潮湿。'女子无才便是德'，这是那一社会向她宣示的做人守则。于是纵然天赋异禀，在这个少女的身上却成为一种可怕的灾难，使她比一般人招致更为繁多、更为细致的社会折磨。马克思曾说：'在一切东西中最丰富的东西是精神。'可是，在那一时代，一个人的精神越是丰富，就越是痛苦。或者像契诃夫所说的：'越是高尚，就越不幸福。'"（《红楼梦论稿》）

四、爱的黛玉

幸运的是这些精神上的痛还有可以倾诉的对象，那就是她的灵魂知己宝玉。其实，黛玉所有诗意的倾诉，所有痛苦的吟唱，何尝不是因为爱情？她对宝玉的爱有多深，痛就有多深。

（一）两小无猜

那个从小耳鬓厮磨同吃同住，那个王夫人口中的"混世魔王"，那个封建礼教的叛逆者宝玉，第一次相见就已经俘获了黛玉的芳心，他们互为知己，互相爱慕，爱在不知不觉中萌动、生根、发芽、壮大。

曾经两小无猜的美好时光里，他们"耳鬓厮磨、心情相对"。《意绵绵静日玉生香》是两人纯真无猜的最烂漫动人的情境。冯其庸教授这样评析："'玉生香'为宝黛情柔意密而又天真无邪之一段最纯朴文字，其情在有无之间，亦黛玉一生中最为欢畅无愁之时，文章如春花之烂漫，如秋月之朗洁，具无限缠绵之意，有余不尽之妙。”

（二）两心猜疑

只是美好的日子总是那样短暂，书中第五回写道：

> 便是宝玉和黛玉二人之亲密友爱处，亦自较别个不同，日则同行同坐，夜则同息同止，真是言和意顺，略无参商。不想如今忽然来了一个薛宝钗，年岁虽大不多，然品格端方，容貌丰美，人多谓黛玉所不及。而且宝钗行为豁达，随分从时，不比黛玉孤高自许，目无下尘，故比黛玉大得下人之心。便是那些小丫头子们，亦多喜与宝钗去顽。因此黛玉心中便有些悒郁不忿之意……

薛宝钗的到来，像一枚石子，投入到宝、黛二人本平静无隙的生活，溅起阵阵波荡的涟漪。

这涟漪散发着紧张，这紧张紧紧撕扯着黛玉的心。而投下石子的宝钗却浑然不觉，这不觉恰恰是测量她对宝玉感情的尺子。初到贾府的宝钗绝没有宝、黛初见时内心炸裂般的惊诧：我们好像在哪里见过？宝钗的心没有在宝玉身上逗留哪怕半分钟，更不要说燃起爱情的火花了，大约她的心还留在她所一心向往的高高宫墙之内。但是后来，随着对入宫的绝望，宝钗那颗冰冷的少女心，也有了青春的悸动，也有些许欲藏还露的爱的火花溅起，所以黛玉的紧张并不是没有来由的敏感。更何况薛宝钗还有一只金锁，因为贾府中在暗暗流传着“金玉良缘”之说。有金的不单单是宝钗，史家的大姑娘史湘云也有着一颗金灿灿的金麒麟。于是这两人都成了黛玉心目中的情敌，她们两人都是最有资格也最有可能成为贾宝玉的婚姻对象。尤其是“才、貌、德三全”口碑极好的宝钗又在贾府常住，让黛玉着实“悒郁不忿”而心神不宁。自此，黛玉的爱变得辛苦起来，她不再有片刻淡定，她紧张注视着防备着薛宝钗与宝玉的交往。

爱情都是排他的，天仙般的黛玉也不能免俗。于是本来“两小无猜”的爱情，便有了猜忌。这一切的猜忌都来源于爱，来源于初恋的那种心灵的互相试探、互相捕捉。蒋和森先生认为曹雪芹老先生的厉害就在于此，他用自己如椽大笔和天才艺术家的手腕，写出了小儿女的“三日好了，两日恼了”的复杂微妙的心理，秒杀了古今所有恋爱的描绘。蒋和森先生说：“当林黛玉的薄恼与轻嗔愈是表现得多而变幻的时候，我们也愈感到这个少女爱情的真挚、执着、灼热……每一个读者都可以从那些天才的笔触底下，读到爱情的音乐、爱情的哲学、爱情的诗，还有它的十分奇异的动人力量。”（《红楼梦论稿》）

当贾母和王熙凤都把他们俩的“三日好了，两日恼了”对爱的试探，当作“越大越孩子了”的拌嘴和闹别扭时，他们的爱情也在“孩子气”的掩护下，得以生根发芽成长。这个阶段那些摧毁爱情发展的封建礼教那一套男女之大防，并没有压在宝、黛的心上，黛玉爱情的痛苦，皆来源于对情敌的醋意，对宝玉的试探。

她去薛宝钗家里，看见宝玉在那里，她醋意满满道：“早知他来了，我就不来了。”宝玉听从薛宝钗的劝告，不喝冷酒，她也酸道：“我平日和你说的，全当耳旁风；怎么她说了你就依得比圣旨还快些！”

书中第二十回，史湘云来了，黛玉看见宝玉和薛宝钗一起走来，她醋意顿生：

> 因问宝玉：“在那里的？”宝玉便说：“在宝姐姐家的。”黛玉冷笑道：“我说呢，亏在那里绊住，不然早就飞了来了。”宝玉笑道：“只许同你顽，替你解闷儿。不过偶然去他那里一趟，就说这话。”

林黛玉道："好没意思的话！去不去管我什么事，我又没叫你替我解闷儿。可许你从此不理我呢！"说着，便赌气回房去了。

……宝玉忙跟了来，……

正说着，宝钗走来，道："史大妹妹等你呢。"说着，便推宝玉走了。这里黛玉越发气闷，只向窗前流泪。没两盏茶的工夫，宝玉仍来了。林黛玉见了，越发抽抽噎噎的哭个不住……

林黛玉啐道："我难道为叫你疏他？我成了个什么人了呢！我为的是我的心。"宝玉道："我也为的是我的心。……"

黛玉和湘云本是要好的，因宝玉的缘故却渐渐生出嫌隙来。史湘云说她像戏台上的小旦，虽然让她不高兴，但如果不是宝玉对湘云使"眼色"，不至于引起她如此恼怒宝玉："我恼她与你何干？她得罪了我与你何干？"在黛玉的眼里，宝玉的"使眼色"就是对湘云情意的表达，是她心头拔也拔不去的刺。

黛玉毫无设防的吃醋，让大家觉得黛玉是如此不可理喻。这种偏狭连"两小无猜"的宝玉也忍不住说："只许同你顽，替你解闷儿……"这句话，对于自尊心极强、道德感极强的黛玉是极大的伤害，她立刻赌气回房。追着黛玉而来的宝玉，被宝钗带去湘云那里，无疑是对黛玉醋意的雪上加霜，她气恼得忍不住哭泣起来。好在宝玉"没两盏茶的工夫"，又回到黛玉这儿，一句"我难道为叫你疏他？"急得黛玉忙做分辩，也逼出了隐藏在心底深处的那句话："我为的是我的心。"

黛玉的这些小性子，皆是因为爱情的真挚。黛玉如此苛责宝玉，只不过是为了能得到宝玉同等热切感情的回应。黛玉没有狭隘到要把宝玉仅仅禁锢在自己的身边，只要不影响到爱情，黛玉表现出的都是宽容和理解。宝玉爱吃女孩儿的胭脂，她不但不指责，反而告诫宝玉"干也罢了"，不要"带出幌子来"；贾宝玉私祭晴雯的《芙蓉女儿诔》，她读后不仅没有像袭人那样吃宝玉把晴雯死的预兆和圣贤相比的醋，还大加赞赏，并和宝玉一起修改“公子情深”接句。这也是宝玉敢于把自己的内心对黛玉捧出的原因，他知道黛玉是懂自己的。所以在他因结交艺人蒋玉涵被贾政毒打之后，他只对黛玉掏出了自己的真心话：“我便是为这些人死了，也是心甘情愿的。”士为知己者死的肝胆相照，又何尝不是对黛玉掏心窝的表白。

但是宝玉就是宝玉，正如蒋和森所言：“‘见了女儿便觉清爽’的他，对于少女们有一种超乎寻常的同情和关心，这种同情和关心，与他所采取的表现方式以及和他所处的阶级地位、特殊环境结合起来，常常显得有点泛爱主义。”（《红楼梦论稿》）他的真心可以给黛玉，却依然免不了要对其他女孩子用心。他对“脸若银盆，眼似水杏”的宝钗就曾眷恋不已，第二十八回写道：

> 再看看宝钗形容，只见脸若银盆，眼似水杏，唇不点而红，眉不画而翠，比林黛玉另具一种妩媚风流，不觉就呆了……

即便他讨厌宝钗劝他“仕途经济”的“混账话”，也并没有和宝钗真正“生分”起来，宝钗搬出大观园后他也有失落在心头泛起。

敏感如黛玉怎能看不透这些？在宝玉起誓说“除了老太太、老爷、太太这三个人，第四个就是妹妹了”，黛玉对宝玉说：“我很知道你心里有妹妹，但见了姐姐就把妹妹忘了。”

蒋和森先生说：“实在说来，林黛玉不是埋怨贾宝玉给予她的爱情太少，而是埋怨宝玉分出去的太多。”（《红楼梦论稿》）

如此多情的宝玉被警幻称为“意淫”，他欣赏也贪恋着女儿们清爽的外在美。但在爱情上，他却是庄重的，甚至可以说是有洁癖的，绝不是贾琏之流的皮肤上的烂淫。只有外在的美貌和精神的融合才能唤起他真正的爱情。“独林黛玉自幼不曾劝他去立身扬名等语，所以深敬黛玉。”这是为什么他钟爱所有的女孩儿，独有黛玉始终是他心里最重要的那一个。“贾宝玉从林黛玉身上，发现了他一生执着追寻的东西；而林黛玉也从贾宝玉身上找到了灵魂的寄托。于是，在反封建的人生道路上，他们互相听到了内心的召唤，互相编结着那条紧紧系住两颗心的爱情之索。”（《红楼梦论稿》）

宝玉对黛玉爱的境界之高，最鲜明的证据是他非常忌讳“金玉姻缘”。只要黛玉用金玉之说来试探他，他内心就会生出异常的烦躁和感伤。他忍不住和黛玉赌咒发誓：“除了别人说甚么金甚么玉，我心里要有这个想头，天诛地灭，万事不得人身。”即便在睡梦里，也咬牙切齿：“和尚道士的话如何信得？甚么‘金玉姻缘’，我偏说‘木石姻缘’。”

黛玉对宝玉的真心虽然明了：“你心里自然有我，虽有金玉相对之说，你岂是重这邪说不重我的？”但她对爱情的忠贞的要求到了无以复加的地步，如有洁癖般的纯粹排他。为此，她不断用使“小性儿”的方式，去试探去测量着宝玉爱情的深浅，去拷问宝玉的心。当她把宝玉逼得“脸上紫胀”，她的不能言说的内疚和心疼，只能用眼泪来表达。她对爱的忠贞的要求，也是爱的煎熬，她“情重再斟情”的做法，折磨着宝玉的同时，更折磨着自己那颗柔弱的心。

天才的曹雪芹，写出这样前无古人的爱情，表达出自己对爱情滋味的别一种认知：“愈浓愈苦，只是人们总是不怕它的苦，哪怕含着眼泪也要喝下这杯人生的苦酒！——比甜蜜更有味的苦酒！林黛玉正是这样，她爱得深沉，爱得美丽，然而她也爱得多疑和痛苦。”（蒋和森《红楼梦论稿》）

（三）相知不疑

经历了猜疑的种种痛苦折磨，黛玉终于迎来两心相知不疑的短暂甜蜜。首先湘云订婚了，终于可以卸掉那个金灿灿的金麒麟在心上的压迫，那投在黛玉心上的双重酸涩，减去了一半。剩下的更涩更重的金锁在黛玉的多次试探和宝玉一次次真心剖白中，也渐渐消退。终至一次黛玉听到宝玉在背后真心称扬自己之后，黛玉彻底消除了心头的疑虑。本担心宝玉因读了外传野史，迷了心性，拿着张道士送的金麒麟，去湘云面前摆弄，也做出“风流佳事来”，“因而悄悄走来，见机行事，以察二人之意”。却听到了宝玉说：“林妹妹不说这样混账话……”宝玉这句话犹如给黛玉的定心丸药，她听后“不觉又喜又惊，又悲又叹”，此时的她感到“果然自己眼力不错，素日认他是个知己，果然是个知己”。宝玉能在背后称扬自己，自然比在自己面前的千般誓言来得更真诚更令人信赖。自此千般试探终于有了水落石出的证据，宝玉心中的知己只有自己的位置。

从此，黛玉终于收起了在宝玉面前的所有小心眼，再也没有和宝玉“三日好了，两日恼了”闹别扭。他们迎来了两心相知，没有猜疑的平静无波、默契相对的日子。

可是心头的疑虑刚刚搬去，更大的阴霾随之又压在黛玉的心头，让她陷入更加压抑的痛苦之中。爱情的阳光没能滋养她，没能为她疗治心头眼底的病痛，宝玉看她“比旧年越发瘦了”。黛玉自己也觉得“心里只管酸楚，眼泪却不多”。能还的泪已剩不多，是不是也预示着黛玉的生命时日也已不多?

当搬去宝钗这个情敌压在自己心头的那块沉重的石头后，真正的压力才在心底显露出来：时代对妇女要求的“三从四德”，对婚姻要求的“父母之命、媒妁之言”。这些封建传统意识的沉重压力随着爱的萌动，就已经折磨着黛玉，只是她的很多痛苦都因紧张宝钗而分散。一旦紧张撤离，她所有的心思都回到了她不得不正视的一个现实：两情相悦的爱情，是那个时代的洪水猛兽，是令人唾弃的不道德的行为，是得不到祝福和认可的。

这只看不见的黑手，紧紧撕扯着黛玉的心，让她爱得矛盾，爱得别扭，爱得不近人情。让读不懂黛玉的读者君觉得她是如此的不可理喻，如此的难以相处。是呀，她是如此渴望宝玉爱的倾心相对，可是一旦宝玉真的掏心掏肺地对她诉说衷肠，她却又是气愤又是悲伤。宝玉那些情难自禁的情话："我就是那多愁多病的身，你就是那倾国倾城的貌""你死了，我做和尚"，总是让她"气得说不出话来"，或者"就把眼圈红了"，甚至指责宝玉是"胡说"，是"混账话"，是"欺负"，要"告诉舅舅、舅母去"……当宝玉终于鼓足勇气吐出深埋心底的话语：

> 宝玉点头叹道，"……果然不明白这话，不但我素日之意白用了，且连你素日待我之意也都辜负了。你皆因总是不放心的原故，才弄了一身病……"

她感到"如轰雷掣电，这话比自己肺腑中掏出来的还觉恳切，不觉滚下泪来……"蒋和森先生深刻剖析道："正是在这里，又一次显示出《红楼梦》的写人之深，虽是描写"儿女痴情"，也不失为大匠笔墨。因为没有一个作家，能把一个女孩子在封建意识的重压和对爱的追求的矛盾中的那种难以捉摸矛盾心理，琢磨得如此透彻。"(《红楼梦论稿》)与其说宝玉是黛玉的知己，不如说曹雪芹才是她灵魂的知音。他深知在那样的环境里黛玉爱得有多艰难，爱得有多真诚执着。

如此渴望爱的表白，当爱的表白真切地落在黛玉的心上，她却为何又如此惊慌不已？因为理智和她的家庭教养告诉她，这是不道德的。不只是周围的一切，连她自己的心也在反对着她的爱情。

真正的爱让人勇敢而无畏。宝、黛之爱之所以如此夺目而又超越时空，除了他们的"知己之爱""平等尊重之爱"，还有黛玉在封建礼教的束缚里一番挣扎之后爱的勇毅。其实她对封建礼教的挑战在开始爱的时候就已经开始。所以在宝玉吐露真心，被她哭着要“告诉舅舅、舅母去”吓住时，她立刻嘲笑宝玉的胆小：“一般吓的这么个样儿，还只管胡说。呸！原来也是个‘银样镴枪头’。”这分明是鼓励宝玉“哥哥你大胆地向前走”，和自己一起“勇闯爱的天涯”。这是两个超越了时代思想禁锢，纯粹而又真实的少男少女，他们在时代的重压下，依然活出了自我，活出了个性，勇敢追求热烈而真挚的爱情。这是湘云和宝钗无法企及的境界。

两情相悦的坚贞爱情，依然没能让黛玉获得现世的安稳和幸福，痛苦对她的撕咬越发猛烈。“那个时代的婚姻和爱情原是漠不相关的两回事。她可以把整个生命交给爱情，却不能把婚姻交给自己。”（《红楼梦论稿》）

封建包办婚姻，在现在我们眼中，是可恶的；在那个时代却是最合理的存在，是漂亮的“礼教”之花。黛玉和宝玉的爱，从两小无猜的懵懂，到时时猜疑的“三日好了，两日恼了”的试探，到倾诉衷肠后的心心相印，这是多么艰难的爱的历程！他们单纯以灵魂相悦相知的纯净之爱，可以感天，可以动地，却怎么也撼动不了封建礼教的枷锁。

曾几何时，他们可以并肩躺在枕头上说着耗子精的故事，可以挠着胳窝打闹的无拘无束的时光已经一去不复返了。因为彼此已经“一来二去的大了”，已经失去了“孩子”的懵懂无知的掩护，需要遵循“男女授受不亲”的礼节。自尊自重的黛玉可以在精神上与宝玉默契相对，默默相恋，却不能逾越封建礼教给女孩子外在的所有束缚，她不能不设防“可畏的人言”。她不得不在宝玉亲近她时，警告宝玉，“一年大二年小”不能像小时候那么动手动脚，要遵循“男女授受不亲”了。紫鹃也对宝玉说：

“从此咱们只可说话，别动手动脚的。一年大二年小的，叫人看着不尊重。打紧的那起混账行子们背地里说你，你总不留心，还只管和小时一般行为，如何使得。姑娘常常吩咐我们，不叫和你说笑。你近来瞧他远着你还恐远不及呢。”

紫鹃的话让宝玉失魂落魄。黛玉又何尝愿意这样？何尝不想一如从前毫无顾忌地说笑打闹？不要说贾府中人，整个社会都是不允许的，她不能如老太太掰谎时所言的“贼不成贼，人不成人”。

只有婚姻才能让他们的爱得到认可和祝福，可是她却找不到能够促成他们婚事的那一种力量。寄人篱下无依无靠的痛苦日夜煎熬摧残着她，午夜里独自咀嚼爱的滋味，那些甜蜜很快就被无家的哀痛淹没：“所悲者，父母早逝，虽有铭心刻骨之言，无人为我主张。”此刻，只有哀伤的泪水，默默流淌，有多少个像这样的夜折磨着本就孱弱的她。“想眼中能有多少泪珠儿，怎禁得秋流到冬尽，春流到夏！”

不能婚姻自主，不能自由掌握自己命运的苦楚，才是真正摧残黛玉的内心的黑手，同时也摧残着她的身体，所有郁结之痛，化作一声悲叹：“叹今生，谁舍谁收？嫁与东风春不管，凭尔去，忍淹留。”

是啊，不能说，不能诉的痛苦，才是真的痛苦。周围的小伙伴都说她“太作悲了”，“不该过于作此凄清奇诡之语”，连至爱知己宝玉也说：“每天好好的，你必自寻烦恼，哭一会儿子，才算完了这一天的事。”

黛玉的痛苦不易被人理解，也不能被人理解，这双重之苦，压得她喘不过气来，即使是体贴入微的知己宝玉，也不能分担这时代赋予她的不能承受的重。

只有朝夕相伴的丫头紫鹃，体察到了她这隐秘的痛苦。聪慧体贴的紫鹃暗暗为她着急，见机鼓动薛姨妈去替黛玉说亲，事情未果；又用“林妹妹回苏州家去”的假话试探宝玉，竟把宝玉吓得如痴似傻，“已经死了大半”，奶母李妈妈在他的人中上“掐得如许来深，竟也不觉痛”。

宝玉为情痴狂如此，紫鹃看在眼里，高兴在心，她挨了贾母的骂，并且日夜辛苦服侍生病的宝玉，“并没有怨意”，回到潇湘馆的紫鹃，对黛玉絮叨着：

> “替你愁了这几年了，无父母无兄弟，谁是知疼着热的人？趁早儿老太太还明白硬朗的时节，作定了大事要紧。……若是姑娘这样的人，有老太太一日还好一日，若没了老太太，也只是凭人去欺负了。所以说，拿主意要紧。姑娘是个明白人，岂不闻俗语说：‘万两黄金容易得，知心一个也难求’。”

可是紫鹃不知，黛玉的痛，正是因为得不到老太太的“意思”，才这般愁肠千结。

即便宝玉因为紫鹃的试探几乎昏死过去，当紧张的贾母探得宝玉得病的原因时，却依旧没有就此提及二人的婚事，用最有效的药方来彻底医治宝玉的“呆”病。

这是老祖宗也本着那个封建的宗旨：可以纵容下流的通奸，却不能容忍高尚自由的爱情！还是别有安排？

但不管是哪一种原因，在黛玉最需要外祖母给她风雨飘摇的爱情小船掌舵时，这个慈爱的老太太迟迟没有伸出她那双强有力的手，任她一直捧在心尖的外孙女日日受着“一年三百六十日，风刀霜剑严相逼”的身心的催逼。

即便连王熙凤也曾在玩笑中说：“怎么喝了我们家的茶，还不给我们家做媳妇？”即便很多下人也认为他们就是一对。兴儿就曾经说：“将来准是林姑娘定了的。因林姑娘多病，二则都还小，故尚未及此。再过三二年，老太太便一开言，那是再无不准的了。”这一切都还只是一个悬念，悬在黛玉的心上，也悬在每一个读者的心头，一直没有落下。

前八十回的戛然而止，也把他们的爱，搁置了。是真如后续之书所言，因为黛玉的病，因为黛玉的性格，因为封建的意识，王熙凤和贾母亲手扼杀了宝黛的爱情，还是另有结局？

是宿命赋予了黛玉可以“为爱而生，为爱而死”的人生价值观。她的目光注视的只有眼前的这有限的爱和诗，再不曾关注其他，以至于她不能有更开阔的人生观，去开解她心头郁结的苦闷。比如宝玉常常力求解悟人生，对神佛世界有无限的向往，甚至希望生命的结局就是身边的这些可爱的女孩子，用眼泪送他化灰的躯体。惜春通过青灯古佛的陪伴，去逃避宁府龌龊的生活。她不理解那样聪明的林姐姐为何就瞧不破。是的，“生命对于她，不是一首充满诗情的恋歌，就是一场充满眼泪的磨难”（《红楼梦论稿》）。这爱情的困境，她已经找不到解决的办法，只能任无尽的忧伤和悲凉笼罩着她的生命。书中第三十二回，黛玉曾自忖：

> 况近日每觉神思恍惚，病已渐成，医者更云气弱血亏，恐致劳怯之症。你我虽为知己，但恐自不能久待；你纵为我知己，奈我薄命何！想到此间，不禁滚下泪来。待进去相见，自觉无味，便一面拭泪，一面抽身回去了。

“泪尽而亡”，是她的羸弱的体质使然，“耐我薄命何”也照应了第七十八回中，二人修改宝玉为晴雯所作的《芙蓉女儿诔》：

> ……莫若说“茜纱窗下，我本无缘；黄土垄中，卿何薄命。”
>
> 黛玉听了，忡然变色，心中虽有无限的狐疑乱拟，外面却不肯露出，反连忙含笑点头称妙……

脂批明确指出“明是为与阿颦作谶”，“泪尽而亡的薄命”更是黛玉的宿命和那个时代价值追求赋予她的结局。

黛玉与宝玉一样，追求“无用”。与其说宝玉、黛玉是封建的叛逆者，不如说宝玉、黛玉是道家精神的缩影。他们纯粹的爱，也是柏拉图式的精神之恋。“于国于家无望，天下无能第一。”不追求功名利禄的宝玉的肖像里何曾没有黛玉的影子？明知自己身处“一年三百六十日，风刀霜剑严相逼”的寄人篱下的环境，需要与周围的人打好交道，需要像宝钗那样投入全部的精力去搞好贾府人际关系，去讨好贾母，去讨好王夫人，甚至去讨好宝玉的丫鬟。可是内心通透的黛玉，明知需要如此，才能让自己生活得更舒心更游刃有余，但她却不屑于此。这是清贵家庭教育赋予她的清高使然，也是贾母疼她于心肝给予她很多的可以任性的包容。

她有知世故却不世故的现代人最推崇的生活状态，她只在乎和宝玉的心心相印，她不慕人间的任何烟火繁华。她和宝玉、香菱、晴雯都是中国读书人精神追求的高境界者，是老庄、陶渊明式的人物在大观园中的再现，他们都是和那个时代水火不相容的不合时宜者，所以他们就是悲剧的化身。与其说晴雯和黛玉的早夭是悲剧，不如说是曹雪芹老先生对她们的厚爱。

贾家终有被抄的一天，覆巢之下岂有完卵？87 版电视剧《红楼梦》中，贾府被抄时，所有女眷都被用一根绳子绑成一串，像一串苦苦挣扎的蚂蚱，何等的辛酸凄凉？何等的被损伤被侮辱？以黛玉的清高目无下尘，这个要“质本洁来还洁去”的林妹妹，怎能忍受这样的屈辱？所以曹老先生给了她们坚守精神上的洁癖到生命的最后一刻。

曹立波先生在其所著《红楼十二钗评传》中写道：作者那样钟爱林黛玉，却为何让她过早死去？从小说结构来说，是爱情悲剧结局的需要；从人物塑造来说，是人物性格和形象的需要。也许黛玉的死和黛玉的美一样重要，对于她的整体形象来说，是一个“完美”的谢幕。鲁迅说：“自有《红楼梦》出来以后传统的思想和写法都被打破了。”最喜欢的人先死了，“质本洁来还洁去，强于污淖陷渠沟”，与妙玉“可怜金玉质，终陷淖泥中”结局不同。作者不想让黛玉这“一块美玉，落在泥垢之中”，没有让她活到“大厦将倾”“树倒猢狲散”的时候。妙玉的结局，从某种角度上说，可以让深爱黛玉的人们聊以宽慰。

黛玉的死因究竟是什么？清代的许叶芬在《红楼梦辨》中指出：“黛玉之死，莫不曰王熙凤死之也，贾母、王夫人死之也，而吾独曰死黛玉者黛玉也。……欲近而反疏，欲亲而转戚，兄鬲间物，不能掬以示人，此间日以泪洗面矣。……死黛玉者黛玉也。”唯其不是外力，似乎更能展示悲剧的深邃意蕴。

林黛玉人生理念的主要内容是爱和诗。她为爱而生，为还泪而死。她生来便与诗书为伴，她的死也充满诗情。王国维曾说：“《红楼梦》与一切喜剧相反，是彻头彻尾的悲剧。黛玉之死当是《红楼梦》在主题和人物塑造上的创新。秀外慧中的美女过早地魂归幻境，从艺术角度来讲，读者的痛惜也恰恰是作者的欣慰。”

山中高士晶莹雪——薛宝钗

> 大人者，不失其赤子之心者也。
>
> ——孟子

“山中高士晶莹雪”来自《红楼梦十二支曲》的第一首曲子《终身误》：

> 都道是金玉良姻，俺只念木石前盟。
> 空对着，山中高士晶莹雪；终不忘，世外仙姝寂寞林。
> 叹人间，美中不足今方信。纵然是齐眉举案，到底意难平。

此曲子有宝玉对婚姻误终身的悔，但何尝不是宝钗的痛？能得到宝玉的人，终得不到宝玉的心。误的是宝玉的终身，也是宝钗的终身。

婚后，宝玉眼见的不是人人眼中所见的“温柔敦厚”的宝姐姐，反而是如雪的“山中高士”！这是多么遥远的距离！

"高士"《辞海》的解释是，志趣、品行高尚的人，高尚出俗之士，多指隐士。"山中高士"本指那些隐居山林的人，后来把那些大隐隐于市的真隐士也称为"山中高士"，他们都过着超脱世俗、与世无争、自由恬淡的生活。

孔稚珪的著名骈体文《北山移文》，赞美了真隐士的风度和思想："夫以耿介拔俗之标，萧洒出尘之想，度白雪以方洁，干青云而直上……若其亭亭物表，皎皎霞外，芥千金而不眄，屣万乘其如脱，闻凤吹于洛浦，值薪歌于延濑……"

意思是：真隐士有正直拔俗的格调、潇洒出尘的理想，品德纯洁像白雪一样，人格可与青云比肩。他们亭亭玉立、洁身自好超然物外，他们视千金如草芥，视万乘如敝屣可以随手抛弃。他们悠然自得地在洛水之滨吹笙作凤鸣，在延濑采薪而歌。

这样的真隐士，《红楼梦》中也有一位，那就是大隐隐于市的甄士隐。书中介绍甄士隐："禀性恬淡，不以功名为念，每日只以观花修竹、酌酒吟诗为乐，倒是神仙一流人品。"甄士隐家住姑苏阊门，是个"红尘中一二等富贵风流之地"。大隐隐于市的甄士隐并未过着与世隔绝的生活，他喜欢交友，跟寄居葫芦庙的穷儒贾雨村来往密切，时常把贾雨村请到家中小饮。贾雨村要赴京赶考无奈囊中羞涩无法前行，甄士隐慷慨赠予贾雨村五十两白银和两套冬衣。甄士隐资助贾雨村纯粹是乐善好施行为，不求任何回报。后来他唯一的女儿甄英莲被拐子拐走，家中又遭遇火灾，烧没了房产只好投奔岳丈。因不擅经营田产而生活日渐穷困之后，甄士隐看破红尘，跟随跛足道人遁世而去。

与真隐士相对的当然是假隐士。

孔稚珪在《北山移文》中歌颂了真隐士之后，紧接着就挖苦讽刺了"周子"一类的假隐士。看起来卓立世俗，文章超群，知识渊博，既通玄学，也擅长史学。可是他偏学颜阖、南郭遁世隐居，混迹于草堂滥竽充数，住在北山冒充隐士，哄诱山中的松桂，欺骗云崖。他虽然在江边假装隐居，心里却牵挂着功名利禄……他大谈佛家的四大皆空，纵论道家的玄之又玄。他自视上古时代的隐士务光都不如他，涓子都不配与他为伍。等到皇帝派使者捧着诏书来到山谷，请他出山，他立即兴奋地手舞足蹈，心旌摇荡。在使者的宴席上，他撕破了隐居时穿的衣裳，立即露出一副庸俗的嘴脸。

宝玉称妻子宝钗为“山中高士”是称赞还是反讽，历来有不同的说法，其着眼点大都是在薛宝钗的品格上。

而诗人顾城从诗人的视角，有了他独到的见解：“在《红楼梦》里，人无论好坏，只论清浊，其中的女儿性恰恰体现了中国人对于人性和谐的最高梦想。”

顾城的论点是从人性的角度出发，我认为这更符合曹老先生的出发点。对人不论“好坏”，只论“清浊”，这正符合《易经》的“阴阳”理论。宝玉曾说：“女孩儿未出嫁，是颗无价之宝珠；出了嫁，不知怎么就变出许多不好的毛病来，虽是颗珠子，却没有光彩宝色，是颗死珠了；再老了，更变得不是珠子，竟是鱼眼睛了……”

出了嫁的宝钗，显然，没有变成宝玉说的“死珠子”，但也没能成为宝玉心中爱的模样，和自己心灵息息相通的知己。宝姐姐依旧是宝姐姐，是宝玉眼里的“山中高士”。“山中高士”，是宝玉在赞宝钗的高洁出俗，有隐士的风范，还是曾经宝玉眼中那个无所不通“高冷”的宝姐姐，在做了妻子之后依然如故地“高冷”着，让宝玉有“高处不胜寒”的感觉？

这当然要从宝钗的人生哲学观去分析。红学家王昆仑先生对此有极为深刻的论述：“一方面，一个候选入宫的少女，她的行为当然要适合于正统的标准；另一方面，商业世家无形中赋予了宝钗以计较厉害的性格，善于把握现实利益的人必须能控制自己的感情。她永远以平静的态度、精细的方法处理着一切。宝钗是《红楼梦》所有人物中第一个生活技术家……宝钗种种处世的技术，绝不是黛玉湘云等人所能领悟，她年纪虽然只比黛玉大一岁，而对人行事已完全是一个精通事故的成人态度了……作者只觉得她是一朵世俗的花王罢了……”（王昆仑《〈红楼梦〉人物论》）

循着王昆仑老先生的目光，我们一探薛宝钗“山中高士”的庐山面目。

一、合乎正统的淑女

薛宝钗到荣国府不久，就赢得了荣府上上下下的称道之声。书中第五回写道：

> 年岁虽大不多，然品格端方，容貌丰美，人多谓黛玉所不及。而且宝钗行为豁达，随分从时，不比黛玉孤高自许，目无下尘，故比黛玉大得下人之心。便是那些小丫头子们，亦多喜与宝钗去顽。

宝钗在贾府这样人口众多、人际关系复杂，且矛盾重重的地方，能博得上下人物皆喜欢，为人处世的过人之处不言而喻。

宝钗之所以来到贾府，是因为随兄上都“以备选为公主、郡主入学陪侍，充为才人、赞善之职”。宝钗端庄优雅的容貌、稳重大方的举止，与其家庭培养是分不开的。“当日有他父亲在日，极爱此女，令其读书识字，较之乃兄竟高过十倍。”她不仅善于待人接物，还善于“管家理财，通晓庶务”；且“轻言寡语、端庄凝重、温柔和顺”；生活上更是自甘淡泊；更兼她纵览群书，多才博识。

封建礼教培养出的这个“宜家宜室”的大家闺秀，“为公主、郡主入学陪侍，充为才人、赞善之职”，仿佛就是量身定做。宝钗谨守礼教、顺应环境，她的一言一行不像黛玉那般出自本心，随性而为，而是要经过审时度势、理智的雕琢和深思熟虑，从而形成她特有的“稳重平和”，赢来大家“温厚贤淑”的赞赏。

总之，她的所有的言行举止都是合乎规范，合乎时宜的。这一切当然离不开她头脑中正统思想的指挥。虽然她自己饱读诗书，可是她依旧信奉“女子无才便是德”的封建礼教强加给女子的一切。书中第四十二回写她教育黛玉：

> “……咱们女孩儿家不认得字的倒好。男人们读书不明理，尚且不如不读书的好，何况你我。就连作诗写字等事，这不是你我分内之事，究竟也不是男人分内之事。男人们读书明理，辅国治民，这便好了。只是如今并不听见有这样的人，读了书倒更坏了。这是书误了他，可惜他也把书糟蹋了，所以竟不如耕种买卖，倒没有什么大害处。你我只该做些针黹纺织的事才是……”

我们可能会说，既然宝钗能如此执着于“女子无才便是德”的礼教，为什么她自己还“博览群书”呢？这首先是家庭的原因，其次是宝钗不寻常的地方，因为她是有“好风凭借力，送我上青云”之志的，那便是要“为公主、郡主入学陪侍，充为才人、赞善之职”，要谋得这样的位置，就必须“饱览群书”，熟读当时利于专制统治的哲学——“理学”。虽然她幼年时也像黛玉一样被《西厢记》等“杂”书吸引：

> “你当我是谁，我也是个淘气的。从小七八岁上也够个人缠的。我们家也算是个读书人家，祖父手里也爱藏书。先时人口多，姊妹弟兄都在一处，都怕看正经书。弟兄们也有爱诗的，也有爱词的，

诸如这些‘西厢’‘琵琶’以及‘元人百种’，无所不有。他们是偷背着我们看，我们却也偷背着他们看。后来大人知道了，打的打，骂的骂，烧的烧，才丢开了。”

但是在禁不住大人的“打”“骂”“烧”之后，就丢开了杂书，也丢掉了青少年强烈的求知欲，变得循规蹈矩。从此，她一心只读当时风靡一时的封建理学的圣贤之书，一心推崇被皇帝尊为“圣哲”的朱子之言。当朱子之言被削去旁枝末叶，便只留下“圣贤千言万语，只是教人存天理，灭人欲”。

这些言论已经深深扎根在薛宝钗的心里。她对这些封建专制的管教是没有反感的，从内心乐于接受。在她的精神世界里，“天理”已经完全战胜了“人欲”。她自觉遵守封建的伦理纲常的同时，更希望身边的人也如此，为此她常常扮演女夫子的角色，一有机会就向身边人传播自己所衷心信奉的礼教思想。书中第五十六回，在协助探春理家时，探春对她提出的《不自弃文》的思想进行批驳：“勉人自励，虚比浮词，那里都真有的？”她忍不住批评探春：

……宝钗道：“朱子都有虚比浮词？那句句都是有的。你才办了两天时事，就利欲熏心，把朱子都看虚浮了。你再出去见了那些利弊大事，越发把孔子也看虚了！”……宝钗道：“学问中便是正事。此刻于小事上用学问一提，那小事越发作高一层了。不拿学问提着，便都流入市俗去了。”

她所谓的“学问”，自是被当时封建统治阶级绝对化了的“孔孟之道”“朱子理学”这些时下的正统思想。她虔诚地信奉这些学说理论，并贯穿于她的一切行动当中。因此她像一个女夫子一样说教，用她心目中的圣人“朱子”的思想，循循善诱地劝诫史湘云、林黛玉恪守封建妇道，敦促贾宝玉留心功名，学些“仕途经济”的学问，都说明这些思想在她的头脑中是多么根深蒂固！

因此，她把自己活成了那个时代正统思想的标杆！她虽然对贾宝玉也怀有少女情窦初开的情怀，却竭力压抑着。即便偶有“情不自禁”，但理智总是能让她压制住这冲动的情感。许多读者常常百思不得其解，薛宝钗明明对贾宝玉是有情的，为什么在元春赐了她和宝玉一样的礼物时，却“心里越发没意思起来”？当然是牢固的礼教观念在作怪。贾宝玉是“诗礼簪缨之族”荣国府的公子，甚至可以说是继承人，但贾宝玉偏偏不愿仕途，“痴顽”到难以点化，在薛宝钗的眼里，只不过是个“无事忙”的“富贵闲人”罢了，这怎能和她的“为公主、郡主入学陪侍，充为才人、赞善之职”的志向所匹配？更何况在她看来，追求爱情，比读书识字更大地违背了女孩子的本分！其实不知她和朱子想过没有，难道用“读书明理，辅国治民”，去压抑所谓的先天欲望，以“明理”所培养起来的所谓“仕途经济”不是往更深的欲望之路上去吗？

女夫子宝钗用她的封建纲常理论，收服过探春、湘云，甚至连至性至情的黛玉也曾在她的责问与诱导下，心服口服。黛玉行酒令时，一时着急忘情，竟然念了被视为“小说淫词”要“严禁销毁”的《西厢记》《牡丹亭》中的两句。众人都没有在意，独独宝钗察觉到了黛玉这是越出了封建的“正轨”，她不会放过这样教诲黛玉的机会。第二天在宝钗“好个千金小姐，好个不出闺门的女孩儿，满嘴里说的是甚么？”的责问下，“羞得满脸通红”的黛玉，满口“好姐姐”地央求她别说与别人，并保证“以后”再不说了。此后宝钗又大讲了一通“女子无才便是德”的理论，并说了自己童年的淘气，博得黛玉的同理心，自此黛玉放下所有对宝钗的“猜忌”，亲热地喊宝钗姐姐。

然而，无论宝钗如何会循循善诱地说教，去征服人心，却始终没有征服那个贾政眼里的封建“逆子”贾宝玉。她苦口婆心地劝导，引来的是贾宝玉一句无情的还击：“好好的一个清净洁白的女子，也学得沽名钓誉，入了国贼禄蠹之流。”

无论贾宝玉是多么“多情”，对“肌肤莹润”“脸若银盆”的宝姐姐心里有多少“爱慕”之意，却不会对她产生真正的爱情。贾宝玉这个多情的公子看似“博爱”，但绝不是滥情之人，他追求爱的底线是精神上的契合，“国贼禄蠹之流”，恰恰是宝玉内心最不屑的，因此注定了他和薛宝钗是两条精神上无法相交的轨道，宝钗在宝玉的眼中，是被染“浊”了的“清净洁白”的女子。这个书里书外，大家心目中高规格的“宜室宜家”、举止端庄娴雅的大家闺秀，在宝玉的眼中，却是一股令人心痛的“浊”流，宝玉心头的那一泓清泉，注定只能是黛玉。

宝钗的“宜室宜家”“端庄待人”的行事作风，皆来自她的“礼之用、和为贵”“尊上慕下”“存天理灭人欲”等等封建正统的修身齐家之道，这一切造就了王昆仑先生所言的“生活技术家”的薛宝钗。

二、生活技术家

红学家蒋和森言：“薛宝钗，这是一个披着大家闺秀美丽外衣的道学家。但她似乎比她所尊崇的朱子还显得迷人。”

1. 克己所带来的成年人的稳重世故

薛宝钗能赢得书里书外的一片赞扬之声，与她“克己复礼”的修身之道在身上所显现的“德行”是分不开的。

薛宝钗在任何时候都能做到“独善其身”，小心地保护着自己的羽毛。贾家抄检大观园，因薛宝钗是亲戚，王熙凤已经有言在先：“薛大姑娘屋里，断乎检抄不得的。”已经被置身事外的薛宝钗却敏锐地察觉到大观园内是非日多，就在查抄之后，她一声不响地搬出了大观园，她是常常这般把自己置身在是非之外。

精明的凤姐一眼看出薛宝钗的这种处世之道，曾这样评价她：“不干己事不开口，一问摇头三不知。”这也是对她“装愚守拙、随分从时”最好的注解。这是一种远离是非，其实也无所谓是非的处世之道，既克己，也利己。蒋和森先生将其归纳为“本质上是利己的封建主义思想体系，实际上是薛宝钗的灵魂”。正是这种灵魂的支配，让她达到“岂容有度，出言有章”的境地，处处显示着一个大家闺秀的优雅风度。

唯其如此，薛宝钗刚刚展现少女兴致勃勃扑蝶的美好的一面，却又被她的理智克制住。“在亭外听见说话，便煞住脚往里细听”，她听到了小红和坠儿有关“芸二爷”的私房话，为了自己能够置身是非之外，竟然做了“损人利己”的事，书中第二十七回写道：

> 宝钗在外面听见这话，心中吃惊，想道：“怪道从古至今那些奸淫狗盗的人，心机都不错。这一开了，见我在这里，他们岂不臊了。况才说话的语音，大似宝玉房里的红儿的言语。他素昔眼空心大，是个头等刁钻古怪东西。今儿我听了他的短儿，一时人急造反，狗急跳墙，不但生事，而且我还没趣。如今便赶着躲了，料也躲不及，少不得要使个‘金蝉脱壳’的法子。”……宝钗便故意放重了脚步，笑着叫道：“颦儿，我看你往那里藏！”一面说，一面故意往前赶。
>
> ……心中又好笑：这件事算遮过去了，不知他二人是怎样。
>
> 谁知红玉听了宝钗的话，便信以为真，让宝钗去远，便拉坠儿道：“了不得了！林姑娘蹲在这里，一定听了话去了！”

不管这一段是不是有些人认为的，是宝钗故意陷害黛玉，但如蒋和森先生所言“薛宝钗的这种行为，至少可以向我们证明：她并非像她所表现的那样真心关怀林黛玉，因为一个人不会把自己认为有害的事，去让他所关怀所爱护的人来承担。”（《红楼梦论稿》）台湾大学欧丽娟教授为了证明宝钗此处不是为了陷害林黛玉，提出了因为薛宝钗知道林黛玉是贾母的宠儿，没有人敢对林黛玉使坏，才会喊“颦儿”的理论。以此类推的话，薛宝钗在贾府的人缘更好，又是贾府的座上客，更没有人敢对她怎样，她又何必把一个林黛玉拖下水呢？问题的实质用蒋和森的深刻通透来解，才更有说服力：“但问题还不止于此，更重要的是：薛宝钗的这个‘金蝉脱壳’，根本就是一种不道德的行为，因为即使她喊的是‘凤姐’或其他任何一个人，也不能改变她的这一行为的损人利己的实质。”（《红楼梦论稿》）更何况偷听，本也不是君子行为。

薛宝钗的这种举动，已经脱尽女孩子身上的天真、稚气和单纯，处处表现出一种成年人的稳重和世故。

其实这种世故，无论在哪种社会都是备受人们喜欢的。所以有多少人诟病宝钗的“金蝉脱壳”，就有多少人去维护她。她的言行举止是得到大部分人的认可的，大家要的就是表面的一团和气。所谓“曲高和寡”，像宝、黛那样寻找精神境界契合的毕竟是少数，大家都是俗世的一分子，只能用俗世的眼光去看待眼见的一切。更何况薛宝钗就是“一朵世俗的花王”，她灼灼其华的花朵，不知艳丽了多少红尘的世故之眼。世故之人行事的共同特点是：只重实利不重感情。

薛宝钗又善于处理人际关系，和各方面的人保持着一种亲切自然、合宜得体的关系。为此脂评言：“待人接物不亲不疏，不远不近，可厌之人未见冷淡之态，形诸声色；可喜之人亦未见醴密之情，形诸声色。”她不偏不倚的处世态度，尤为注意揣摩和迎合贾府上层的心意，博得一片赞许之声。她的姨娘王夫人对她的喜爱就不用说了，贾母夸她“稳重和平”；从不称赞别人的赵姨娘也说她“展样大方”。

这样的人际关系处理当然需要讨好和奉承。贾母，贾府的老祖宗，喜欢热闹的她要尽己之力去享受晚年的天伦之乐。薛宝钗就迎合贾母的这一心理，在老祖宗面前尽情表现着自己的会做人。

贾母要给她过生日，问她爱听何戏，爱吃何物。她“深知贾母老年人喜热闹戏文，爱吃甜烂之物，便总依贾母素喜者说了一遍”，于是“贾母更加喜欢”。

如果单独看薛宝钗这样的表现，可以说她是为了“敬老尊上”而克制了自己的喜好和需要。但问题是，她在其他人面前，在不同的场合也如此表现。元妃省亲时命众人赋诗，贾宝玉迟迟交不了作业，薛宝钗一眼发现宝玉未完成的诗稿中有贵妃不喜欢的“绿玉”字眼，赶紧悄悄提醒让宝玉改掉。后来，元妃从宫中送来一个灯谜，叫大家分猜。宝钗进前一看，“并无甚新奇，口中少不得称赞，只说难猜，故意寻思，其实一见就猜着了”。这“故意寻思”，分明是在“装愚”，以此来衬托元妃制谜的高明。这些表现分明就是她做人行事的风格。果然元妃赐给众人的东西，独她与宝玉的一样。这正是她“会做人”得到的好处。

但是，一旦碰到利害关系时，这些“会做人”，就变成了损人利己、薄情的“冷酷”。被人人称颂“贤淑”的薛宝钗亦然。

薛宝钗对感情之淡漠是深入骨髓的。刚烈的尤三姐与柳湘莲的爱情悲剧发生后，贾琏、贾珍这些人都是“不胜悲悼”，呆霸王薛蟠也是悲不自胜，他铭记着柳湘莲的救命之恩，眼睛含泪地跑回家诉说。这样凄惨带血的悲剧，薛宝钗听后的反应只有淡淡地“并不在意”，并且说了这样的一番话：

> “俗话说的好，‘天有不测风云，人有旦夕祸福’。这也是他们前生命定。前日妈妈为他救了哥哥，商量着替他料理，如今已经死的死了，走的走了，依我说，也只好由他罢了。妈妈也不必为他们伤感了。倒是自从哥哥打江南回来了一二十日，贩了来的货物，想来也该发完了，那同伴去的伙计们辛辛苦苦的，回来几个月了，妈妈

和哥哥商议商议，也该请一请，酬谢酬谢才是。别叫人家看着无理似的。”

薛宝钗不在意尤三姐的死，也不在意柳湘莲的一去杳无消息，她只在意世俗的实务，身边的血和泪已经不能让其动容，为情伤神在薛宝钗眼中大约是一种浪费吧？冷艳无情的薛宝钗的形象跃然纸上，这实在不应该是一个青春年少的女孩儿该有的样子。一切的感情之火随时都可以因实利熄灭，这种冷静在一个未成年的少女身上显现，实在是可怕的。但这冷在宝钗的身上，却化为恬淡和朴素而受到很多称赞。她不爱“花儿粉儿”，时常着朴素的旧衣服，甚至蘅芜苑的闺房也是“雪洞一般”“一色玩器全无”。

但这些却没能够赢得智慧的贾母的称赞，贾母认为，“年轻的姑娘们，屋里这么素净，也忌讳”“他们姐妹们虽不敢比那些小姐们，也别很离了格儿”。言下之意，宝钗的朴素，是“离了格儿”，是没有女孩儿应有的追求了。不是吗？这卧房的“雪洞”般冷冷的布置，不正是其主人冰冷内心的映照吗？智慧如贾母者，如何不会往这个方向去思索，才会不管宝钗的想法，要给她重新布置，这明显是温婉的批评。

蒋和森先生说：“封建主义的思想体系已经渗透到薛宝钗的内心深处。一种带着禁欲主义色彩的素净和冷淡，正冰洁住这个少女的感情。因此她像一尊石雕美人似的显得端庄而凝重，可是在这美人的内里，没有流动的热血。她‘贞静’，但也是一种没有体温的‘贞静’”。(《红楼梦论稿》)

当金钏儿被王夫人一掌打过，又被撵出贾府羞愧得投井自杀，她和袭人一同听到这个消息时，袭人“不觉流下泪来”；但宝钗呢，只是发出“这也奇了”的感叹，就“忙向王夫人处来道安慰”。此处令人感叹的已经不是宝钗的“冷”，而是冷静的世故。她没有同情金钏儿死得可怜可悲，却忙着去安慰始作俑者的上位者王夫人。

王夫人已经够冷得寡情了，依旧“坐着垂泪”，深感自责“岂不是我的罪过”。

但会做人的宝钗却用这样的一番言论来安慰王夫人：

> “姨娘是慈善人，固然这么想。据我看来，他并不是赌气投井。多半他下去住着，或是在井跟前憨顽，失了脚掉下去的。他在上头拘束惯了，这一出去，自然要到各处去顽顽逛逛，岂有这样大气的理！纵然有这样大气，也不过是个糊涂人，也不为可惜。”

这番话于王夫人而言，固然是体贴周全的安慰！我们完全可以忽略掉它对死者来说，是多么的冷漠无情！这番话完全可以看作是为了安慰王夫人而情非得已之言。但对薛宝钗接下去的话，就不能不甄别考虑了：

> “姨娘也不必念念于兹，十分过不去，不过多赏他几两银子发送他，也就尽主仆之情了。”

是的，这让我们想起现在流行的一句话：只要钱能摆平的事，就全不是事！

“那个打死人便如没事人一般”的呆霸王薛蟠，薛宝钗的哥哥，也有着同样的认知，“人命官司一事，他竟视为儿戏，自为花上几个臭钱，没有不了的”。（《红楼梦》第四回）这就是皇商世家的家风，他们兄妹有着一致的散发着“铜臭味”的价值观！这也是宝钗会做人的另一特点，“好施小惠”的体现。

2. 好施小惠成就的贤惠

薛宝钗对身边人，能根据不同对象，有分寸、有礼貌地施惠，既大方得体，又能达到《汉书 · 杨王孙传》中所言“不加功于无用，不损财于无谓”的效果。

就连王夫人她都能在不动声色中送出自己的“小惠”。金钏儿惨死之后，王夫人和她聊起欲送金钏儿的葬衣，现成的新衣服只有为林黛玉生日准备的两套，欲用，又怕黛玉“是有心的”而忌讳。薛宝钗立刻说：“我前儿倒做了两套，拿来给他岂不省事？”而且表示自己不忌讳，为王夫人解决了眼前的难题。王夫人自然心存感动，少不得要夸薛宝钗“懂事贤惠”，但是黛玉无形中，就显得更加不懂事。

薛宝钗知道湘云在家中的尴尬地位，从家里拿钱不容易，临到湘云为诗社做东，她就主动从哥哥那儿要来几篓螃蟹，替湘云设计了一个如她自己所言的“又要自己便宜，又要不得罪人，然后方大家有趣”的东道。这样的“处世的技术”岂是单纯的湘云和黛玉等能悟到的？湘云感动于宝姐姐的真心，忍不住当众说出“这是宝姐姐帮我预备的”，引得贾母不住夸赞：“我说这孩子细致，凡事想得妥当。”结果真正得到便宜的还是宝钗。

宝玉挨打，躺在“怡红院”里养伤。黛玉只会默默哭泣到“两个眼睛肿得如桃儿一般”，而宝钗却送来实惠的药丸，外加一句：“……就是我们看着，心里也疼。”虽然自悔失言，但早已让宝玉“大为感动”。

聪慧的黛玉，一向对薛宝钗心存忌惮，但是即便这样也禁不住宝钗小惠的“俘虏”。正如蒋和森先生所言：“纯真的聪明，终于难以抵挡世故的会做人。”薛宝钗趁着黛玉生病之际，先送上体贴暖人的关怀之言，却又说林黛玉这病“又不老又不小，成了甚么？”看似关怀之语却在无形中加重了黛玉的精神负担，然后又分析黛玉需燕窝滋补，然后自作人情，给黛玉送上几两燕窝。终于彻底消除了黛玉心底的芥蒂，内心感动的黛玉忍不住说道：“东西是小，难得你多情如此。”并真心责备自己素日多心，认为她“素日藏奸”，把自己一颗真诚的心向薛宝钗坦诚出来。

能博得赵姨娘的赞许，也是因为“送了贾环些东西”。她把哥哥从南方带回的当地特色物品，“除了自己留用之外，一份一份配合妥当”，然后便“挨门儿送到，并不遗漏一处，也不露出谁厚谁薄”。惹得赵姨娘不住地夸宝钗：“怨不得别人都说宝丫头好，会做人，很大方……”

大多数的人都是“一个富贵心，两只体面眼”，见到有权势的人就极力逢迎，见到身份低微的人就鄙视奚落。而薛宝钗在交际场中是尽量做到一碗水端平，让贾府上下的人都能皆大欢喜，是以她深得人心。

但是，薛宝钗的这种对什么人都好，对谁都不得罪的处世态度，恰恰是对什么人都不好，都没有真正深厚的感情。就如她说送燕窝给黛玉之后，并说好晚上再来陪她说话，结果一场雨就把她下得不见踪影，只有宝玉依旧冒雨前来。

“任是无情也动人”，“寿怡红群芳开夜宴”她掣得的酒令牙签上画着牡丹旁的这句题诗，多么深刻地揭示着薛宝钗的品行和为人啊。

薛宝钗更令人叹服的大手笔的“好施小惠”的发挥，是她协助探春、李纨理家的时候。贾探春大胆提出兴利除弊，把大观园的竹林、果园等地分包给婆子们去管理，开源节流，以弥补荣府的浩大开支。但是兴利的前提是要除去荣府贪污的恶习。于是薛宝钗帮助运筹谋划，她深知“好与”然后才能“多取”，因此便让出小利给管园子的众婆子，不仅可以除弊，还可以提高她们的积极性，增加园子的整体利润。这一策略，用薛宝钗的话说，即“使之以权，动之以利”。果然大观园的婆子们都皆大欢喜，纷纷称颂大奶奶和姑娘们体恤下情。

这里显现的已经不仅仅是“会做人”这么简单了，已经初步显露出她的政治才能，难怪她一心要“好风凭借力，送我上青云”。

刘在复先生在他的《红楼梦人三十种解读》中怀着对薛宝钗深深的同情写道：“薛宝钗是个才、德、貌三全的人物，但她毕竟是个青春少女。她和林黛玉等少女一样，有生命激情，有爱恋向往，但她接受了一套儒家的道德规范，竭力掩盖、压抑自己的内热，以至用‘冷香丸’来化解自己的内热。在封建道德观的威慑下，她竟然把自己的生命激情视为一种病，需要药治。林黛玉的悲剧固然是悲剧，但她毕竟把自己的情感毫无掩饰地率性表露过、宣泄过，任自己的眼泪挥洒过、畅流过，而薛宝钗则把一切真情感深深地压在心底，然后装出一副冷清的面孔去对付那个虚假的缺乏真情真性的世界。她是真正的封建道德的点缀品、牺牲品，她的心性表面上是被冷香丸化解掉的，实际上是被封建道德专制理念埋葬掉的。薛宝钗的悲剧是对青春热情自我压抑、自我消灭的悲剧，是自己屈服于外部社会规范而牺牲自身心性的结果。这种自我压抑、自我消灭的悲剧，是更深刻的悲剧，所以胡菊人先生称之为‘大悲剧’。”

凡此种种，都在说明，薛宝钗奉行的人生哲学，是入世的，她“罕言寡语，人谓装愚；随分从时，自云守拙”皆是为了固守儒家的那一套道德规范，能够仕途经济，这正是贾宝玉所反对的“书蠹”行为。贾宝玉的愤然之言“好好的一个清净洁白的女子，也学得沽名钓誉，入了国贼禄蠹之流”，这分明告诉大家，在自己的眼中，宝姐姐和那些追求仕途经济的“浊物”是一类人。既然“山中高士”是贾宝玉对薛宝钗的评判，薛宝钗是真‘高士’，还是假“高士”，当然也要从贾宝玉的角度去看。对人物不分好坏，只论“清浊”的宝玉，已经再鲜明不过地表明了自己的态度。如此，我们读者再多的争论，再高明的辩解，也都是毫无意义的。

行为偏僻性乖张——贾宝玉

何离心之可同兮？

吾将远逝以自疏。

——屈原

贾宝玉和薛宝钗同在一个屋檐下，却不能卿卿我我温馨一世的最重要的原因是两人价值观的差异。他们不仅不是夫唱妇随，反而是望向两个方向的两个人。一有机会，宝钗可能就会搬出自己女夫子的一套价值观，要其夫遂了己愿。但那是宝玉啊，他对女孩子很温柔，然而只要提及自己最厌恶的那一套仕途经济的理论，谁提就和谁翻脸。因为这样的劝说，宝钗还是女孩子的时候就被贾宝玉反驳过："好好的一个清净洁白的女子，也学得沽名钓誉，入了国贼禄蠹之流。"婚后，这样的劝说唠叨更不会少，宝玉何尝又会听从？

都说"道不同不相为谋"，也许从他们谈婚论嫁开始，聪明的宝钗就已经意识到他们婚姻的不幸。有很多人认为薛宝钗处心积虑地要嫁给贾宝玉，是这样吗？当薛宝钗记起“往日母亲对王夫人曾提过‘金锁是个和尚给的，等日后有玉的方可结为婚姻’等话，所以总是远着宝玉”；当元春赐了她和宝玉一样的礼物时，她“心里越发没意思起来”。但是在宝玉挨打时，她曾情不自禁地流露出少女情窦初开的心思：

> “……别说老太太、太太心疼，就是我们看着心里也疼。”刚说半句又忙咽住，自悔说的话急了，不觉的红了脸，低下头来。

宝钗之所以有这些矛盾表现，与她非同常人的理智有关！她总能让自己的理智战胜情感。在她看来，爱情应是比读书识字更大地违背了女孩子的本分，所以她对宝玉，即使心存有爱意也是即若即离，绝不会是黛玉式的飞蛾扑火。更何况，宝玉除了宝二爷的名头，并不是宝钗的心仪之人。当薛姨妈回家把亲事已定，马上要成婚的这一消息告诉她时，询问她的意见，她“始则低头不语，后来便自垂泪”。也许她已经预感，这不会是一场如意的婚姻，也许她是真的不想嫁给宝玉。但是不管是哪一种心理，她一如既往地秉持着懂事乖巧的模样，没有向母亲表示任何的不满和抗拒。她对薛姨妈说：“女孩儿的事是父母做主的，如今父亲没了，妈妈应该做主的。再不然由哥哥，怎么由起我来？”她要严格遵循封建的礼教，婚姻绝不能由自己去做主。这是宝钗最让那时家长喜欢的原因，同时也是她的悲哀之处，她把自己最美好的一切都交给了礼制约束，她认同遵循那个社会的所有礼法，却不会遵从自己的内心！她不会让自己成为别人眼中的大逆不道。其实宝钗有才华，识大体，但她却是一个完全没有自我的人。是的，这也正是封建礼教所要求的“完人”，所以宝姐姐始终是贾府中最受欢迎的“女子”，却也是宝玉内心最排斥的“禄蠹”类的人。

不知宝玉撒手悬崖后，聪慧的宝姐姐有没有想到会有这样的分离？

抑或宝姐姐早已预见到，只是不愿直面现实？还是一厢情愿地相信，凭自己之力，可以把宝玉拉回“正道”，去仕途经济光宗门楣，夫荣妻贵？

上章说到宝姐姐是入世的，有兼济天下的儒家思想；而宝玉却信奉道家的无为无用的思想，混迹于闺阁之中。

《红楼梦》从头到尾儒、释、道三种哲学思想一直潜控全篇。宝玉的生命就是这三种思想的融合冲突与辩证。

一、道家“无为无用”思想为其魂

宝玉从哪里来？《红楼梦》书中第一回讲道：

> 原来女娲氏炼石补天之时，于大荒山无稽崖炼成高经十二丈、方经二十四丈顽石三万六千五百零一块。娲皇氏只用了三万六千五百块，只单单剩了一块未用，便弃在此山青埂峰下。谁知此石自经煅炼之后，灵性已通，因见众石俱得补天，独自己无材不堪入选，遂自怨自叹，日夜悲号惭愧。

原来宝玉的前世就是无用之才，一切都是命中注定，他的灵魂深处就住着道家思想的核心“无为而无不为，无用方为大用”。但作为宝玉前身的石头，对这种无为而无不为的思想是不自知的。

他不知，正因为他是无才补天的顽石，才能够有闲逍遥自在，各处游玩；才能修道通灵，去经历世间的一番繁华，即便最终一切都是空，但毕竟曾经尽力过了。若懂得了这一点，他还会“日夜悲号惭愧”吗？

一日他游历到警幻仙子处，警幻仙子知他有些来历，便留他在赤霞宫中，命他为赤霞宫神瑛侍者。自此他常在西方灵河岸上行走，得以遇见娇嫩可爱的“绛珠仙草”，日日以甘露灌溉，使得仙草得以久延岁月，受天地精华滋润，复得甘露滋养，脱了草木之胎，幻化人形，修成仙女，终日游荡于离恨天外，饥餐“秘情果”，渴饮“灌愁水”，念念不忘要还他“雨露之惠”，终等到一起下世为人，用自己一生所有的眼泪还他灌溉之恩。无才无用的顽石，却无意间帮助一株仙草修成正果，他无用天下，却可以度化一个生命，其用也是可圈可点了，补天最终也不过是为天下苍生。

两个神话，画出了宝玉的形和魂。

前世无才补天的顽石，下世为贾家集万千宠爱于一身衔玉而生的公子，名为宝玉，所衔之玉则为前世的化身，被渺渺真人镶嵌了文字，成为世人罕见的奇物，宝玉因之身份更加特殊，而备受贾家珍爱。正如北京师范大学红学家段启明先生所言：“如果说贾妃被封为贵妃，给贾府披上‘皇权’的光环，那么宝玉的‘衔玉而生’，就为贾府披上了‘神权’的光芒，以至于连北静王这样的贵胄，也念念不忘要见见宝玉。但是神的光环，仍然不能遮掩住他无能的现实。”两首《西江月》道尽此儿无能之形状。

西江月

其一

无故寻愁觅恨，有时似傻如狂；

纵然生得好皮囊，腹内原来草莽。

潦倒不通世务，愚顽怕读文章；

行为偏僻性乖张，那管世人诽谤！

其二

富贵不知乐业，贫穷难耐凄凉；

可怜辜负好时光，于国于家无望。

天下无能第一，古今不肖无双；

寄言纨绔与膏粱，莫效此儿形状！

这个王夫人口中的“孽根祸胎”“混世魔王”却有一副极好的皮囊，连黛玉这个有绝世姿容的仙子见了也是吃了一惊：

面若中秋之月，色如春晓之花，鬓若刀裁，眉如墨画，面如桃瓣，目若秋波。虽怒时而若笑，即瞋视而有情。项上金螭璎珞，又有一根五色丝绦，系着一块美玉。

……面如敷粉，唇若施脂，转盼多情，语言常笑。天然一段风韵全在眉梢；平生万种情思，悉堆眼角。

这是一位玉树临风温润如玉的翩翩公子，《西江月》却告诉你不能只看其“极好”的外貌，要知道其不过是“腹内草莽”的无用之人。的确，宝玉在贾政眼里是“不务正业的作孽的畜生”；在宝钗眼里是“富贵闲人”；在王夫人眼里是“孽根祸胎”。

从宝玉的日常去看，的确是个“富贵闲人”的模样，不能不说，宝钗虽然和贾政王夫人一样，都看到了宝玉的“无用”和“纨绔”，但宝钗的评价更符合宝玉的日常状态。

与其说宝玉衔玉而生，不若说是衔着“金汤匙”而生。他出生在一等一的“诗礼簪缨之族”的富贵之家，住在“雕梁画栋”豪华居所，每日“锦衣玉食”衣来伸手，饭来张口，出行就有一大批丫头、小厮、老妈子跟着。即便是父亲贾政养的那一帮清客，一见到他就众星拱月般吹捧他谄媚他。他哪怕有些微的不舒服，就会引起贾府上下一阵慌乱。如此养尊处优、颐指气使的生活，自然是沾惹上了贵公子的一些习气，即使叛逆如他，也会要“宝二爷”的威风和脾气。比如当袭人开怡红院的大门稍微迟了一点，他就气得飞起一脚踢在袭人的肋下；当茜雪告知，枫露茶被李妈妈吃了，他一听就把手中的杯子摔了，茶水溅湿了茜雪裙子，嚷着就要把李妈妈撵出去，直到袭人哄了又哄才消停；在闹书房时，不依不饶地要金荣向秦钟磕头赔罪……

一心攀附他的贾芸，终于见到他了，他却有的没的闲扯一气：

> 那宝玉便和他说些没要紧的散话：又说道谁家的戏子好，谁家的花园好，又告诉他谁家的丫头标致，谁家的酒席丰盛，又是谁家有奇货，又是谁家有异物。那贾芸口里只得顺着他说。说了一回，见宝玉有些懒懒的了，便起身告辞。宝玉也不甚留，只说："你明儿闲了，只管来。"

他全然不知，贾芸是谋生活来了，哪有时间再来陪他这个"饿了吃、困了睡"的膏粱子弟扯这些富贵闲话？他这些闲散王孙公子的风花雪月的生活情调贾芸何曾懂得？宝钗所说的"富贵闲人"的种种，是没有冤枉宝玉的。

但他这个"富贵闲人"却相当的不自由，他吐槽，他抱怨：

> "……我只恨我天天圈在家里，一点儿做不得主，行动就有人知道，不是这个拦就是那个劝的，能说不能行。虽然有钱，又不由我使。……"

宝玉的不自由，一是来源于万千宠爱在一身的关爱。这个一出生就光芒四射的贾府嫡孙，长得又最有贾家老太爷的风范，无论哪一点，都让贾母捧在手里怕摔着，含在嘴里怕化了，更何况宝玉的某些脾性也是深得贾母之心。如此受宠的宝玉，周围的人自是小心翼翼地守护着。

王熙凤过生日，宝玉偷跑出城去祭金钏儿，一时不见，贾母震怒，把贾府上上下下急得要死。直到宝玉赶回来，玉钏直呼“凤凰来了”，大家方才得以安生。

王夫人整治大观园里的女孩儿时也说，“可知道我身子虽不大来，我的心耳神意时时都在这儿呢”。王夫人的意思自然是虽然她不在，但她的心意、她的耳朵、她的精神，可是片刻不离地看守着宝玉，如同如来佛掌控着孙悟空。

二是心灵的不自由。贾政因为嫌弃“他将来是酒色之徒耳，因此便不甚爱惜”，宝玉从孩提时就没有感受到父爱的温暖，只有冰冷的人伦教育。以至于贾宝玉一碰到贾政便“如避鼠猫儿一般”，听到贾政一声叫唤，也“不觉打了个焦雷一般”。贾政的教育，对宝玉不是帮助成长，更多的是对他童心的伤害。

但这些不自由的束缚，也仅仅是表面的，却怎么也束缚不了宝玉骨子里追求自由的心。他的不喜仕途经济，对封建正统思想的抵抗，对爱情的真挚执着，都是对自由心灵的追求。

贾政正是看到了宝玉对封建正统思想的抵抗，所以他才会认为宝玉是一个无用不长进的“酒色之徒”，才会对其采取严厉的打压。得知宝玉“在外流荡优伶”，一顿鲜血淋漓的毒打之后，越发恨得要“不如趁今日一发勒死了，以绝将来之患”。

宝玉从石头的不自知到下世为人的自觉自愿的“无为无用”，是灵魂深处的道家思想使然。

他“愚顽怕读文章”。宝玉对读书有自己的一番高论，人人皆知他的疯话，他说只知一味死读书、一心热衷功名的男人为“须眉浊物”。他把八股文指斥为“饵名钓禄之阶”，视热衷功名的“须眉浊物”为“禄蠹”“国贼”，最不愿意与这些所谓的“士大夫”结交。反讽“除‘明明德’外无书”来斥责程、朱理学的陈腐僵化，连“文死谏，武死战”的士大夫气节在他眼里也是分文不值。他说，“那些个须眉浊物，只知道文死谏，武死战，这二死是大丈夫死名死节。竟何如不死的好！……可知那些死的都是沽名，并不知大义”。

他把湘云、宝钗劝他“读书考举人进士”的话，斥为“混账话”，直接赶人，而且生起气来，只说：“好好的一个清净洁白女儿，也学得钓名沽誉，入了国贼禄鬼之流……真真有负天地钟灵毓秀之德！”唯其如此，大家都认为他是不喜读书之人。贾府小厮说：“他长了这么大，独他没有上过正经学堂，我们从祖宗到二爷，谁不是寒窗十载，偏他不喜读书。”

宝玉只是不喜读“仕途经济”的八股文而已！这也是曹老先生本着老庄的“无为方可有为”的思想，是春秋笔法。他不仅喜欢读书，而且读了很多书。

宝玉喜欢读的是什么书？书中第三回宝玉初见黛玉时，就问：“妹妹可曾读书？”然后才问名字，又引经据典杜撰《古今人物通考》来，给黛玉取字“颦颦”；见了秦钟，感叹其人物俊美，也是先问他读什么书，而后“你言我语，十来句后，越觉亲密起来”。从他的问话，从他的引经据典，足见其涉猎书籍之丰富。但他很在意读什么书，是不是合乎自己的胃口，还要从读书上寻求志同道合的知己。

香菱学诗呕心沥血，殚精竭虑，如痴如魔，宝玉不禁感叹道：“这正是地灵人杰，老天生人再不虚赋情性的。我们成日叹说可惜这么个人竟俗了，谁知到底有今日。可见天地至公。”可见他认为只有读了能够怡人性情的书，女孩子才能够脱俗，才能够成为他心目中的那种“水做的女孩儿”！

书中第九回，贾政曾经训斥宝玉的小厮李贵：

> 因向他道：“你们成日家跟他上学，他到底念了些什么书！倒念了些流言混语在肚子里，学了些精致的淘气。”……回说：“哥儿已念到第三本《诗经》，什么‘呦呦鹿鸣，荷叶浮萍’，小的不敢撒

谎。”说的满座哄然大笑起来。贾政也撑不住笑了。因说道：“那怕再念三十本《诗经》，也都是掩耳偷铃，哄人而已。你去请学里太爷的安，就说我说了：什么《诗经》古文，一概不用虚应故事，只是先把‘四书’一气讲明背熟，是最要紧的。”

在贾政，连他信奉的儒家创始人孔子编纂的《诗经》这中华民族的瑰宝，只因科举考试不考，就成了“流言混语”了。他讽刺准备去学堂的宝玉，“你如果再提‘上学’两个字，连我也羞死了。依我的话，你竟顽你的去是正理。仔细站脏了我这地，靠脏了我的门！”不知他是否比较过“十年寒窗”苦读的贾琏、贾珍的人品风貌，何曾能及得上宝玉的一半？

贾宝玉喜读杂书，在希望他读那些仕途经济之书的贾政等“正统之流”看来，就是不务正业，即使宝玉极为擅长书塾里提倡的对对子，在贾政看来那也只是宝玉的歪才而已，更不要说看那些古今小说、“外传”与那传奇角本了。这些杂书连黛玉看了都觉满口余香，他们也曾经一起共读《西厢记》的美好，读了杂书的黛玉，也被宝钗趁机教育过。

宝玉读的书，的确够多够杂，茗烟都认为这些书是禁忌，不能碰的，偏偏黛玉也爱读《西厢记》，的确是宝玉的知音。

被称为天才的苏轼曾经在书房写过一副对联：“遍识人间字，读尽天下书”。从先秦百家、汉代大赋，再到唐代诗歌、天文地理，他无一不通，无一不精。

鲁迅《致颜黎民》一文中有这样一段话：“只看一个人的著作，结果是不大好的：你就得不到多方面的优点。必须如蜜蜂一样，采过许多花，这才能酿出蜜来，倘若叮在一处，所得就非常有限，枯燥了。”

汪曾祺先生在《谈读杂书》中谈道：“读杂书至少有以下几种好处，第一，这是很好的休息；第二，可以增长知识，认识世界；第三，可以学习语言，杂书的文字都写得比较随便，比较自然，不是正襟危坐，刻意为文，但自有情致，而且接近口语；第四，从杂书里可以悟出一些写小说、写散文的道理，尤其是书论和画论。通读杂书，上知天文下晓地理，才能格物致知，写文章也才能信手拈来，一挥而就。”

正因为通读杂书，才成就了宝玉煜煜生辉的姿容，洋洋洒洒的文采。《红楼梦》第七十九回，受贾政之命，宝玉为林四娘写的《姽婳词》不仅众宾客大赞不已，而且贾政也是难得地笑着贬斥，实则是对儿子谦虚的认可；宝玉为晴雯撰写的《芙蓉女儿诔》文采斐然，最能显其才华卓绝，无不因为其对诗词歌赋的娴熟于胸，才有如此高远见识、独到见解。

宝玉的才华，在几次展露后，一向对其嫌弃不已的贾政因“年迈，名利大灰，然起初天性也是个诗酒放诞之人，因在子侄辈中，少不得规以正路。近见宝玉虽不读书，竟颇能解此，细评起来，也还不算十分玷辱了祖宗”。

贾政从望子成龙的功名利禄的角度出发，认为宝玉读“杂书、闲书”不是读书，那只是在学“精致的淘气”而已。后来“年迈，名利大灰”，也有了认可宝玉之心，“虽无稽考，却都说得四座春风。虽有正言厉语之人，亦不得压倒这一种风流去”。

从今人的角度，从老庄的角度，从古代圣贤的眼里去看，真正的读书，不仅是实用的治世，还有修身养性、培养浩然之气的作用。显然后者更重要，它可以使人更好地处世生活。老子庄子都是将相之才，只是他们不愿在乱世强出头而已。孔明，仅靠“八股文”，岂能有如此洞晓天机世事的韬略在胸？岂有那样谪仙的风姿？

曾国藩说过，提升一个人气质最好的办法就是读书。但绝不是读实用的技术和谋生的手段，而是那些所谓的“闲书”，是贾宝玉爱读的那些书。他的那副“最是极好”的皮囊，有先天的优势，更有后天读书提升的气度，所以在北静王水溶的眼中有龙凤之姿：

水溶连忙从轿内伸出手来挽住。见宝玉戴着束发银冠，勒着双龙出海抹额，穿着白蟒箭袖，围着攒珠银带，面若春花，目如点漆。水溶笑道："名不虚传，果然如'宝'似'玉'。"

水溶见他语言清楚，谈吐有致，一面又向贾政笑道："令郎真乃龙驹凤雏。非小王在世翁前唐突，将来'雏凤清于老凤声'，未可量也。"

对宝玉嫌弃不已的贾政也为宝玉的姿容开怀：

贾政一举目，见宝玉站在跟前，神彩飘逸，秀色夺人；看看贾环，人物委琐，举止荒疏；忽又想起贾珠来，再看看王夫人只有这一个亲生的儿子，素爱如珍，自己的胡须将已苍白：因这几件上，把素日嫌恶处分宝玉之心不觉减了八九。

贾环也读书，然而他是在贾政的正规正矩教导下读科举考试的实用之书，所以他有知识，但没有才华提升他的气度。以贾家人物的底子，贾环再怎么不堪，也不会丑到哪里去，但是他少了文化的底蕴衬托，缺的是"书中自有颜如玉"的气质，加上赵姨娘的恶意熏染，形容举止就猥琐起来。正是"他两个虽能诗，较腹中之虚实虽也去宝玉不远，但第一件他两个终是别路，若论举业一道，似高过宝玉，若论杂学，则远不能及；第二件他二人才思滞钝，不及宝玉空灵娟逸，每作诗亦如八股之法，未免拘板庸涩"。贾环贾兰"举业一道"是远远高于宝玉的，但却远不及宝玉读杂书得到的修养高，因而在气度上，在灵气通透上就矮了宝玉许多。

今天我们国家不断提倡读经典，整本书阅读，要求学生阅读大量中外名著去提升修为，去矫枉“即便进入一流学府，只能成长为‘精致的利己主义者’”的现象。

很多红学大家都认为曹老先生就是宝玉的原型，宝玉是曹老先生个人写照，曹老先生自比顽石，曹老先生也爱画石，他有《题自画石》:

爱此一拳石，玲珑出自然。溯源应太古，堕世又何年？有志归完璞，无才去补天。不求邀众赏，潇洒做顽仙。

这是老先生自诉平生，还是宝玉的石头心声？显然已经融为一体。曹老先生如宝玉般读了多少不为“仕途经济”的闲书，才有这样“无用”的才华，去才成就让世人惊为“天书”的《红楼梦》？宝玉如果生活在今天，也绝不是很多读者君眼中的“百无一是”，我相信他更会是莫言，会是沈从文、汪曾祺那样一流的人物，是道家的“无为方可有为”“无用方可大用”的人才。

二、释、道互为表里

拥有道家的灵魂的宝玉，由“一僧一道”携入人间的石头，最终以僧之幻象离开曾经贪恋的红尘，释和道在他的身上始终相互融合，互为表里，而一僧一道更是佛、道两种宗教精神矛盾融合的象征。第二十五回的回目“魇魔法叔嫂逢五鬼　通灵玉蒙蔽遇双真”，把一僧一道称为双真，也就是茫茫大士与渺渺真人，他们具备了联系前生来世与今生今世，沟通太虚幻境与尘世人寰，并且引领度脱凡人走向精神的出路。他们可以自由出入三境，不像警幻仙子只有在梦幻中才能与凡人交往，才能对凡人进行启示。显然他们已经达到了“天人合一”与造物者自由的精神自由的境界。虽然他们的肉身是“一僧一道”，但他们始终是同来同往，释、道合一，是你中有我我中有你。进入凡间则常以“我佛慈悲”度人脱离苦海，这时“释”是表象，道则为里。宝玉身上具有释、道合一的哲学思想，当然也是曹老先生两种思想融合的折射，因为贾宝玉和曹老先生常常也是不分彼此，你中有我我中有你。

鲁迅先生说：“在我眼下的宝玉，却看见他看见许多死亡；证成多所爱者，当大苦恼，因为世上，不幸人多。……悲凉之雾，遍被华林，然呼吸而领会之者，独宝玉而已。”聂绀弩也指出：“《红楼梦》的一切人和事都是写给宝玉看的，都是为了造成促成宝玉这个人物的形成和完成而写的。”

宝玉不仅看见许多死亡，他自己却也从不避讳谈及死亡。他多次提到自己对死的看法：

第十九回，贾宝玉对袭人说：

> “只求你们同看着我，守着我，等我有一日化成了飞灰，——飞灰还不好，灰还有形有迹，还有知识。——等我化成一股轻烟，风一吹便散了的时候，你们也管不得我，我也顾不得你们了，那时凭我去，我也凭你们爱那里去就去了。”

第三十六回，他又对袭人说：

> “……比如我此时若果有造化，该死于此时的，趁你们在，我就死了，再能够你们哭我的眼泪流成大河，把我的尸首漂起来，送到那鸦雀不到的幽僻之处，随风化了，自此再不要托生为人，就是我死的得时了。”

第七十一回，则对尤氏等众人说：

“我能够和姊妹们过一日是一日，死了就完了。什么后事不后事。”

……宝玉笑道，“人事莫定，知道谁死谁活。倘或我在今日明日，今年明年死了，也算是遂心一辈子了。”

虽然红学家甄丹认为宝玉这些死亡言论“具有了向死而生的意味”，但也说明感伤主义、虚无主义在宝玉心中，始终挥之不去。庄子认为人之生死都是一种“天行”，即自然运动变化的结果，故应以自然的态度去对待，即“恬淡寂寞、虚无无为”的平常心，庄子的生死观终究带有感伤的成分，这和宝玉的生死观也是契合的。其实说到底这又何尝不是佛家的生死轮回、缘起缘灭的观念呢？

不管是黛玉的还泪，木石前盟的前世之缘，还是与宝钗“金玉良缘”的今世之缘，还是贾府的所有人物，都是与宝玉有缘才会聚于此，都是释家强调的缘分说。黛玉的下世只为还宝玉前世的“灌溉”之恩，所以黛玉的泪都是为宝玉而流，泪尽之日，也是黛玉离开红尘俗世之时；“木石前盟”在宝玉就有了不管有多少姐姐妹妹，而“睡里梦里”都是“若水三千，我只取一瓢饮”的排他。书中第三十六回写道：

这里宝钗只刚做了两三个花瓣，忽见宝玉在梦中喊骂说：“和尚道士的话如何信得？什么是金玉姻缘，我偏说是木石姻缘！”薛宝钗听了这话，不觉怔了。

宝钗怎能不“怔”住？这分明是宝玉对“金玉良缘”的彻底否定和痛恨，是对自己“金玉良缘”之梦的当头一棒，所谓日有所思夜有所梦啊！

宝玉不止一次对黛玉说“你死了，我做和尚”。

第三十回宝玉对林黛玉说：

> “你死了，我做和尚！”

后来在三十一回，袭人笑道：

> “林姑娘，你不知道我的心事，除非一口气不来死了倒也罢了。”林黛玉笑道：“你死了，别人不知怎么样，我先就哭死了。”宝玉笑道：“你死了，我作和尚去。”袭人笑道：“你老实些儿罢！何苦还说这些话。”林黛玉将两个指头一伸，抿着嘴儿笑道：“作了两个和尚了。我从今以后，都记着你作和尚的遭数儿。”

其他人，甚至连黛玉自己都认为这是宝玉小孩子口无遮拦的呆话，怎知这就是宝玉爱的坚贞誓言，是谶语，是其缘尽今生之后的归宿。书中最后一回“甄士隐详说太虚情　贾雨村归结红楼梦”写道：

> 一僧一道，夹住宝玉说道：“俗缘已毕，还不快走。”说着，三个人飘然登岸而去。贾政不顾地滑，疾忙来赶。见那三人在前，那里赶得上。只听见他们三人口中不知是那个作歌曰：
>
> 我所居兮，青埂之峰。我所游兮，鸿蒙太空。谁与我游兮，吾谁与从。渺渺茫茫兮，归彼大荒。

从哪里来回到哪里去，这是宝玉（石头）历尽人世温柔繁华冷暖，终于大彻大悟；贾宝玉历尽了红尘沧桑，“回头试想真无趣”，以“出家为僧”兑现给黛玉的誓言“你死了，我做和尚”和“双真”回归大荒山青埂峰，也映照了第二十五回埋下的伏笔：

贾政听说，便向宝玉项上取下那玉来递与他二人。那和尚接了过来，擎在掌上，长叹一声道："青埂峰一别，展眼已过十三载矣！人世光阴，如此迅速，尘缘满日，若似弹指！可羡你当日的那段好处：

天不拘兮地不羁，心头无喜亦无悲；却因锻炼通灵后，便向人间觅是非。

可叹你今日这番经历：

粉渍脂痕污宝光，绮栊昼夜困鸳鸯。沉酣一梦终须醒，冤孽偿清好散场！"

回归"大荒山青埂峰"的石头终于重回"天不拘兮地不羁，心头无喜亦无悲"的自由自在，这是"绝圣弃智、逍遥"的道家之境，是道家追求的原始朴素自在无用的生活；同时也是人生终究是一场梦的佛家的虚无观。

古代禅宗大德有一首诗写得好："心随万物转，转处实能幽，随缘识得性，无喜亦无忧。"喜忧是烦恼，是起心动念。《华严经》上说，"但以妄想执着而不能证得"。石头坠入红尘时，心里被妄想、被烦恼障碍住，他喜也有忧也有。彻悟之后的石头心无挂碍，万念皆空。不喜不忧，不取不舍。进入无功之用，到达无为之地，终究还是释、道归一。在曹老先生心里，应是进入道家的无用无功之境，也就踏入了万般皆空、本我一物的禅之大境。

曾经红尘中的宝玉因宝钗过生日，请来的戏子中有一个像林黛玉，湘云口快竟说了出来，当时贾宝玉拼命使眼色想阻止她，免得颦儿生气，可后来反使自己左右不是人，一时万念俱灰，在看了庄子的《南华经》（即《庄子》）才开始参悟。

书中第二十二回写道：

细想自己原为他二人，怕生隙恼，方在中间调和，不想并未调和成功，反已落了两处的贬谤。正合着前日所看《南华经》上，有“巧者劳而智者忧，无能者无所求，饱食而遨游，泛若不系之舟”，又曰“山木自寇，源泉自盗”等语。因此越想越无趣。再细想来，目下不过这两个人，尚未应酬妥协，将来犹欲为何？想到其间也无庸分辩回答，自己转身回房来。

……宝玉道：“什么是‘大家彼此’！他们有‘大家彼此’，我是‘赤条条来去无牵挂’。”谈及此句，不觉泪下。……宝玉细想这句意味，不禁大哭起来，翻身起来，至案边，遂提笔立占一偈云：

你证我证，心证意证。

是无有证，斯可云证。

无可云证，是立足境。

写毕，自虽解悟，又恐人看此不解，因此亦填一支《寄生草》，也写在偈后。自己又念一遍，自觉无挂碍，中心自得，便上床睡了。

庚辰眉批：前以《庄子》为引，故偶继之。又借鞶儿诗一鄙驳，兼不写着落，以为瞒过看官矣。此回用若许曲折，仍用老庄引出一偈来，再续一《寄生草》，可为大觉大悟矣。以之上承果位，以后无书可作矣。却又作黛玉一问机锋，又续偈言二句，并用宝钗讲五祖六祖问答二实偈子，使宝玉无言可答，仍将一大善知识，始终跌不出警幻幻榜中……

脂砚斋的眉批言明了，宝玉是以《庄子》为引，继而大哭一通后，开始悟道参禅，先不管此时宝玉有没有“大觉大悟”，宝玉此次参禅悟道，总是“道”的思想在前开启“释”的禅悟，在曹老先生的思想里，释与道的融为一体、互为表里是处处可见的。

三、与“儒”的冲突、排斥

黑格尔说，“存在即合理”。然而在“罢黜百家，独尊儒术”的时代，儒家的地位无比尊崇，儒家所提倡的“科举考试”“仕途经济”理所当然地受到重视，反之，“释”和“道”就无足轻重了。正因如此，不喜读“科举”之书，讨厌仕途经济，有着“道、释”思想的宝玉，成了人们眼中的“行为偏僻性乖张”的“不肖”子孙，父亲贾政视他为“孽障”，母亲王夫人则称他为“孽根祸胎”“混世魔王”，他的言行举止在他们眼中是离经叛道的。这些观念上的冲突，导致宝玉被其父亲百般嫌弃，唯其如此，黛玉对其的理解才凸显黛玉在宝玉心中的不同寻常和珍贵，他们身上都有着不流于世俗的对自我和个性的追求，也是曹老先生所追求的人生价值观。

贾宝玉的“行为偏僻性乖张”首先是“极恶读书，最喜在内帏厮混”。

书中第五回宝玉梦前梦中，都充分地说明了这一点。宝玉到了宁国府，由秦可卿安排他午睡，开始进入的房间有这样的布置：

> 宝玉抬头看见一幅画贴在上面，画的人物固好，其故事乃是《燃藜图》，也不看系何人所画，心中便有些不快。又有一副对联，写的是：世事洞明皆学问，人情练达即文章。

《燃藜图》乃是神仙劝人勤学苦读的画面。那副对联说，懂得人情世故就是学问，有一套应付人情世故的本领也就是文章。画与对联相辅相成，实为劝学“仕途经济”的楷模和格言，这正是宝玉最厌恶所在。于是宝玉“纵然室宇精美，铺陈华丽，亦断断不肯在这里了”。后来到了秦可卿的房中，宝玉则“含笑连说：‘这里好！’”这里的摆设华丽浓艳，带着浓浓的脂粉气，正是宝玉的心头喜。这个房间是宁府的客房，它的布置手笔当然出自贾家族长贾珍，而贾珍才是整天只知道“斗鸡走狗、聚众赌博”，甚至连“聚麀之诮”有悖人伦的事情都能做得出的纨绔不肖子弟。“即使他将宁府闹翻个个儿，也没人管。”他是“造衅开端实在宁”坏透了的无耻之流，画与它的主人放在一起，是多么强烈的讽刺！所以宝玉厌恶的与其说是“仕途经济”，毋宁说是对封建士大夫的那一套虚伪的厌恶；而他喜欢亲近女孩子何尝不是对“真善美”的向往和追求？所以他才会有那样的一套“歪理邪说”：“女儿是水做的骨肉，男人是泥做的骨肉，我见了女儿就觉得清爽，见了男子便觉浊臭逼人；女孩儿未出嫁，是颗无价之宝珠；出了嫁，不知怎么就变出许多不好的毛病来，虽是颗珠子，却没有光彩宝色，是颗死珠了；再老了，更变得不是珠子，竟是鱼眼睛了……”

这些精神上的追求使他“最喜在内帏厮混”“极恶读书”。他说：“除了‘明明德’外就没有书了，都是前人自己混编纂出来的。”他把读“仕途经济”求取功名的人称为“禄蠹”。但是他对“飞燕、合德、则天、玉环外传”，甚至是《诗经》、诗词歌赋这类居于正统之外的杂书是来者不拒的，而且极其喜欢。他甚至推己及人，对他的知己黛玉说读了《西厢记》，会喜欢得连饭都忘了吃。

由此，他“懒与士大夫诸男人接谈，又最厌峨冠礼服贺吊往还等事……”因为和他们在一起所谈的正如薛宝钗和史湘云劝导他的“……就不愿读书去考举人进士的，也该常常地会会这些为官做宰的人，谈谈讲讲些仕途经济的学问，也好将来应酬务……”薛宝钗之所以在黛玉“泪尽而亡”之后，还是不能走进宝玉的心里，最重要的是她所向往的“仕途经济”之道和宝玉所追求的理想相差太远。在“万般皆下品，唯有读书高”的世风下，宝玉能说出“还提什么念书？我最讨厌这些道学说，更可笑的，是八股文章，拿他诓功名，混饭吃，也罢了，还要说‘代圣人立言’！好些的，不过拿些经书凑搭凑搭还罢了，更有一种可笑的，肚子里原没有什么，东拉西扯，弄得牛鬼蛇神，还自以为博奥。这哪里是阐发圣贤的道理？”能说出这样所谓“离经叛道”“惊世骇俗”之语的人，他真的是时代的先锋人物，是比任何人都清醒的存在，所以鲁迅才会说，“悲凉之雾，遍被华林，然呼吸而领会之者，独宝玉而已”。

宝玉厌恶读“仕途经济”的书，是厌恶儒家的那一套虚伪的繁文缛节、森严的等级制度以及对人性的压抑和扭曲。“最喜在内帏厮混”是喜欢水做的女儿的干净清净，没有沾染恶俗之气，而女子一旦沾了汉子的“浊陋不堪”也就被他恨为“死鱼眼”了，再也没有可爱之处，甚至有的比男子更可恨。说来说去，宝玉喜欢的还是道家“清静无为，与世无争”的干净。即便是朝夕相处的湘云、宝钗“以立身扬名”来规劝他，他也是登时变脸。第三十六回他批评宝钗道：

> “好好的一个清净洁白女儿，也学的钓名沽誉，入了国贼禄鬼之流……真真有负天地钟灵毓秀之德！”

在第三十二回中，当史湘云劝他仕途经济、科举考试时，他也不留情面地说：

> “姑娘请到别的姊妹屋里坐坐，我这里仔细污了你知经济学问的。”

哪里还有往日对女孩儿的百般体贴照顾？唯其如此，宝玉对宝钗只有爱慕之意，而无爱慕之情。他对黛玉的爱皆源于对真个性真性情的追求。

他的“喜在内帏厮混”和贾珍贾琏之流的心思是全然不同的。贾母最懂宝玉不是为男女之事在女孩儿堆里混：

> “……我深知宝玉将来也是个不听妻妾劝的。我也解不过来，也

从未见过这样的孩子。别的淘气都是应该的，只他这种和丫头们好却是难懂。我为此也耽心，每每的冷眼查看他。只和丫头们闹，必是人大心大，知道男女的事了，所以爱亲近他们。既细细查试，究竟不是为此，岂不奇怪。想必原是个丫头错投了胎不成。”

让读者君惊异的是，贾雨村，这个宝玉最讨厌的政客，却也是另一个最懂宝玉不是“酒色之徒”的人，甚至可以说是对宝玉最深刻剖析的第一人。书中第二回，冷子兴等人，包括贾政，都认为贾宝玉就是淫邪之徒。但是，贾雨村说了这么几句话：

“非也！可惜你们不知道这人来历。大约政老前辈也错以淫魔色鬼看待了。若非多读书识事，加以致知格物之功，悟道参玄之力，不能知也。

天地生人，除大仁大恶两种，馀者皆无大异。若大仁者，则应运而生，大恶者，则应劫而生。……

置之于万万人中，其聪俊灵秀之气，则在万万人之上；其乖僻邪谬不近人情之态，又在万万人之下。若生于公侯富贵之家，则为情痴情种；”

这个被自己的父亲视为“酒色之徒”，这个被母亲视为“混世魔王”的宝玉，其情其状其性，竟然被一个从未见过面的，而且最能钻营“仕途经济”的势利之人贾雨村，一言道破其真，真是知己第一人啊。

这就是曹雪芹把道家阴阳两极的奇妙用到了极致，它无处不在，无处不可用！最俗之人，却最懂不事俗务之人宝玉；最俗之人，却教授过最仙最雅之人黛玉。

宝玉既然不喜封建士大夫之流的虚伪、功利，对他们的那一套“男尊女卑、封建伦常和长幼秩序”的观念也是淡薄的，所以他对所有美好的女孩子都尽心尽力去对待，从没有把自己放在“主子的位置”，而且唯恐自己对女孩子的好，没有尽心，这些人当然包括他身边的丫鬟妻妾，都是一视同仁。

他窥视了“画蔷”龄官的私情，不是像宝钗的心里立刻跳出“男盗女娼”的鄙视，而是充满同情、理解和关怀；为能够替平儿理妆而满足；宝玉体贴香菱的难处，让袭人把自己的一件一模一样的石榴裙给香菱换上。第六十六回中，小厮兴儿对尤二姐介绍宝玉时就说：

“……有时见了我们，喜欢时没上没下，大家乱顽一阵；不喜欢各自走了，他也不理人。我们坐着卧着，见了他也不理，他也不责备。因此没人怕他，只管随便，都过的去。”

对外面的奴婢他尚且是如此，而对直接服侍他的袭人、晴雯等，他更是不分主仆，像对待自己的亲姊妹一样关心。

儒家的“三纲”“五常”“君君臣臣”“父父子子”甚至高低贵贱，那些在正统观念里，不能逾越的规矩，在他这儿全是不存在的。所以他的精神世界，和儒家的正统思想格格不入，是排斥的。这个排斥也导致了对持有封建正统思想的那些人物也是排斥的。所以宝玉的父子冲突、母子冲突和与宝钗袭人这一类“贤人”的冲突，实质上是文化观念的冲突，精神追求的冲突。他和黛玉、晴雯甚至是贾母的融洽，正是文化观念上的融合，是精神追求上的一致。能够与宝玉的心相融合的人都是极有个性的人，黛玉是，晴雯是，龄官是，其实贾母何尝不是？她是从来也没有逼迫宝玉读圣贤书的长辈，她喜欢的人，也是宝玉喜欢的。

一部《红楼梦》，所有的价值取向的冲突，几乎都融合在宝玉的身上，所以宝玉是曹老先生自己的影子，是他的人生观哲学观投射出的那块“无才可去补苍天”的顽石。

才自精明志自高——贾探春

有匪君子，如切如磋，如琢如磨。

——《诗经》

探春，贾府的三小姐！荣国府贾政与小妾赵姨娘所生，这个出身就已经造就了她在贾府尴尬的地位，偏偏她的娘还是个“道三不着两”的浅薄鄙陋之人，她的胞弟贾环则“人物委琐，举止荒疏”，这两位惹得贾府上下厌恶的亲人，让探春因庶出本已尴尬的地位，更加尴尬。但是，不仅是贾母和王夫人，贾府一众人等，皆对探春高看一眼！甚至作为未出阁的姑娘，在王熙凤病倒后，探春一度被王夫人赋予主持贾府家政管理的权利！何哉？在那样尊卑观念森严的时代，探春何以能如此独树一帜？

曹公的判词给了答案，判词曰：“才自精明志自高”，她有精明的才干，她有高远的志向！

一、她有不俗的品位和志趣

三小姐，就是三小姐，她“削肩细腰，长挑身材，鸭蛋脸面，俊眼修眉，顾盼神飞，文采精华，见之忘俗”。这不仅是天生的美人，更是后天的学识修养造就她“顾盼神飞，文采精华，见之忘俗”的清新超拔的气质，这样清雅的气质固然与她在贾母身边养大有关，没有与她的胞弟一样，在赵姨娘身边被教歪，净做一些上不得台面的事。书中第二十回，凤姐对贾环恨铁不成钢地骂道：

“你也是个没气性的！时常说给你：要吃，要喝，要顽，要笑，只爱同那一个姐姐妹妹哥哥嫂子顽，就同那个顽。你不听我的话，反叫这些人教的歪心邪意，狐媚子霸道的。自己不尊重，要往下流里走，安着坏心，还只管怨人家偏心。输了几个钱？就这么个样儿！”

凤姐说的是实话，贾环气质猥琐，与他的教养有关。以探春的高雅独特的品位爱好，自然是不屑做那些“邪魔歪道”的事。

书中第二十七回，众姊妹在园中作饯花会，探春和宝钗、黛玉三个一同站着说话，这时看见宝玉来了，探春便把宝玉拉到一旁，避开别人说悄悄话儿。原来不为别的，只为让宝哥哥替自己捎带自己心仪的小物件：

探春又笑道：“这几个月，我又攒下有十来吊钱了，你还拿了去，明儿出门逛去的时候，或是好字画，好轻巧顽意儿，替我带些来。”宝玉道：“我这么城里城外，大廊小庙的逛，也没见个新奇精致东西，左不过是那些金、玉、铜、磁，没处撂的古董，再就是绸缎吃食衣服了。”探春道：“谁要这些。怎么像你上回买的那柳枝儿编的小篮子，整竹子根抠的香盒儿，胶泥垛的风炉儿，这就好了。我喜欢的什么似的，谁知他们都爱上了，都当宝贝似的抢了去了。”

探春爱的是那些清新可人的“柳枝儿编的小篮子，整竹子根抠的香盒儿，胶泥垛的风炉儿”，这些极富民间气味的精致有情趣的小东西，她是大观园里第一个视为珍宝的人。她的人虽深锁在深闺大院，但她的心已经深深被外面的精彩世界吸引着，正如她自己所言“我但凡是个男人，可以出得去，我必早走了，立一番事业……”

她不仅有着不同别人的品位爱好，更有着男儿般凌云之志，有着贾府所有男儿无法企及的思想高度。看来三小姐不仅出身错位，连性别也是错位的。

她不是宝钗希望的“只做些针黹纺织的事才是”的安分守己的女孩儿，她的心很“大”，但也不是宝钗“好风凭借力，送我上青云”的借力向上，志在宫闱的“大”；也不像凤姐从小做男孩儿养，有着比男子还强的机心；更不是“湘云”爱“奇装异服、魏晋玄谈”，模仿风流贤士，来张扬自己性格的“高谈阔论”。探春的心“大”是有着和男儿一争长短的男性意识的志向。她有男性的果敢和胆识，但是却低调到绝不显山露水，绝不会如湘云般大呼小叫。她只是要为女孩儿争口气，那是“女子也顶半边天”的现代意识！这是和宝、黛不同的另一种“离经叛道”，想要冲破看不见的重重阻碍，在更广阔的天地间驰骋，没有什么嫡庶尊卑，也没有男女之别，可与男儿一样建功立业。这看起来是和宝玉一样朦胧的男女平等的民主意识，其实已经超越宝玉仅仅停留在意识层面的认知，探春已经把它升华为生命里的理想追求，这也是探春能够在那个宗法伦理森严、男尊女卑强权的贵族家庭中脱颖而出的最根本原因。这在探春组建海棠社、给宝玉的信和其秋爽斋的布置中可见一斑。

贾府也是书香门第了，那些“诗社”等文人雅客的文字活动，本该由贾府的男子来开启，偏偏率先发起组织“海棠诗社”的是探春！探春进入大观园之后第一件事就是操刀起诗社。她给宝玉邀请函中曰：

孰谓莲社之雄才，独许须眉；直以东山之雅会，让馀脂粉。

探春脱俗激昂的文采，巾帼不让须眉，“脂粉队里的英雄”是当之无愧！建诗社本就是古代那些文人雅士所素喜的风雅之事，有着强烈男性意识的探春作为发起者，就不足为奇了，这是把自己的理想付诸实践。其后诗社的第二次活动，“咏菊”的主题本很普通，湘云和宝钗推陈出新，提出了限制条件，增加了写诗的难度，探春又提出了更大的挑战：那就是诗中不能带有“闺阁”字样！这期内容本是由湘云发起，但却不是大家公认有男儿豪爽气概的湘云提出这一难题，可见在雄心壮志这一层面上，湘云自是没法和探春比肩，湘云的男性意识，只停留在表面的模仿，远远没有探春这种发自灵魂深处的自觉意识，要与男儿一样有所建树，有所作为。

探春“素喜阔朗”，自称“秋爽居士”，在诗社给自己起了“蕉下客”的雅号，皆因自己深爱大叶舒展的芭蕉。秋爽斋的布置也更是展现豪爽的男子之风，处处大开大合。

这三间屋子并不曾隔断。当地放着一张花梨大理石大案，案上磊着各种名人法帖，并数十方宝砚，各色笔筒，笔海内插的笔如树林一般。那一边设着斗大的一个汝窑花囊，插着满满的一囊水晶球儿的白菊。西墙上当中挂着一大幅米襄阳《烟雨图》，左右挂着一副对联，乃是颜鲁公墨迹，其词云：

烟霞闲骨格，泉石野生涯。

案上设着大鼎。左边紫檀架上放着一个大观窑的大盘，盘内盛着数十个娇黄玲珑大佛手。

秋爽斋里处处离不开一个“大”字：案大、花瓶大、挂图大、鼎大、盘大、佛手大，屋子更大，处处体现居室主人高朗开阔的风格，有着如秋日“晴空一鹤排云上”的风清气爽、开阔辽远。这是探春性喜读书临帖、阔朗豪爽果敢，一心为女孩儿家争口气的倔强性格的外显。

在贾赦逼鸳鸯为妾的事件中，她一向不显露的男儿的果敢担当第一次充分显现出来。

被逼得没有办法的鸳鸯跪在贾母面前，打开自己的头发就铰，以明自己这辈子谁都不嫁，只跟着老太太的志向。贾母听了，“气得浑身乱战”，不禁怒骂起来，要知道鸳鸯之于贾母无异于贾母的眼睛，甚至就是贾母的一把钥匙，是贾母时时刻刻都离不开的存在。现在自己的亲儿子竟然和自己抢人，能不生气？以至于贾母当着众人的面，直接迁怒于在自己身边站着的王夫人，看着雷霆之怒的老祖宗，王夫人哪敢辩解？身边的其他人在这当口，谁也不敢多言一句。一时间气氛紧张到令人窒息！

在窗外的探春，听了贾母的话，瞬间做出一番分析：

想王夫人虽有委屈，如何敢辩；薛姨妈也是亲姊妹，自然也不好辩的；宝钗也不便为姨母辩；李纨、凤姐、宝玉一概不敢辩；这正用着女孩儿之时，迎春老实，惜春小，因此窗外听了一听，便走进来赔笑向贾母道：“这事与太太什么相干？老太太想一想，也有大伯子要收屋里的人，小婶子如何知道？便知道，也推不知道。”

快速衡量之后的探春果断地担负起明辨是非的责任，句句在理，简单明了的话语立刻驱散了老太太的怒气。睿智如贾母者，未等探春把话说完，贾母已笑说自己是“老糊涂了”，把众人从紧张的氛围中解救出来，让大家重回其乐融融的笑谈中……

读到这儿，探春的性格特征已然明了：这是一个有才貌、有品位、有见识、有担当的美少女！她心思细腻、明察秋毫，稚嫩的双肩足以挑起贾府的重担！她时时刻刻想着为女孩儿争口气，让雄才“让馀脂粉”。她何尝不是女儿堆里的雄才！如此有思想的女孩儿，已然不是书中一样有着“脂粉英雄”之称的凤姐和湘云能够望其项背的，她的思想已经走向了妇女解放的民主启蒙的高度！即便她自己还没有意识到，但她一直在这条路上行走着，她的心中充满了对男女平等的呼唤，誓要超越性别的束缚和羁绊。

二、她有男儿超强的才干

思想决定着行为高度，有着与男儿一决高低的思想的支配，探春自然有着与之思想相匹配的“精明强干”。提及探春的精明强干，就绕不开“探春理家”的经典画面，更绕不开与凤姐的精明强干做个比较。

当掌管贾府管家大权的凤姐小产病倒，贾府的实权派王夫人，自然把目光投向了曾经果敢坚决地为自己解围的三小姐探春身上，决定大事由“自己主张”，家中其他琐碎之事交由探春协助李纨裁处管理。

登上贾府“议事厅”的探春，并不是如凤姐般威风八面，更何况探春本就无摆威风的心。而摆在她面前的，是一个四处都是窟窿、艰难维继中的家业，外加专横的主子、刁悍的奴才这样的贵族大家庭，这是一个何其艰难的局面！探春还是一个未出阁的闺阁小姐，却落入上下为难、左右掣肘的窘境。执事的媳妇们多半是在世故场中混迹多年的“老油条”，凤姐还要考验一下这个贾家难得的有本事的三小姐，“要得空难她一难”。凤姐虽无恶意，甚至是有意栽培，但落在那些刁蛮的奴仆眼里，只会认为是探春可欺，对这个“素日最平和恬淡”的未出阁的年轻小姐就都不放在眼里了，把她当作可有可无的存在，用书里的话说就是对她“都不在意”。

探春的“精明之才”可不是虚玩的，探春怎会令凤姐和大家失望？她敏锐地意识到要想方便行事，必须给这些人一个下马威，树立好自己的威信！如何建立威信？自然不是凤姐的胡萝卜加大棒的恩威并施的“辣招”，饱读诗书的探春有的是读书人的境界：公正严明、公私分明、刚强果断！所谓“擒贼先擒王”，探春怎会不知此理？于是她决定先“找几处厉害与体面的人来开例”，让大家知道她是一个“言必行，行必果”的公正之人。

正巧，吴新登老婆这个“厉害也体面之人”最先撞到了探春的枪口上，这是一个再好不过的“贼王”，探春岂有不擒之理？

赵姨娘的兄弟赵国基死了，认为探春好欺的吴新登家的，不查旧例，只是对探春稍作汇报，连一点提点都没有，摆明了是要让探春难做。赵国基何许人也？那可是探春生母赵姨娘的弟弟，探春的亲舅舅！探春一旦办不好这件事，之后就可以尽情由她们这些难缠的婆子刁难了。她们哪知道探春并不是看上去的“平和恬淡”好惹的娇弱小姐！

探春在她舅舅赵国基的丧事上，不仅不肯徇私违例，多开赏银，而且处理得更加严格，更加铁面无私。探春不仅制止了“李纨欲赏银四十两”有徇私之嫌疑的举动，还毫不留情面地揭穿吴新登家的存心刁难，狠狠杀了这个婆子的戾气。

接下去，探春又蠲免了宝玉、贾环、贾兰每日上学堂额外买点心茶水的八两银子和园内女孩儿们重重叠叠、钱货各费一半的脂粉钱。这两项银两，一个关乎自己亲兄弟的利益，一个关乎自身的利益。在免去学堂额外的八两银子时，兰哥儿的母亲李纨也在场，这再次见证了探春的果敢、刚正无私。姑娘们的脂粉钱，是她在没有理家时就看到的不合理的支出，她看到了钱财的浪费，也看到了最根本的问题出在贪污上。这让书里书外的人都不由得赞叹：这是一个眼光多么敏锐的姑娘！

这一连串雷厉风行之举，都是从维护大家庭的群体利益出发，为此大大扭转了曾经不把探春放眼里的那些人“娇客”“腼腆小姐”等等的看法。那些媳妇婆子不得不收起了还未发出的嚣张气焰，“慢慢的安分回事，不敢如先前轻慢疏忽了”。终于所有人遵从她，如同遵从凤姐！但她和凤姐终究不同。

同样是精明，但探春的精明和凤姐的精明有着截然不同的画风。

凤姐的精明是让人胆寒心惊，她的杀伐决断，“既包含着不讲情面、不避锋芒的凌厉，同时又裹挟着不择手段、不留后路的肃杀”（吕启祥《凤姐的魔力和魅力》），凤姐的精明冷中含酷。

探春的精明让人心生敬畏，温中有暖。首先她以身作则，公正严明，以家族群体利益为上。

其次探春是个“有心人”，有相当过人的洞察力。抄检大观园，探春的反应何等激烈，探春说：

> “……你们别忙，自然连你们抄的日子有呢！你们今日早起不曾议论甄家，自己家里好好的抄家，果然今日真抄了。咱们也渐渐的来了。可知这样大族人家，若从外头杀来，一时是杀不死的，这是古人曾说的‘百足之虫，死而不僵’，必须先从家里自杀自灭起来，才能一败涂地！”

何哉？因为探春看到了这一行为，是自相残杀，这是败家的根本、抄家的先兆，可谓敏锐至极，这是政治家才有的洞察力。更可敬服的是她看透事情的本质后，且是有行为干预的，那就是开门秉烛而待，对丑行进行有力的还击，维护着丫鬟们的尊严，如同维护自己的尊严！这份担当的确不是一般人可为。她不仅时时刻刻维护贾家这个大群体的利益，而且她秋爽斋小群体的尊严也是不容侵犯的，她一样要维护。这就是探春式的理性，有一针见血的洞明！

探春道："我的东西倒许你们搜阅；要想搜我的丫头，这却不能。我原比众人歹毒，凡丫头所有的东西我都知道，都在我这里间收着，一针一线他们也没的收藏，要搜所以只来搜我。你们不依，只管去回太太，只说我违背了太太，该怎么处治，我去自领。……"

这里依然看得出探春卓越的管理能力，对待上级的不合理做法，有理有据，声泪俱下予以告诫；对待下属会受到的不合理对待，全力以赴维护着，不惜自己以身犯上！如此上级，但凡稍有良心的身边人怎能不对其誓死忠诚相随！即便是在今天，不管是商界还是政界，探春都是一位叱咤风云的高级管理者。

荣国府总管赖大的儿子得官，赖嬷嬷来请贾府主子们去赖家花园喝酒听戏。探春注意到赖家的花园还不到大观园一半大，"因和他家女儿说闲话儿"，得知赖家的花园"有人包了去"，除去吃的鱼虾等外，"年终足有二百两银子剩"，这是多么平常的闲话，然而就这样一个往往不为人们注意的细节却启发了她在管理大观园上进行了"承包制"的改革。这样的敏锐、精细和深入的思考力，以及立即付诸实践的行动力，都令人心生敬佩。这是改革家的见识和果断！

她用自己敏锐精细的"有心"，透视了宝钗的"有心"。薛宝钗在贾府，几乎是完美的、挑不出缺点的存在，唯有敏感直言的黛玉对她心存芥蒂，对大家的评价有所保留，认为她"藏奸"。而不动声色的探春其实有着和黛玉一样的洞察。薛宝琴用《西厢记》的典故写了几首怀古诗受到薛宝钗的非议时，林黛玉表示了不满，立即指责薛宝钗"胶柱鼓瑟，矫揉造作”，一群人中，唯有探春深以为然附和道：“这话正是了。”探春是同意黛玉的，她们在这一点上达成了一致，这可不是简单的附和，这是同一种思想在运作：她们不像宝钗那样，把《西厢记》视为能让人“移了性情就不可救”的坏书！

和探春共同理家时，薛宝钗将时人倍加推崇的朱子理论视为珍宝，并拿出来作为理家的指导“学说”，而探春却对宝钗抬出的朱子理论一口否定：“不过是勉人自励，浮比虚词，那里是真有的？”这令自觉遵循那个时代提倡的一切，绝不会越雷池一步的宝钗人吃一惊，赶紧继续搬出孔老夫子来劝诫探春。探春此举不仅仅是叛逆，而且已经有了朴素的批判意识，敢于直接否定圣贤之言，这一举动完全超越了宝玉不愿读圣贤之书的拒绝式反抗。探春不仅有朦胧的民主意识，还有追求自由和妇女解放的行动，从她们的争论中可知，她和宝钗的人生观大相径庭，探春的思想已经不是宝钗这个层面的认知可以接受的了。

是的，不旁观，不比较，我们不会注意到探春其实看宝钗的目光更透更深，只是她没有黛玉那样因为“爱”而有了与宝钗的嫌隙，那样明显的表示而已。

最早在贾母领着众人去清虚观打醮时，张道士给宝玉送来一盘子金玉玩器，其中有一只赤金点翠麒麟，贾母见了便伸手拿了过来：

> 笑道：“这件东西好像我看见谁家的孩子也带着这么一个的。”宝钗笑道：“史大妹妹有一个，比这个小些。”贾母道：“是云儿有这个。”宝玉道：“他这么往我们家去住着，我也没看见。”探春笑道：“宝姐姐有心，不管什么他都记得。”

对于“装愚守拙”的宝钗，用蒋和森先生的话来说“岂是迟钝的眼力所能识别？”

探春有权，却不迷恋权力，这也是她拥理性而无私的体现。仅此一点，其境界就已经胜出凤姐了。凤姐揽权且弄权，这，让凤姐落了俗。

第六十二回中，林之孝家的为了撵人的事来向探春请示发令，却不敢惊扰正在下棋的探春，直到探春回头要茶时才发现，林之孝家的汇报完毕，探春并没有发令指示，而是一问再问：

> 探春道："怎么不回大奶奶？"……探春道："怎么不回二奶奶？"平儿道："不回去也罢，我回去说一声就是了。"探春点点头，道："既这么着，就撵出他去，等太太来了，再回定夺。"

果断的探春，曾经那样果决地蠲免这个、革除那个都未和王夫人等商量，甚至把凤姐和宝玉拿来"作筏子禁别人"，现在却如此优柔寡断起来，直到平儿提出处理办法，才答应先撵出，还要等太太来做最后的定夺。站在远处，遥知此事的黛玉忍不住赞叹道：

> "你家三丫头倒是个乖人。虽然叫他管些事，倒也一步儿不肯多走。差不多的人就早作起威福来了。"

到底是黛玉，眼光一如探春的犀利独到！她最能看懂探春的好！探春做事有分寸，有底线，没有私心为己去弄权的想法。用台湾大学教授欧丽娟的观点：她所做的一切都是为贾家这个群体谋幸福。这也是探春能够公正理性的缘由。

书中第六十回中查出柳五儿茯苓霜"赃证"时，探春以正在"盥沐"为由，让"回凤姐"处理。其实凤姐正在病中，精神体力都虚弱，是一心希望探春能为自己分忧代劳的，但探春却不是趁机抓权在手，而是能退一步就退一步，更不要说趁机作威作福了。

探春从一个众人眼中无足轻重的女孩儿家，凭自己的实力，获得了不平常的敬畏和尊重。迎春乳母子媳王住儿媳妇因她婆婆得了罪，来求迎春去讨情，迎春不答应，她“欺迎春素日好性儿”便与迎春胡搅蛮缠起来，闹得不可开交，但见到探春来了，便“不劝自止”，“乘便就走”。不仅是王住儿媳妇怕她，从书中第五十五回平儿的嘴里说出：“那三姑娘虽是个姑娘，你们都横看了他。二奶奶这些大姑子小姑子里头，也就单畏她五分。”风姐的“畏”，不仅有“敬”，更有“欣赏”。因此，凤姐也忍不住为探春叫好：“好，好，好，好个三姑娘！我说他不错。”探春的“好”还引起了褊狭、愚蠢的邢夫人的愤愤不平的嫉妒。看到“心里口里都来得”的探春，忍不住悻悻地对迎春说：“你也该比探丫头强才是，怎么你反不及她一半？”其实邢夫人这酸酸的口气，正是曹老先生用另一种方式对探春的赞美，所谓不遭人妒是庸才！

三、她自尊自爱自强

这样出色的女孩儿，心里却有着难以愈合的伤痛，那就是母爱的缺失！

她的生母是“二老爷跟前的人”，是一个姨娘。在这个讲究“妻妾不分则宗室乱，嫡庶不分则宗族乱”的宗法制度森严的社会里，这是一个有着低人一等的标志性符号！这本已经是压在探春心头的一块沉重的石头，偏偏这块“石头”还处处让人诟病，因为赵姨娘又是一个心地龌龊，贾府上上下下都感到卑劣不堪的女人。

她的龌龊已经到了没有底线的地步，探春是她的女儿，她对探春除了血缘上的关系，没有给这个女儿丁点儿的母爱。探春一生下来，就被贾母接在身边抚养，长大后，完全看不到这个母亲对女儿的体贴和慈爱；她更不知道去维护女儿所艰难建立起来的声誉；有的是直接或间接去破坏，一心想要把探春拉到和自己一样鄙陋的儿子贾环这一边，作为自己在贾府中争权夺利、结党营私的帮手。

敏锐如探春者，怎能看不出自己母亲的心术不正？她曾对宝玉说："论理，我不该说她，但她忒昏聩得不像了。"她清楚地看到：由于赵姨娘的愚蠢，"耳朵又软，心里又没算计"，周围的人总是乘势捉弄她，挑拨她。"蔷薇硝"事件中，赵姨娘就因贾环的唆使和夏婆子的煽风点火，为了显示自己的威风，竟亲自前往辱骂芳官，结果和芳官等一群丫头厮打在一处，闹得鸡飞狗跳……

赵姨娘毕竟是自己的母亲，探春也曾"越想越气"，追查过欺侮赵姨娘的人而不果。以探春的精明，自不会盲目听从艾官的挑唆一味追究下去；面对这样的母亲，无奈的探春叹气之余，是责备更是劝说：

> "……何苦自己不尊重，大吆小喝失了体统。你瞧周姨娘，怎不见人欺他，他也不寻人去。我劝姨娘且回房去煞煞性儿，别听那些混账人的调唆，没的惹人笑话，自己呆，白给人作粗活。……"

自尊如探春者，多么希望自己的母亲也能如周姨娘那样安分守己，自尊自爱，不去招惹是非！这样的探春，怎是一些读者君指责的无情无义？她也想维护自己的母亲！可是赵姨娘的不堪，就像糊不上墙的烂泥，她没有母亲的慈爱，又怎能有母亲的懂得，又怎能听进探春苦口婆心的劝告？有的只是对探春无休止的精神折磨和剥削！

舅舅去世，探春因为没有徇私违例多开赏银，赵姨娘就来哭闹纠缠不休，说这是给她"没脸"，无奈的探春流着泪说：

> "……如今因看重我，才叫我照管家务，还没有做一件好事，姨娘倒先来作践我。倘或太太知道了，怕我为难不叫我管，那才正经

没脸，连姨娘也真没脸了！……”

这个母亲自私自利，无休止地索取，变着法子给自己女儿自尊的伤口上撒盐！探春明确告诉她，我如此做，是为了给自己也是给你争脸，让人家都能看重我们！要让别人尊重自己，先要自己尊重自己！

但赵姨娘不仅不领情，反而更加不顾一切地去指责探春“六亲不认”的严明，是“攀高枝”。她愤怒地说，“明儿等出了阁，我还想你额外照看赵家呢。如今没有长羽毛，就忘了根本，只拣高枝儿飞去了！”原来赵姨娘时刻挂在嘴边的“拉扯”，就是要探春利用当家的职权“额外照看赵家”，在赵姨娘看来探春只有这样做了，才是理所当然，才是应有的母女情分！女儿就是自己谋利的工具而已。时时跟在她身边的贾环可是亲近她的，这种“母子情”又正常吗？只不过是她所谋划盘算的结党营私的一根链条，她也想用这根链条拴住探春！

西方伟大的哲学家尼采说，“人格上的缺陷到处寻求报复；一种孱弱、无力、澌灭、自我否定和自我背弃的人格不复能做成好事……”赵姨娘的人格缺陷，让她有着不懂自尊也不懂自爱的不自知，被读者称为“糊不上墙的烂泥”的她，硬生生要把自己的亲骨肉也拉低成任人践踏的污泥！

这一切的一切，只能让探春的心和意一点点冷下来，当人们一提起赵姨娘，她就会立刻“沉下脸来”，“益发动了气”。那一点母女之情，因那个时代庶嫡观念的制度而阻隔，赵姨娘自己的不堪无行的摧毁，能剩下的真不多了。所以很多读者君责备探春无情，鲜恩寡情，其中有多少错怪啊！探春所做的，疏远这个“娘亲”和“胞弟”，不过是为防别人真的把自己看成是赵姨娘“营私党派”的一分子！

被赵姨娘纠缠得没有办法时，她只能冰冷冷地说：“我拉扯谁，谁家的姑娘拉扯奴才了！”她把自己的舅舅当奴才看，这是诸多人对探春最为诟病的地方，探春这话虽有不妥，但我们也要看到，这不过是被赵姨娘恶言恶语所激将出来的偏激之语！何况探春本就不是圣贤，在那个庶嫡观念根深蒂固的社会，探春所能做的，也只有用这些绝情之语，去断绝赵姨娘心头的那些恶念。

尽管这样，我们看到书中第五十六回，探春和平儿、李纨的对话，赵姨娘的道三不着两，依然是累及了探春：

> “……我细想，我一个女孩儿家，自己还闹得没人疼没人顾的，我那里还有好处去待人。”口内说到这里，不免又流下泪来。
>
> 李纨等见他说的恳切，又想他素日因赵姨娘每生诽谤，在王夫人跟前亦为赵姨娘所累，亦都不免流下泪来……

能让别人也为自己心酸流泪，可见其令人心疼的委屈之深！在这个以利益为上的大家族中，庶出地位的探春，能获得如此的尊重，是经过了怎样艰难的挣扎？她虽然没有像黛玉那样给人留下动辄哭泣的敏感，但她与黛玉一样有着敏感的意识：

> “……咱们倒是一家子亲骨肉呢，一个个不像乌眼鸡似的，恨不得你吃了我，我吃了你！”
>
> “……我说倒不如小人家人少，虽然寒素些，倒是欢天喜地，大家快乐。我们这样人家人多，外头看着我们不知千金万金小姐，何等快乐，殊不知我们这里说不出来的烦恼，更利害。”

对大家族中亲人之间的算计和倾轧，探春是厌恶的，但是生于斯，长于斯的她，是无力改变的。缺少母爱的她是多么渴望母亲的温情，但赵姨娘给过她吗？

长期缺少母爱温情的探春，只有把一腔炽热的情怀冰封起来，压抑起来。哪怕是一点点的温情，也会让这个女孩子动容。当平儿在她面前说出“不枉姑娘待我们奶奶素日的情谊了”这句暖心的话，立刻融掉了探春内心的冰凌，令她的心瞬间变得柔软起来，再也没有往日的“严峻”和“刚毅”，她伤心道：

> “……我细想，我一个女孩儿家，自己还闹得没人疼没人顾的，我那里还有好处去待人。”

这压抑的痛，一经释放，就再也抑制不住，她“口内说到这里，不免又流下泪来”，这是读者君甚至是研究者眼中口中的那个“不认胞弟母亲”冷情的女孩子吗？可以毫不犹豫地回答：不是！正如蒋和森先生所言：“互相尊重、互相爱护是探春待人行事的基础；以礼还礼、以情还情，更是这个少女屹立不移的做人原则。”（蒋和森《红楼梦论稿》）也如她对宝玉所言：“谁和我好，我就和谁好。什么偏的、庶的，我也不知道。”

宝玉对她好，她会花最多的心思，给宝玉做最精致的鞋子！王夫人看重她，愿意抬举她，通透的探春，不能不识好歹，更何况那是给她施展才能，践行“志向”的机会，她不能不心存感激！她的回报，就是用自己公正严明去为整个贾府谋取幸福，此时探春眼中只有“大我”的利益。

面对抄检大观园的自相残杀，“世事洞明”的她“秉烛而待”，打向王善保家的那一记响亮的耳光，是维护自己和丫鬟的尊严，又何尝不是对王夫人错误决定的无声抵抗，为了贾府家族兴衰担忧？有她自己的话为证：

> “……你们不依，只管去回太太，只说我违背了太太，该怎么处治，我去自领。你们别忙，自然连你们抄的日子有呢！……”

这哪里是赵姨娘眼里的势利和“只拣高枝儿飞去了”？为了家族的利益她不怕被指责违背太太，她心甘情愿为“大家”，牺牲“小我”！

依旧借用尼采的哲学观：“尽管做你愿望的事，——但首先得成为能够愿望的人！尽管爱邻人如同爱自己，——但首先得成为爱自己的人！”“人必须坚定。自己必须坚定地自己站立，否则他不能爱一切。”

尽管探春生活在等级森严的宗法社会里，但她的人生哲学里现代的先进气息如春风般荡漾着！她懂得自爱，才能爱别人；自尊，才能为别人尊重。她想如男儿般走向大观园外面的世界，去一展自己的抱负！她曾伤心地对赵姨娘说：

> “……我但凡是个男人，可以出得去，我必早走了，立一番事业，那时自有我一番道理。偏我是女孩儿家，一句话也没有我乱说的。……”

在那样男尊女卑的社会，探春想到社会上闯荡一番事业，自然是难于上青天，即使明知这只是一纸空愿，但探春从没有放弃过自己。她从爱好到行事，从说话到做人，那样谨言慎行地坚守着人格的尊严。点点滴滴堆砌着“自己愿望的事”这座生命的大厦，在没有爱的环境里努力地、“坚定地自己站立”，努力地去爱。

抄检大观园时，率领众丫鬟“秉烛而待”的探春，实现了尼采的哲学观：爱己，才能爱人！她维护自己尊严的同时，也如守护神般，守护着跟前人的尊严。这是大观园里一道亮丽独到的风景，平时那样维护女孩儿的贾宝玉也没能做到！为了尊严，探春一记响亮的巴掌打向王善保家的。这个挑起这场风波的始作俑者，她不相信“一个姑娘会这么厉害起来，况且又是庶出”，于是狗胆真的可以包天地对探春动手动脚起来，去冒犯探春凛然不可侵犯的尊严：

因越众向前，拉起探春的衣襟，故意一掀，嘻嘻笑道："连姑娘身上我都翻了，果然没有什么。"

在王善保家的的观念里，一个姑娘，又是庶出，就是卑微的弱者，是可以任由欺负的。是的，比如迎春，就是可欺的眼前人！正如台湾大学教授欧丽娟所言："奴仆眼里没英雄！不是真的没有英雄，是他们的理解力达不到英雄的层次！"可是探春不是迎春，她是自尊自爱也自强的贾府三小姐，一朵带刺的玫瑰花！面对这放肆而又带着侮辱性的搜身，是可忍，孰不可忍！就在凤姐的责备声还未了，"只听啪的一声，王善保家的脸上早着了探春一巴掌"。"这一记响亮的耳光惊心动魄，响彻云霄，如惊雷般落在书中每个人的心上，也落在书外每一位读者君的心上，穿越时空，永远响在每个人耳边！让每一位憎恨者，痛快淋漓地长出一口恶气！此时的探春就是勇惩恶势力的英雄。"（蒋和森《红楼梦论稿》）《易经》"乾卦"云："天行健，君子以自强不息。"探春，这自强不息的君子，她的自尊自爱自强，成为贾府中无人超越的唯一，她凭借自己改写着错位的庶出地位，卑微的女性地位，逆袭成令人敬畏的勇敢刚强的三小姐。

"伟大的使命都要求伟大的爱，只有强健、圆满、自信的灵魂才能为此，这种人坚定地自己依靠自己。"不需怀疑，尼采的哲言，多像为独立自强的探春量身而写！这朵娇艳带刺的玫瑰，可敬亦可爱！

冥飞《古今小说评林》认为："探春心灵手敏，作者写来恰是一极有作为之人，然全书女子皆不及也。"这当然是从探春志高、才强的综合能力来考量的！清代青山山农对探春的评价，是对冥飞评价的最好阐释："聪明不及黛玉，斯文不及宝钗，豪爽不及湘云，独能化三美之长，而自成其美。"单一的长处，探春不及黛、钗、湘三钗，但其综合素质之高，全书女子中无人能出其右也。

英豪宽宏亦小性——史湘云

长风万里送秋雁，对此可以酣高楼。

——李白

《周易·系辞》云："一阴一阳之谓道。"阴和阳，是对立的，又是矛盾的统一。一阴一阳的矛盾对立和变化统一就是事物发展的"道"，即宇宙的规律性。阴可以变阳，阳可以变阴，自然界的万事万物都是阴阳矛盾的对立和统一，阴阳的对立统一在曹公塑造的湘云身上最为鲜明。不知是巧合还是曹公的故意为之，《红楼梦》第三十一回中，有一段写的恰好是湘云和翠缕大谈阴阳之道：

湘云听了，由不得一笑，说道："我说你不用说话，你偏好说。这叫人怎么好答言？天地间都赋阴阳二气所生，或正或邪，或奇或怪，千变万化，都是阴阳顺逆……'阴'、'阳'两个字还只是一字，阳尽了就成阴，阴尽了就成阳，不是阴尽了又有个阳生出来，阳尽了又有个阴生出来。”

湘云这段话似绕口令般拗口，但却道出了易学阴阳理论的核心，阴阳一体、阴长阳消、阴消阳长、阴阳交替、阴阳转化，阴阳是互为变化、矛盾又统一的整体，有阴存在的地方就一定有阳的存在。天地间的万物都是因阴阳二气的变化而产生的，世间万物都逃不出阴阳变化的规律。

曹公把“阴阳理论”贯穿了《红楼梦》整部作品之中，他借秦可卿之口托梦凤姐，把阴长阳消的理论具象化、深刻化，小说第十三回写道：

凤姐方觉星眼微朦，恍惚只见秦氏从外走来，含笑说道：“……还有一件心愿未了，非告诉婶子，别人未必中用。”

凤姐听了，恍惚问道：“有何心愿？你只管托我就是了。”秦氏道：“婶婶，你是个脂粉队里的英雄，连那些束带顶冠的男子也不能过你，你如何连两句俗语也不晓得？常言‘月满则亏，水满则溢’；又道是‘登高必跌重’。如今我们家赫赫扬扬，已将百载，一日倘或乐极悲生，若应了那句‘树倒猢狲散’的俗语，岂不虚称了一世的诗书旧族了！”

所谓此消彼长，物盛则衰，贾家必然是由盛而衰，再到消亡，“树倒猢狲散”“食尽鸟投林”的大悲剧。《易经》“谦卦”之彖辞曰：“……天道下济而光明，地道卑而上行。天道亏盈而益谦，地道变盈而流谦，鬼神害盈而福谦，人道恶盈而好谦……”

天地鬼神是忌满的，所以“月满则亏，水满则溢”，“物极必反”正是大自然阴阳矛盾转化的现象，所谓“君子之泽，五世而斩”都预示着贾家必然衰败的趋势。

湘云，红学家周汝昌先生最为喜爱的《红楼梦》中的人物，曹公在她身上赋予了最为丰富的阴阳对立和谐统一，令其呼之欲出的形象超越时代一直活在所有读者的心中，活在每一个读者的身边，即使是一千个读者眼中有一千个哈姆雷特，但是，只要翻开《红楼梦》，用心走进去，无论你是谁都绕不过湘云那鲜活的身影，呼吸可感的她，牵扯着读者的每一根神经。曹老先生在湘云的判词和曲中就把湘云是“阴阳”统一和谐的化身，写得很清楚，其词曰：

富贵又何为，襁褓之间父母违。
展眼吊斜晖，湘江水逝楚云飞。

出身富贵的湘云，还在襁褓的她父母就已经双双过世，由叔叔和婶婶抚养长大，“金陵世勋史侯家”的富贵对她又能怎样？夕阳之景如此美好，可也只是刹那之景，转瞬即逝，富贵是空，美好转眼变悲伤，这人生富贵相对的变化，这人生喜悲无常的变化，都是“阴阳”的转化，阴极则阳，阳极则阴。

曲子名《乐中悲》分明就是写阴阳对立统一，乐中含悲，且认定这是“尘寰中消长数应当”，湘云的命运就是四大家族的命运啊，乐极生悲，此消彼长，盛极则衰：

【乐中悲】

襁褓中，父母叹双亡。
纵居那绮罗丛，谁知娇养？
幸生来，英豪阔大宽宏量，
从未将儿女私情，略萦心上。
好一似，霁月光风耀玉堂。
厮配得才貌仙郎，博得个地久天长，

准折得幼年时坎坷形状。

终久是云散高唐，水涸湘江。

这是尘寰中消长数应当，何必枉悲伤！

人无完人，只要是人，有美好的一面，就有不那么美好的一面，曹老先生正是本着这样的原则，让《红楼梦》中的每一个人都那么个性鲜明活脱。惊鸿一瞥的假小子湘云，出身富贵却生活拮据；咬舌头却又话唠；英雄阔大宽宏量却也使小性子；有魏晋名士之风却也是入世之俗人一个。

一、出身富贵却生活拮据

湘云是贾、史、王、薛四大家族史家的千金，保龄侯尚书令史公之后，为文臣名宦之家。父母在她还是襁褓的婴儿时就已经双双亡故，她由叔叔婶婶养育长大。其叔父保龄侯史鼐世袭侯爵，任外省大员，史鼐弟史鼎加封忠靖侯。“护官符”中这样称史家：阿房宫，三百里，住不下金陵一个史。四大家族的评选标准有四：其一是原籍本省，其二是大族名宦，其三是有权有势，其四是极富极贵。护官符依此标准，开列出了本省的贾、史、王、薛四大家族。

据史料载：侯爵为仅次于公爵的高级爵位，也是超品。尚书令掌总领百官，仪形端揆。其属有六尚书，法周之六卿，一曰吏部，二曰户部，三曰礼部，四曰兵部，五曰刑部，六曰工部，凡庶务皆会而决之。尚书令为尚书省长官，统领吏、兵、礼、刑、户、工六部，是全国最高行政长官，统辖各部院，总揽全国政务，是真正的宰相。隋唐宋时期，尚书令为百官之长，是地位最高的文官。唐朝之时，这个职位更是由李世民亲自担任，后因尚书令权势地位过高，又因李世民担任过这个职位，故不再实授，而以尚书令的副官左右仆射分掌尚书省事宜。尚书左右仆射与中书舍人、门下侍中并为宰相，尚书令的职权被一分为二之后，仍然是实质上的宰相，与中书门下二省的长官分庭抗礼。史公去世以后，爵位世袭到子孙辈并没有降等，其孙史鼐仍袭保龄侯爵，保龄侯史鼐之弟史鼎，又封了忠靖侯，史家的爵位不但未降等，还额外加封一位侯爵。史家一门两位侯爵，保龄侯史鼐又外任外省大员，可见史家官高爵显。

从贾母听戏回忆湘云祖父的戏班子，可掀起史家富贵显赫的冰山一角。

> 众人都鸦雀无闻，薛姨妈因笑道："实在亏他，戏也看过几百班，从没见用箫管的。"贾母道："也有，只是像方才《西楼·楚江晴》一支，多有小生吹箫和的。这大套的实在少，这也在主人讲究不讲究罢了。这算什么出奇？"指湘云道："我像他这么大的时节，他爷爷有一班小戏，偏有一个弹琴的凑了来，即如《西厢记》的《听琴》，《玉簪记》的《琴挑》，《续琵琶》的《胡笳十八拍》，竟成了真的了，比这个更如何？"众人都道："这更难得了。"

从贾母和薛姨妈的对话中，看到同为看戏，欣赏水平的差距不可谓不大。湘云的爷爷在史家大家族中还专有自己的"一班小戏"，史家的富且贵，从他们对戏曲的高雅品位和热爱可见一斑。而到了史湘云父亲叔父这一代，依然世袭侯爵，且一门两位侯爵，其家族之势，已经是赶超贾家了。

湘云生在这样的富贵之家，之所以未能过上贵族小姐娇生惯养的生活，原因有二：其一，其出生后还在襁褓之中时，父母已经双双过世，叔叔婶婶远不能像自己的父母那样疼爱自己；其二，史家的高层管理者应该是拥有和贾母一样的睿智，懂得节俭之重要，及早刹住生活的奢靡之风，举家都行节俭之道。因此生在富贵之家的湘云，并未能享受钟鸣鼎食之家的豪奢。

《红楼梦》第三十二回薛宝钗和袭人八卦的时候，把湘云在史家生活的困窘之境说得很明白：

> 宝钗听见这话，便两边回头，看无人来往，便笑道："……那云丫头在家里竟一点儿作不得主。他们家嫌费用大，竟不用那些针线上的人，差不多的东西多是他们娘儿们动手。……想其形景来，自然从小儿没爹娘的苦。我看着他，也不觉的伤起心来。"
>
> 袭人见说这话，将手一拍，说："是了，是了。怪道上月我烦他打十根蝴蝶结子，过了那些日子才打发人送来，还说'打的粗，且在别处能着使罢；要匀净的，等明儿来住着再好生打罢'。如今听宝姑娘这话，想来我们烦他他不好推辞，不知他在家里怎么三更半夜的做呢。……"宝钗道："上次他就告诉我，在家里做活做到三更天，若是替别人做一点儿半点儿，他家的那些奶奶太太们还不受用呢。"

"他们家嫌费用大，竟不用那些针线上的人，差不多的东西多是他们娘儿们动手。"从这句话可知，史家的针线，不请专门的仆人做，是因为嫌开支太大，为了节俭用度，就自己家的娘儿们自己动手，未必是因为史家就比贾家穷困，但是作为未出阁的大小姐湘云，即使家中再行节俭，如果是自己的父母还健在，倒未必舍得让她"三更半夜的做"。

侯府千金湘云，在侯爵府的困窘也有二：一是不自由；二是要"三更半夜的做"针线活。一门两侯爵的史家，针线上不聘用专门人去做，得千金大小姐和太太们自己动手，由此很多人认为史家的境况是不如贾家的。

著名红学家周汝昌老先生研究发现：贾府四位小姐不论嫡庶各有两

名贴身大丫鬟，两名又分正、副。光贴身的就俩，还另有小丫鬟等若干。就说史湘云的“爱哥哥”贾宝玉，其标配贴身的就八个！这仅仅是能在宝玉身边端茶倒水，帮着洗澡帮着陪睡的。除此，还有一堆打扫卫生往来役使的小丫鬟，能统计出姓名的大约十一二个，比如说小红，宝玉居然都不认识。另外还有奶妈和教引嬷嬷，出门还得一帮碎催小厮。

但是我们大约忘了，书中第三十一回中湘云的出场，谁能说不够气派：

> 至次日午间，王夫人、薛宝钗、林黛玉众姊妹正在贾母房内坐着，就有人回：“史大姑娘来了。”一时果见史湘云带领众多丫鬟媳妇走进院来。宝钗、黛玉等忙迎至阶下相见。

湘云在众多丫鬟媳妇的前呼后拥下浩浩荡荡地来到贾家，着实风光气派得紧。王熙凤第一次出场也不过如此，“一群丫鬟媳妇拥着一个丽人”；皇帝钦点的巡盐御史林如海的女儿黛玉千里迢迢初来贾府，只有一个奶娘王嬷嬷和小丫鬟雪雁陪伴；贾府三姊妹出场也没有史湘云的众人簇拥，“只见三个奶嬷嬷并五六个丫鬟，簇拥着三个姊妹来了”，由此可见，史家只不过是厉行节俭，不养那些针线裁缝。所以湘云的窘境，是时也，也是命也。湘云的不自由除了不能随性自由来去贾府，还有用钱上的困境，湘云要做东办诗社，然而筹划下来，钱就成了难事，幸好宝钗了解她的难处，替她筹办了螃蟹宴，任是豁达如湘云，宴会上也是英雄气短，没了往日的高谈阔论和潇洒自如。

湘云的可爱就在此，生活是如此多艰，但其天性一点未泯，其纯粹一点不少，顽皮可爱堪比少时的贾母，才情绝不亚于钗、黛，高谈阔论起来，连宝玉都自叹弗如，她是迎春眼中的“话痨”，宝钗趣称她“话口袋子”。

二、“话唠”却偏偏“咬舌头”

这个缺少父母疼爱，且生活并不自在的“话口袋子”，不仅淘气，爱大声说笑，且个性中点点阴郁都没有，你难见她有唉声叹气抑或愁云满面的时候。闭上眼，“嘻嘻哈哈、兴味盎然、活蹦乱跳”的湘云就活脱脱在你眼前出现。对这个爱“大说大笑”“话多”的湘云，《红楼梦》第四十九回这样描写：

> 那史湘云又是极爱说话的，那里禁得起香菱又请教他谈诗，越发高了兴，没昼没夜高谈阔论起来。宝钗因笑道：“我实在聒噪的受不得了。一个女孩儿家，只管拿着诗作正经事讲起来，叫有学问的人听了，反笑话说不守本分的。一个香菱没闹清，偏又添了你这么个话口袋子，满嘴里说的是什么……”宝钗笑道：“呆香菱之心苦，疯湘云之话多。”湘云香菱听了，都笑起来。

这个“极爱说话”没昼没夜、高谈阔论的“话口袋子”湘云，被宝钗批评“不守本分”“不像个女孩儿家”；极为木讷的迎春则称其是“话唠”。书中第三十一回写道：

> 宝钗笑向那周奶妈道：“周妈，你们姑娘还是那么淘气不淘气了？”周奶娘也笑了。迎春笑道：“淘气也罢了，我就嫌他爱说话。也没见睡在那里还是咭咭呱呱，笑一阵，说一阵，也不知那里来的那些话。”

迎春显然是喜爱湘云的，“嫌他爱说话”这个“嫌弃”二字，只是为了说明湘云有多么“话唠”，连“睡在那里还是咭咭呱呱，笑一阵，说一阵”，寡言少语的迎春，应该是真的想不通湘云“那里来的那些话”。

俗话说，祸从口出，多话的湘云在不知不觉中也得罪人的，可她自己却浑然不去想这“口无遮拦”多话的后果。《红楼梦》第二十二回写道：

> 凤姐笑道：“这个孩子扮上活像一个人，你们再看不出来。”宝钗心里也知道，便只一笑不肯说。宝玉也猜着了，亦不敢说。史湘云接着笑道：“倒像林姐姐的模样儿。”宝玉听了，忙把湘云瞅了一眼，使个眼色。众人却都听了这话，留神细看，都笑起来了，说果然不错。一时散了。

所有的人都知道凤姐所指像何人，但都三缄其口，唯有湘云脱口而出“倒像林姐姐的模样儿”。那个时代，戏子的地位是低下的，把林黛玉这样的“大家闺秀”比作戏子，任谁都会不开心。然湘云却连想都不想，就脱口而出，我们可以说这是湘云豪爽，心直口快，不愿遮遮掩掩；但从另一方面看，这是湘云修养的欠缺，她说话，没有顾及听者的感受，哪怕明知黛玉敏感，明知这不是好话，还要说，这和明知人家有伤口还要撒上一把盐，有何区别？黛玉听了当然不高兴！所幸的是黛玉知道湘云的性格，懂得湘云未必有恶意，并没有真的和她较真，只是把气全撒在了宝玉的一个眼色上，三人闹得不可开交后，以黛玉宽宏大度主动示好湘云收场。这是小儿女之间的别扭，疙瘩是可以化解的，但是，在薛宝琴进贾府时，书中第四十九回，湘云的那段快言快语，就多少会惹出风波了：

> 湘云道：“你除了在老太太跟前，就在园里来，这两处只管顽笑吃喝。到了太太屋里，若太太在屋里，只管和太太说笑，多坐一会儿无妨；若太太不在屋里，你别进去。那屋里人多心坏，都是要害

咱们的。”……宝钗笑道：“说你没心，却又有心。虽然有心，到底嘴太直了。”

听了湘云的话，连一向“一问摇头三不知”极其不愿多事的宝钗也忍不住开口了：“说你没心，却又有心。虽然有心，到底嘴太直了。”宝钗的言外之意是说湘云说话，是不过脑子的没心没肺。这种话何止是得罪人，往严重处说，是会给自己种下“祸根”的。所以心直口快，何尝不是一把无形的双刃剑！心直口快，话多的人，一般都心无设防，可以让人放心靠近，但一旦它为剑时，伤人于无形的同时，也伤了自己。海明威说：“我们花了两年学会说话，却要花上六十年来学会闭嘴。”“说话是天性，沉默是修行”，爱说话，是湘云的天性，只要不是特殊场合，湘云的嘴巴是停不下来的。

宝玉的生日宴上，湘云尽情释放自我，不仅带头划拳，还拉着大家去吃烤鹿肉，黛玉打趣道：

“那里找这一群花子去？罢了，罢了，今日芦雪广遭劫，生生被云丫头作践了。我为芦雪广一大哭！”湘云冷笑道：“你知道什么！‘是真名士自风流’，你们都是假清高，最可厌的。我们这会子腥膻大吃大嚼，回来却是锦心绣口。”

黛玉幽默，爱开玩笑，湘云不是不知，但是喜欢反驳黛玉似乎已经成了习惯，于是“冷笑”道：“是真名士自风流，你们都是假清高，最可厌的。”一句冷笑“你知道什么！”一个“你们都是假清高，最可厌的”，明显对黛玉的话不屑，这个“话口袋子”，就是这样从不遮遮掩掩自己心中所想，心直口也快，想到的就要说出，你能接受也好，不能接受也罢，反正我要一吐为快！你的身边断然不会少了这么“熟悉的湘云”，即使她说话过了头，你仍是不愿去责怪她，因为她胸无城府，因为她有“真”在心间，有“趣”在绣口。“真”的人，无论在何时在何处都会有他的一席之地，在所有“真”的人心中。所以真性情的黛玉，以家姐的宽容，一再容忍湘云的挑衅。

这么“极爱说话”的湘云，偏偏天生“咬舌头”，这瑕疵，在天性活泼欢快的湘云身上，的确是瑕不掩瑜，不仅不让人感觉遗憾，反而给她加了分，让她愈加光彩夺目，让文学中的个性化更加鲜明突出。书中第二十回，湘云一出场，曹老先生就让她“爱”“二”不分的娇憨形象，先声夺人地驻扎在读者心中，于是作为读者的我们可以原谅湘云所有的口不择言，认为这都是真性情的美好。

> 二人正说着，只见湘云走来，笑道：“爱哥哥，林姐姐，你们天天一处玩，我好容易来了，也不理我一理儿。”黛玉笑道：“偏是咬舌子爱说话，连个‘二’哥哥也叫不出来，只是‘爱’哥哥‘爱’哥哥的。回来赶围棋儿，又该你闹‘幺爱三四五’了。”……湘云笑道：“这一辈子我自然比不上你。我只保佑着明儿得一个咬舌的林姐夫，时时刻刻你可听‘爱’‘厄’去。阿弥陀佛，那才现在我眼里！”说的众人一笑，湘云忙回身跑了。

这样的湘云，“庚辰本”双行夹批曰：“可笑近之野史中，满纸羞花闭月、莺啼燕语。殊不知真正美人方有一陋处，如太真之肥、飞燕之瘦、西子之病，若施于别个，不美矣。今见‘咬舌’二字加之湘云，是何大法手眼敢用此二字哉？不独不见其陋，且更觉轻巧娇媚，俨然一娇憨湘云立于纸上，掩卷合目思之，其‘爱’‘二’娇音如入耳内，然后将满纸莺啼燕语之字样填粪窖可也。”

“蒙府本”回末总评曰：“湘云大笑大说；颦儿学咬舌；湘云念佛跑

了数节。可使看官于纸上耳闻目睹其音其形之文。”

湘云的音容笑貌，竟因其“咬舌”的白玉微瑕，而让其从书中呼之欲出，让每一个读者掩卷之后，依旧活生生地立于眼前，其娇憨之语，依旧在耳畔萦绕。

娇憨的湘云，小性子起来，比她嘴中“爱小性儿”的黛玉更“小性子”。

三、英雄阔人宽宏量却也使小性子

湘云的曲子中“英豪阔大宽宏量，从未将儿女私情，略萦心上”的描述，是说湘云生来就是豁达宽容之人，不谙世事，儿女私情也不曾走心。在这一点上有读者把湘云和凤姐并誉为“脂粉队里的英雄”。的确湘云堪称最有豪气的红楼女儿，她有男子汉的风流倜傥、不拘小节，也喜欢把自己打扮成男子的样子。在大观园里和宝玉及姐妹们聚会时高声谈笑，大块吃肉；喝酒划拳也是捋胳膊挽袖子；喝醉了可以随地躺在芍药裀中酣眠。《红楼梦》第五十二回邢岫烟被迎春房里的下人难为，被迫当了棉衣，湘云听说后便动了气说：

> “等我问着二姐姐去！我骂那起老婆子丫头一顿，给你们出气何如？”说着，便要走。宝钗忙一把拉住笑道：“你又发疯了，还不给我坐着呢。”黛玉笑道：“你要是个男人，出去打一个报不平儿。你又充什么荆轲聂政。”

黛玉所言的荆轲、聂政都是义薄云天，“士为知己者死”的侠义之人，欲为邢岫烟打抱不平的湘云也有着古道热肠的侠义之风，虽然黛玉笑称她不是男人，不要去充大侠，但湘云敢于仗义执言、爱打抱不平的个性，足以比拟女中荆轲、聂政，如此豪侠的湘云，穿上男装，完全是“烈烈风中一男儿”。

《红楼梦》书中两次写湘云身着男装。第三十一回把一个泥猴般淘气的湘云活脱脱展现在读者眼前：

> 宝钗一旁笑道：“姨娘不知道，他穿衣裳还更爱穿别人的衣裳。可记得旧年三四月里，他在这里住着，把宝兄弟的袍子穿上，靴子也穿上，额子也勒上，猛一瞧倒像是宝兄弟，就是多两个坠子。他站在那椅子后边，哄的老太太只是叫‘宝玉，你过来，仔细那上头挂的灯穗子招下灰来迷了眼’。他只是笑，也不过去。后来大家撑不住笑了，老太太才笑了，说‘倒扮上男人好看了’。”林黛玉道：“这算什么。惟有前年正月里接了他来，住了没两日就下起雪来，老太太和舅母那日想是才拜了影回来，老太太的一个新新的大红猩猩毡斗篷放在那里，谁知眼错不见他就披了，又大又长，他就拿了个汗巾子拦腰系上，和丫头们在后院子扑雪人儿去，一跤栽到沟跟前，弄了一身泥水。”

穿上宝玉的衣服，远远看去，连老太太也没能认出，在众人的笑声中老太太认出是湘云，竟夸赞湘云“倒扮上男人好看了”，可见湘云生来自带男孩儿的豪爽气质，更何况宝玉本就生得面如满月，是玉树临风的美男子。如果说这是外形上的豪爽“男儿气”，那么披了老太太大红猩猩毡斗篷，“拿了个汗巾子拦腰系上”和“丫头们在后院子扑雪人儿去，一跤栽到沟跟前，弄了一身泥水”的湘云，就是神似“男儿”的淘气顽皮了。雪地肆意玩耍，野性十足，这哪里还是公侯家娇滴滴的大小姐？活脱脱就是邻家的淘气包。

第四十九回，在下大雪时，史湘云与众姐妹不同的打扮，越发凸显了其男装扮相的英姿飒爽：

一时史湘云来了，穿着贾母与他的一件貂鼠脑袋面子大毛黑灰鼠里子里外发烧大褂子，头上带着一顶挖云鹅黄片金里大红猩猩毡昭君套，又围着大貂鼠风领。黛玉先笑道："你们瞧瞧，孙行者来了。他一般的也拿着雪褂子，故意装出个小骚达子来。"湘云笑道："你们瞧瞧我里头打扮的。"一面说，一面脱了褂子。只见他里头穿着一件半新的靠色三镶领袖秋香色盘金五色绣龙窄裉小袖掩衿银鼠短袄，里面短短的一件水红装缎狐肷褶子，腰里紧紧束着一条蝴蝶结子长穗五色宫绦，脚下也穿着麀皮小靴，越显的蜂腰猿背，鹤势螂形。众人都笑道："偏他只爱打扮成个小子的样儿，原比他打扮女儿更俏丽了些。"

这身打扮的湘云一出场，爱开玩笑的黛玉就调侃其为"小骚达子"，把爱奇装异服的假小子的豪迈之气栩栩如生地描摹出来，为此众人也笑称"偏他只爱打扮成个小子的样儿，原比他打扮女儿更俏丽了些"，这也是间接在说湘云气质中的脂粉英雄的飒爽的一面，唯其如此，才会成就《红楼梦》第六十二回"憨湘云醉眠芍药裀"这个《红楼梦》里最美的场景之一：

果见湘云卧于山石僻处一个石凳子上，业经香梦沉酣，四面芍药花飞了一身，满头脸衣襟上皆是红香散乱，手中的扇子在地下，也半被落花埋了，一群蜂蝶闹嚷嚷的围着他，又用鲛帕包了一包药花瓣枕着。众人看了，又是爱，又是笑，忙上来推唤挽扶。

也只有湘云这样豪爽不羁、不拘礼数的女子，才能在石头上酣睡，换作别人，在那个封建礼教森严的时代，早被认为是粗鄙越礼、没有规矩的女子了。但不仅是书外的读者不以其为“越礼”之丑，连生活在那个“非礼勿言，非礼勿视”时代的书中人也是“众人看了，又是爱，又是笑”。在众人的眼里这个“憨态可掬”的模样，就是湘云该有的样子，如果说湘云醉卧芍药裀的场景是一阕落花纷飞的豪放词，英姿飒爽的脂粉英雄湘云何尝不是一阕豪放的飞花词？

但是曹公就是曹公，他的如椽大笔从不会因为你的喜爱，这个人物就会完美无瑕，就会全如你所愿。他的春秋笔法，他的本着人物应该有的样子，遵循阴阳之道的变化，时时刻刻在书中的人、事、物中穿梭，阳中有阴，阴中含阳。就是这样的“英豪阔大宽宏量，从未将儿女私情，略萦心上”的湘云，却也有比黛玉还“小性子”的“小女人”的一面。

不过湘云的小性子似乎只是针对黛玉，而且是全没有道理的歪派挖苦。

《红楼梦》第二十二回明明是湘云先说黛玉像戏子，惹得宝玉好心与她使眼色，黛玉对她倒是未置一词，但是湘云的反应却是太过强烈，全然没有了假小子的豪气宽宏量，完全是小女儿的“小家子气”：

> 湘云道：“明儿一早就走。在这里作什么？——看人家的鼻子眼睛，什么意思！”……湘云摔手道：“你那花言巧语别哄我。我也原不如你林妹妹，别人说他，拿他取笑都使得，只我说了就有不是。我原不配说他。他是小姐主子，我是奴才丫头，得罪了他，使不得！”宝玉急的说道：“我倒是为你，反为出不是来了。我要有外心，立刻就化成灰，叫万人践踹！”湘云道：“大正月里，少信嘴胡说。这些没要紧的恶誓，散话，歪话，说给那些小性儿，行动爱恼的人，会辖治你的人听去！别叫我啐你。”说着，一径至贾母里间，忿忿的躺着去了。

仅仅宝玉的一个眼色，湘云就较真起来，就愤愤然起来，立刻闹着要收拾衣服回家去，不在这儿“看人家的鼻子眼睛”的。任宝玉如何解释，全然不听，甚至急得宝玉口不择言，直言“林妹妹是多心的人”，且赌咒发誓这个眼色是为湘云着想，但是湘云依旧不依不饶，顺带把黛玉狠狠吐槽一番，什么“小性儿，行动爱恼的人，会辖治你的人”，全是诋毁黛玉的词，这哪里还有“脂粉队里的英雄”的“宽宏大量”？分明就是“小心眼”，“搬弄是非”的小女子！也许有人会说，这正是湘云的率真，不藏不掖。是的，要不怎么说一千个读者心中有一千个哈姆雷特呢！但是与湘云相比，黛玉表现得确实十分大度，她不仅没有恼宝玉那样闹湘云，反而是主动拿着被湘云、黛玉抢白后的狂发呆气的宝玉“悟禅”的诗，主动去向湘云示好。黛玉之举动，哪里像多心的人？反倒是湘云自己在多心耍“小性儿”。

但是湘云，并没有因黛玉的大度而改变对黛玉的看法，其后越发展现了其“小女人气”的一面，《红楼梦》第三十二回中就写了其和袭人一起在背地嚼黛玉的“舌根”：

史湘云冷笑道：“前儿我听见把我做的扇套子拿着和人家比，赌气又铰了。我早就听见了，你还瞒我。这会子又叫我做，我成了你们的奴才了。”宝玉忙笑道：“前儿的那事，本不知是你做的。”袭人也笑道：“他本不知是你做的。是我哄他的话……不知怎么又惹恼了林姑娘，铰了两段。回来他还叫赶着做去，我才说了是你作的，他后悔的什么似的。”史湘云道：“越发奇了。林姑娘他也犯不上生气，他既会剪，就叫他做。”袭人道：“他可不作呢。饶这么着，老太太还怕他劳碌着了。大夫又说好生静养才好，谁还烦他做？旧年好一年的工夫，做了个香袋儿，今年半年，还没拿针线呢。”

本是和宝玉丫鬟袭人闲谈，湘云却气愤愤地提及黛玉的“不是”，且不顾身份地与丫鬟一起“议论黛玉的不是”。不得不令人想到抄检大观园后，尤氏过来替惜春救场，惜春却表示自己不愿意再蹚宁国府的“浑水了”，尤氏就告诉她：要是有人在背后说闲话，只管告诉我就是。然而惜春之言是令尤氏难堪和错愕的：

> 惜春冷笑道：“你这话问着我倒好。我一个姑娘家，只有躲是非的，我反去寻是非，成个什么人了！”

惜春这句话说得好，她一个千金小姐，理应做一些和身份相符的事情，成日里掺和是非，这成什么人了？面冷心冷的惜春，年龄虽小，却最能参透世事，偏偏史湘云这样一个大家心目中“豁达大度”的“脂粉英雄”却纠缠在这些是是非非中，且常常自己掀起是非。在这一点上，黛玉和惜春一样，只要不涉及她此生用生命守护的对宝玉的那份情，她一定是远远地躲着“是非”走，爱开玩笑，是黛玉的幽默，但绝不会掺和是非之事。《红楼梦》虽不是人物传记，却一直在用《史记》写人物的方法，在写一人之传时，补充他人在其传中没有提及的内容，继续饱满人物的形象。作者不曾正面议论任何一个人物，却通过书中人物之口，或正说，或侧面，或推己及人，去映衬，去完满人物。此处即借惜春之口，暗示了侯府千金湘云背后议论黛玉“是非”的不妥。纵观整本书，湘云多次在黛玉面前赞宝钗，而且似乎是带着挑衅的赞，虽然黛玉也顺着湘云的话有所回击，但是黛玉似乎从没有对她真的恼，无论打趣湘云的咬舌头，把“二”说成“爱”，还是笑称湘云“小骚达子”“今日芦雪庵遭劫，生生被云丫头作践了”，都是没有任何恶意的玩笑话，甚至有着对妹妹的一份宠溺在。但湘云对黛玉倒是真的怒从心底起。书中爱说黛玉坏话的往往都是丫鬟婆子等下人，不管是贾母、王熙凤还是李纨等嫂子以及其他众姐妹，尤其是宝琴、迎春对黛玉更是比其他姊妹高看一眼。唯有湘云，对着黛玉总是一副愤愤不平的嫌弃。在书中第四十九回就愈加过分了，当着黛玉和很多人的面，连一点情面都不留地指责黛玉“善于妒忌”：

只见琥珀走来笑道：“老太太说了，叫宝姑娘别管紧了琴姑娘。他还小呢，让他爱怎么样就怎么样。要什么东西只管要去，别多心。”宝钗忙起身答应了，又推宝琴笑道：“你也不知是那里来的福气！你倒去罢，仔细我们委曲着你。我就不信我那些儿不如你。”说话之间，宝玉黛玉都进来了，宝钗犹自嘲笑。湘云因笑道：“宝姐姐，你这话虽是顽话，恰有人真心是这样想呢。”

这段描写湘云认定黛玉就是那专爱“拈酸吃醋”之人，殊不知，曹老先生的高明就在此处，人的品性不在他说了什么，抑或别人说了什么，而是此人做了什么。对黛玉的刻画，就是用黛玉的行动来堵住湘云和袭人的“悠悠之口”。面对“人尖儿”的宝琴，贾母疼在心尖上，宝钗倒是真的心里泛酸了，黛玉不仅没有，而且正如宝钗所言“他喜欢的比我还疼呢，那里还恼”；曹老先生又用“人尖儿”宝琴的行动来暗赞黛玉“其中又见林黛玉是个出类拔萃的，便更与黛玉亲敬异常”，站在客观角度、出类拔萃的宝琴眼中的黛玉，才是真实的黛玉。

所谓言为心声。佛说：你是什么，你的眼里便看到什么。湘云看到的是黛玉的小性子、拈酸吃醋，其实这分明就是她和宝钗的写照，湘云和宝钗才是真吃黛玉的醋的人，吃宝玉对黛玉的全心全意，吃贾母对黛玉的疼在心尖上，甚至吃“天上掉下的神仙似的林妹妹”的才貌不一般的“醋”。面对这样出类拔萃的林妹妹，她们并没有像宝琴那样从心眼儿里去欣赏，以至于始终别扭着在一起。聪慧的黛玉一眼看穿，所以她防着宝钗，但是对爽直心无城府的湘云是有同为父母双亡、寄人篱下的心有戚戚的相怜。所以她理解湘云，唯有理解，才愿意包容湘云的无理取闹，甚至对自己的出言不逊。但是反观湘云，她对与自己常常同住同吃同嬉戏的黛玉是不理解，甚至是埋怨和嫉妒，颠倒是非，已然是走到了“阔大宽宏量”的反面去了。

俗话所言，看一个人好，什么都好。湘云喜欢宝钗甚至对宝钗把自己送的戒指转送袭人而感动，却不去想宝钗对自己所送礼物是如此的不知珍惜，为此还对黛玉大有微词，认为黛玉没有宝钗这样会做人，这样大度。殊不知今天能弃你的礼物，明天就可以弃你的人而去。果然等到宝钗弃友谊不顾，弃曾经的誓言不顾，没有只言片语匆匆离去后，湘云和黛玉中秋夜凹晶馆孤独联句时，湘云才真正懂得黛玉的好，也看透了宝钗的“无情”之“冷”。

> “可恨宝姐姐，姊妹天天说亲道热，早已说今年中秋要大家一处赏月，必要起社，大家联句，到今日便弃了咱们，自己赏月去了。”

弃之而去的何止是宝钗的人和心？还有匆匆流逝的光阴！她们相聚之日已经无多，懂也罢，珍惜也罢，后悔也罢，所有的一切皆是“没有岁月可回头”。

湘云对“儿女情从未略萦于心”？湘云对黛玉的刻薄和妒意何尝不是“儿女情”萦绕于心？更有湘云把宝玉丢失的“比自己佩的又大又有文彩”的金麒麟，“擎在掌上，只是默默不语，正自出神”。“默默不语，正自出神”已经不像那个万事不挂心的“话唠”，这反常之举，只因为翠缕说了“可分出阴阳来了”。见宝玉到来，湘云又连忙将麒麟藏起，并不是小气怕宝玉抢夺，大约也是“金玉良缘”之说，拨动了她微妙情感的心弦，这对于一个处于豆蔻年华的少女来说，是十分自然的事情。所以等到袭人提及湘云定亲，说她“前儿大喜”时，湘云也是“红了脸，吃茶不答”，这哪里是“儿女情从未略萦于心”的“脂粉英雄”？分明就是情窦已开的娇羞的小女儿，这才是合乎人性之美的。这就是曹老先生的曲笔，指东则道西，写此分明是写彼，因为他深知世间的万事万物从没有一刻停止过变化，人又何尝不是这样变化着，世间没有不变的存在，变才是真实，才是真理，变才是自然之道、宇宙之道。正是“一阴一阳之谓道”。

四、有魏晋名士之风却是入世之人

许多学者认为，湘云“烧鹿大嚼”“芍药裀酣眠”“爱奇装异服”是其魏晋之风最浓郁的表现。吕启祥先生在《湘云之美与魏晋之风》一文写道：上文提到“烧鹿大嚼”（第四十九回“脂粉香娃割腥啖膻”）和“裀药酣眠”（第六十二回“史湘云醉眠芍药裀”），又是湘云身上魏晋风味最浓郁显豁的两组特写镜头。其所以然，盖因：首先，都以酒为触媒。晋人喝酒，成为风尚，红楼诸钗中，游宴行令，虽不离酒，但或拘于礼，或为养生，都有节制，能放怀作豪饮者，大约也只有湘云。其次，都有一种不随流俗、不顾物议、我行我素、旁若无人的气度。《世说新语·任诞》载：阮籍于丧服之中居然还在晋文王前坐进酒肉，人以为有违风教，阮籍饮啖不辍，神色自若。湘云之辈本闺阁弱女、“脂粉香娃”，居然雪天在园中烧生肉吃，“割腥啖膻”，颇有点惊世骇俗的味道，使李婶娘等大惑不解。湘云宣告：“我吃这个方爱吃酒。吃了酒才有诗。若不是这鹿肉，今儿断不能作诗。”以她为首，公然烧鹿大嚼，自诩锦心绣口，宛然名士派头。再者，都以酣醉为美，开拓出一种超逸的境界，展现人物的神韵风貌。《晋书·山简传》和《世说新语》均载，山简在荆州，时常酣醉，童儿歌曰："山公时一醉，径造高阳池。日暮倒载归，酩酊无所知。复能乘骏马，倒著白接篱。举手向葛疆，何如并州儿。"山简为山涛之子，有父风，唯酒是耽。由这首儿歌绘出这样的形象：大醉之余，能乘骏马，倒著头巾……

书中第四十九回热烈的场面确实令人读之垂涎，读之忘俗，恍入魏晋群贤饮酒嚼肉之境：

> 探春与李纨等已议定了题韵，见他们迟迟不来，香气阵阵扑鼻，探春笑道："你闻闻，香气这里都闻见了，我也吃去。"……一时只见凤姐也披了斗篷走来，笑道："吃这样好东西，也不告诉我！"说着也凑着一处吃起来。黛玉笑道："哪里找这一群花子去？罢了，罢了，今日芦雪广遭劫，生生被云丫头作践了。我为芦雪广一大哭！"湘云冷笑道："你知道什么！'是真名士自风流'，你们都是假清高，最可厌的。我们这会子腥膻大吃大嚼，回来却是锦心绣口。"

没有湘云，就难得有这群富家公子小姐的狂放和张扬，一块鹿肉，简单的烧烤，把一个寒冬肃日熏得活色生香，也烤出在场所有人的魏晋豪放之风。湘云一边吃肉，还不忘一边做解释：只有吃肉才能吃酒，只有吃酒才能有诗。

如果说陶、嵇、李式的豪放是"感人"的，那么史湘云的豪是"动人"的，湘云"醉卧芍药裀"的动人画面无须多加赘述，于天地之间，于飞花之中，于蜂蝶舞动间，翻飞着如诗如画般的意境，无论对湘云是褒是贬，都不能不被这样的湘云所打动，万千豪气中透着说不尽的妩媚动人，这惊鸿一瞥是独有的湘云式的"名士之风"，这是天地间难得一见的唯美。这唯美画面的造就可是有湘云豪情万丈的吃酒划拳做铺垫的。

贾宝玉提议："雅坐无趣，须要行令才好。"

……说着又着袭人拈了一个，却是"拇战"。史湘云笑着说："这个简断爽利，合了我的脾气。我不行这个'射覆'，没的垂头丧气闷人，我只划拳去了。"探春道："惟有他乱令，宝姐姐快罚他一钟。"宝钗不容分说，便灌湘云一杯。

……

湘云等不得，早和宝玉"三""五"乱叫，划起拳来。

大家又该对点的对点，划拳的划拳。这些人因贾母王夫人不在家，没了管束，便任意取乐，呼三喝四，喊七叫八。满厅中红飞翠舞，玉动珠摇，真是十分热闹。

不仅是湘云，"满厅中红飞翠舞，玉动珠摇"，"呼三喝四，喊七叫八"，厅中的每一个人都打开了自己，打开了名士的逍遥，释放着灵魂里最恣意的一面，此时都是豪气满满的巾帼不让须眉。

自诩"真名士自风流"的湘云，这些风流逍遥的举动的确有魏晋之风，然而细细读之，其骨子里却仍是儒家入世的湘云。书中第三十二回中的湘云，对功名是认真而上心的，认为结交"为官做宰的人们"，谈论仕途经济，才是男人的正事，像宝玉这样在女儿堆里混着，是不务正业的。

湘云笑道："主雅客来勤，自然你有些警他的好处，他才只要会你。"宝玉道："罢，罢，我也不敢称雅，俗中又俗的一个俗人，并不愿同这些人往来。"

湘云笑道："还是这个情性不改。如今大了，你就不愿读书去考举人进士的，也该常常的会会这些为官做宰的人们，谈谈讲讲些仕途经济的学问，也好将来应酬世务，日后也有个朋友。没见你成年家只在我们队里搅些什么！”宝玉听了道：“姑娘请别的姊妹屋里坐坐，我这里仔细污了你知经济学问的。”

湘云的话本没有错，劝宝玉上进，走仕途经济也没有错，错的是她选错了劝导的对象。这些年知根知底的相处，以她自诩“真名士”的豪爽，应该是最懂宝玉的逆鳞在哪里，除了对黛玉的痴心，就是对功名仕途经济的厌恶。然而，湘云此刻却没有丁点儿懂得，为此惹恼了宝玉，也让自己难堪。此举只能从反面说明，湘云骨子里还真不是“真名士”，喜欢男装的湘云，在原本是戏子的葵官成了湘云的丫头后，湘云就把她打扮成小子的模样，还给葵官起个名叫韦大英，其含义是“唯大英雄乃本色”，湘云的潜意识里大约希望自己可以像男孩儿那样建功立业，可以顶天立地，所以她会规劝宝玉去结交权贵人物。

她的魏晋的风骨，也只是高谈阔论，爱奇装异服，大碗吃酒作诗的“面子工程”，不免让人想到吴敬梓《儒林外史》中的那些假名士，当然湘云毕竟比他们真实可爱多了，说湘云有豪爽之情，有真性情，这仍是不可否认的。若说从骨子里散发魏晋之风之人，倒非“孤傲痴绝”的黛玉和“似傻如狂”的宝玉莫属，只有他俩是真心讨厌官场的污浊，是真心把“看闲书、写闲诗”当作生活的人，有乖张的我行我素的个性，不会因人言而改变。若说“痴”字，“二玉”真是痴到绝处之人，然而此二人却谁都说自己是俗人，从未把“真名士”挂过嘴边。这恰如书中的那副对联所言“假到真时真亦假，无为有处有还无”。《易经》的阴阳之道在曹老先生已然是“百炼钢化为绕指柔”。

亦辣亦真亦无奈——王熙凤

是非成败转头空……古今多少事，都付笑谈中。

——杨慎

王熙凤，是贾母的孙媳妇，是贾赦和邢夫人的儿媳妇，是贾政的侄媳妇兼内侄女。是王夫人的侄女，是贾琏的妻子，是巧姐的母亲，是贾蔷和贾蓉的远房婶子，是贾瑞的远房嫂子，是探春的叔伯嫂子，是迎春的亲嫂子，是惜春的远房嫂子，是贾宝玉的舅表姊兼叔伯嫂子，是薛宝钗的舅表姊兼叔伯妯娌，是林黛玉的舅表嫂子。正所谓“上有三层公婆，中有无数叔嫂妯娌兄弟姐妹以至姨娘婢妾，下层有一大群管家陪房奴仆丫环小厮等”（吕启祥《凤姐的魔力和魅力》）。就在这样的旋涡中心，她依旧能如鱼得水，游刃有余地处理各方关系，因而深得贾母恩宠和王夫人赏识，成为贾家荣府的实际掌权者。

她是曹老先生着墨最多也最为生动活跃的人物，是时代大家庭中精明强干泼辣主妇形象的浓缩。她从一出场就光彩照人，先声夺人。曹老先生总是把她安置在众目睽睽的舞台上，使观众目不暇接，耳不暇听。

撇开人物褒贬论，撇开女一、女二号不说，从艺术审美去看，凤姐是《红楼梦》中最为光芒四射的形象！红学家丁维忠先生说：“《红楼梦》里如果没有凤姐的话，那么它的篇幅就得要去掉二分之一；另外就是在众多的人物当中，如果少了王熙凤这样一个人物，人物的架构就会坍塌；如果从可读性，从艺术魅力来讲的话，没有了王熙凤这个形象，那么《红楼梦》的可读性，要去掉三分之二，就没有多大的读头儿。”这结论绝不为过。

吕启祥先生说：“事实上，读者在诅咒挞伐、为这个人物的魔力震慑的同时，又不可抗拒地被这一性格的魅力所深深吸引、由衷赞叹。《红楼梦》里的王熙凤，确乎魔力与魅力俱存，而且不可分割。”（《凤姐的魔力和魅力》）

如果仅仅对人物进行是非、善恶的道德评价，恐怕难以完满回答这样的问题；只有对人物进行审美评价，才能进一步探索其中奥秘。红学史上有位评点者曾经发过颇有见地的议论：“吾读《红楼梦》，第一爱看凤姐儿。人畏其险，我赏其辣；人畏其荡，我赏其骚。读之开拓无限心胸，增长无数阅历。”

一、“辣”之由来

因着凤姐形象的复杂稠密，收到的褒贬当然也是最多，处于同情弱者的心理，骂其心狠手辣、两面三刀者，比之欣赏者居多。

独觉，凤姐辣中又有多少真和无奈，被读者君们一一忽略，甩给她一个大大冤枉的锅。

红学家周思源老先生对凤姐的辣，有一个“五辣俱全”的概括：香辣、麻辣、泼辣、酸辣、毒辣。如吕启祥先生之言：“散发着热辣辣的生活蒸汽。”

凤姐之“辣”名由来，书中贾母的贡献是不能忽视的。第三回，黛玉初见凤姐正疑惑中：

> 贾母笑道：“你不认得他，他是我们这里有名的一个泼辣货，南京俗谓‘辣子’，你只叫他‘凤辣子’就是了。”

“泼辣货”这个在黛玉听来，很不入耳的称呼，显然是贾母对凤姐的昵称，用今人的话来说，有说不尽的宠溺在。程乙本“泼辣货”的这一称呼，在脂本用的是“泼皮破落户”，网上搜索其意思，“破落户”，一是“有从原来的名门望族败落下来的人家及其子弟”；二是“游荡无赖的败落人家子弟”。总之都是指“好逸恶劳，专以拐骗敲诈为生的社会蠹虫”，显然是与凤姐不相符合的。即便在这里成为贾母专用的对凤姐的谑语，但“辣”字，似乎也少了根基。“泼辣货”，才好从“辣”字延伸开去，再及“辣子”，再昵称“凤辣子”，合情合理，没有丁点儿违和感。

当然，我们不是在做“考究”，只是为“辣”，找个合理的解释。“辣子”，是贾母戏谑凤姐“能干、厉害”。这个词本义是“狠毒”，章太炎《新方言·释言》：“江宁谓人性狠戾者为剌（同辣）子。”贾母原是戏谑的赞赏，但很多读者君，就是不按贾母的路数，就要顺着章太炎老先生字面的意思“狠毒”一路走来，深深地印在脑海里的是一个“毒辣”的凤姐。

二、毒辣中的“无奈”

但凡认定凤姐的毒辣，一定离不开“毒设相思局”和“计赚尤二姐”中的两条人命。

先看“毒设相思局”凤姐上演了一个什么角色。

相思局里的贾瑞是何种人物？贾瑞，又名贾天祥，贾府远房“玉”字辈子弟，父母早亡，由祖父贾代儒教养。贾代儒是贾族私塾的授业老师，以贾府的门第，所选的老师岂是等闲之辈？用现代的话讲，不是院士水准，起码也得是知名老教授。

书中有很清楚的交代，“又知贾家塾中现今司塾的是贾代儒，乃当今之老儒”，贾代儒的学问高，是毋庸置疑的。贾代儒对孙子管教是严厉的，“那代儒素日教训最严，不许贾瑞多走一步，生怕他在外吃酒赌钱，有误学业”，贾瑞被凤姐关在西穿堂，夜不归宿，遭到了他老人家狠狠惩罚，“打了三四十板，不许吃饭，令他跪在院内读文章”。贾瑞所受到的教育是极为严格而又十分正统的。按道理，贾瑞在这样的教育下，应该是中规中矩的模样，偏偏他就是长歪的那一个，偏偏他就没有遗传爷爷的正统与上进，倒是个正经的“破落户”。书中交代：

> 是个专图便宜没行止的人，每在学中以公报私，勒索子弟们请他；后又附助着薛蟠图些银钱酒肉，一任薛蟠横行霸道，他不但不去管约，反“助纣为虐”讨好儿。

显然，这是一个品行不正的人。另外，他还是一个没有分寸不知“人伦”的“禽兽”。凤姐是他的嫂子，第一次一见面就对凤姐有了非分之想。以凤姐的聪明，怎能看不出？最初的凤姐是意外和气愤的：

> 心里暗忖道：“这才是知人知面不知心呢，那里有这样禽兽的人呢。他如果如此，几时叫他死在我的手里，他才知道我的手段！”

在凤姐的意识当中，代儒的孙子当然不会差到哪里，谁知竟是个

“知面不知心”的“禽兽”。一方面凤姐是他的嫂子辈，应该尊重；另一方面凤姐是荣府的管家，贾瑞不是不知，他们有地位的悬差，他一样也应该尊重。然而看他怎么说：

“只因素日闻得人说，嫂子是个利害人，在你跟前一点也错不得，所以唬住了我。如今见嫂子最是个有说有笑极疼人的，我怎么不来，——死了也愿意！”

他还知道凤姐是个传言中的厉害人，但是色胆包天的贾瑞，竟然把这个也不当一回事，这让我们想到了探春那个响亮的耳光所打向的“王善保家的”，是一样的“奴仆眼里没英雄”的，没有分寸的愚蠢龌龊之辈！可以说，贾瑞的遭遇是宗法制度森严的社会里，冒犯主子尊严的“下场”。连人人都夸的善良平和的平儿，知晓了贾瑞的意图，都认为其人该死，而且是“不得好死”：

平儿说道：“癞蛤蟆想天鹅肉吃，没人伦的混东西，起这个念头，叫他不得好死！”

用佛家和《易经》的观点，有因必有果。其心不正，不知分寸，他不仅不顾人伦，也不顾“尊卑”，“癞蛤蟆想天鹅肉吃”，其死也是自作自受、咎由自取的“因果”。用今人的话说，“不作不死”。但是从平儿和凤姐的口中说出的“死”字，显然是愤怒至极的夸张之言，不是真的要他“死”，凤姐不过是想惩戒一下贾瑞，让其知过而改。第一次，只是把他引进了西边穿堂，在“朔风侵肌裂骨”的寒冬腊月，狠狠冻了一夜。因夜不归宿，又遭了其祖父苦打，“且饿着肚子，跪着在风地里读文章，其苦万状”。

遭受如此之苦，但凡肯用点脑子也会懂得祖父之用心良苦，也能悟出凤姐之意，而幡然悔改，重新做人。偏偏他是凤姐预言的“这畜生合该作死”，如此严惩之后，书中写道：

此时贾瑞前心犹是未改，再想不到是凤姐捉弄他。过后两日，得了空，便仍来找凤姐。

如果说在穿堂冻了一夜，是凤姐的语言引诱，惩戒之后，就是此人贪欲与愚蠢的结果。这是在“作死”的路上越走越远。

即便这样，凤姐设相思局，是要他死吗？不是，书中有言：

凤姐因见他自投罗网，少不得再寻别计令他知改……凤姐在这里便点兵派将，设下圈套。

仍旧本着“令他知改”而设，更何况这次的操作者主要是贾蓉和贾蔷，泼粪水有可能是凤姐授意，但勒索钱财，就是其二人私下行为，这两个人也不是什么“贤良”之辈。整治贾瑞时，贾蔷有言：

“……如今琏二婶已经告到太太跟前，说你无故调戏他。他暂用了个脱身计，哄你在这边等着，太太气死过去，因此叫我来拿你。……”

这虽是为勒索钱财的诳语，但也明示，这个邀约，就是琏二嫂子“哄你”，就差直说，是整你了。如果真想整死贾瑞，浇完粪水，再关着冻一夜，再想活命就难了。贾蔷他们还是给他留了活路，让他赶紧回家。

满头满脸浑身皆是尿屎，冰冷打战。只见贾蔷跑来叫：“快走，快走！”贾瑞如得了命，三步两步从后门跑到家里，天已三更。

如果自此收住心，痛改前非，一心只在功课上，不再有非分之想，贾瑞是不会死的。书中清楚明白地点明了他把自己往死亡路上推的外加条件：

正是相思尚且难禁，更又添了债务；日间工课又紧，他二十来岁人……未免有那指头告了消乏等事；更兼两回冻恼奔波，因此三五下里夹攻，不觉就得了一病。

病重之后，跛足道人给他送来“风月宝鉴”，是把命也送到了贾瑞自己手中，生或者死，全在贾瑞自己的“一念之间”。至此，作者的意图也很明显，死与不死，是贾瑞自己的因果，如果他能放下欲念，则可继续生而为人，反之，则必死无疑。因为跛足道人有言在先“你这病非药可医”，只有放下欲念的幡然醒悟，才是最好的良药。可惜，贾瑞就像警幻仙子曾经说宝玉的那句话“痴儿竟尚未悟”。

这是天意难违。无论如何，贾瑞也是一个可怜人，正是可怜人的可恨之处作死了自己。贾瑞死在一个“悟”字上，如甄士隐活在一个“悟”字上。读红楼也离不开参悟佛家轮回之说这根拐杖。

贾瑞的死，何尝不是对世人的一个警示：贪欲是可以致命的，“欲海无边，回头是岸”。可是身在其中的人，有几个可以有此觉悟？当我们觉得是凤姐“毒辣”害死了贾瑞，也许应该反思一下自己的心中有没有“欲壑难填”的黑洞，有没有换位思考，在那个宗法制度森严和尊卑观念强烈的年代，若自己是凤姐，该如何做？

英国著名小说家奥威尔的小说《1984》有一句名言：思想罪不会带来死亡，思想罪本身就是死亡。如果我们不把他放到《1984》特定的环境中去理解，我们把它放到凤姐所设的局中，凤姐要惩戒贾瑞的思想本身，是不会带去死亡的，而贾瑞的贪欲和不顾人伦的念头，才是让自己踏上死亡之路的原罪，只要欲念不灭，就只有死路一条，这是可以穿越时空的极富深远意义的警示。

用红学家丁维忠的观点，“该给凤姐说几句公道话，她不是要治死他，她是想一个办法，让那个不知人伦的畜生改过错误，出发点是好的，结果效果不好，方法不好”。

我们之所以把所有的责任，都推给凤姐，是因为我们自己内心先有预设，凤姐就是一个毒辣之人。欲加之罪，何患无辞？

“计赚尤二姐”中，凤姐是不是置尤二姐于死地的直接刽子手呢？

尤二姐又是何样人物？

尤二姐，贾珍妻尤氏的异父异母妹，是尤老娘与自己前夫所生，后尤老娘改嫁尤家时和妹妹尤三姐随来。她们是宝玉口中的：“真真一对尤物，他又姓尤。”

唐代诗人元稹在《莺莺传》中，通过张生之口，对“尤物”进行了一番阐释，认为：“凡是尤物，不害己必害人。”张生此番言论不过是为了掩盖自己对莺莺“始乱终弃”的龌龊而已，但美之罪，却已经坐实。古人谈起“尤物”的时候，常常语带贬义，美人已然变成了妖精。

美丽就是原罪，何况尤二姐也确实有“淫本”之实。

第六十四回写贾琏与二姐三姐熟悉之后，垂涎二人美色，“况知与贾珍贾蓉等素有聚麀之诮”，于是他也想加入这个肮脏的队伍中分一杯羹。贾琏素来就是个品位低下之人，如贾母所言“香的，臭的都往屋里拉”。贾琏能娶尤二姐为外室，也是贾蓉为了自己避开父亲贾珍方便与她姐妹二人偷欢给他下的套。

明明是贾珍父子和贾琏放纵淫欲，但在当时的道德观念中，所有的罪责都加在了尤二姐的身上，皆因她天生标致，在别人眼里一定是勾引人的狐狸精。在第六十九回，尤二姐受到各种折磨，病恹恹时，尤三姐的亡魂托梦说：

> “……此亦系理数应然，你我生前淫奔不才，使人家丧伦败行，故有此报。”“……自古‘天网恢恢，疏而不漏’，天道好还。你虽悔过自新，然已将人父子兄弟致于麀聚之乱，天怎容你安生。”

此罪还是天理难容，任你真心悔改，业已无力回天。

贾母在听完秋桐的诬告之后也说：“人太生娇俏了，可知心就嫉妒。凤丫头倒好意待他，他倒这样争风吃醋的，可是个贱骨头。”

被称为大善人的王夫人也说：“平生最恨长得好的人。”晴雯因是生得标致的丫头，在病中被赶出大观园而死去。晴雯之死，比尤二姐也没好到哪里去，却鲜少人论王夫人“毒辣”。

这些事实告诉大家，像尤二姐这样出身底层，靠美貌和子嗣想赢得贾府中应有地位的人，不要说是遇到了王熙凤，就是没有遇到王熙凤，也不能如愿。照样会因为“尤物”和“淫奔”之罪，而落得悲惨下场。秋桐仅仅是因为王熙凤的借刀杀人的挑唆吗？当然不是，没有凤姐，她一样会容不下模样标致的尤二姐。连已经先进门一年多的香菱，还不是因为长得标致，被夏金桂活活折磨而死。这都是最好的证明，二姐是必死的。美丽与淫奔之罪，连备受尊崇的秦可卿也逃不过，何况一个身份低微的尤二姐！

其实害死尤二姐的还有她自身的价值观。尤二姐水性杨花、嫌贫爱富、贪图享受，都来自其母尤老娘的三观。尤老娘本就视妇德为无，有的是尽可能用自己有限的美貌资本换取无限的经济利益去攀龙附凤。她二嫁丈夫尤老爹去世，又以尤氏母亲的身份，带着两个女儿到贾府蹭油水。尤二姐和她母亲一样看不起已经落魄的未婚夫张华，为了攀附上贾府的富贵，禁不住姐夫贾珍和侄子贾蓉的勾引，有聚麀之乱。为人母的尤老娘，不仅没有阻止尤二姐的乱伦行为，还不断纵容，且每次都在场，连自诩开放的现代，这样的行为，也是令人惊掉下巴的。

更为过分是，贾琏是在国孝和家孝期间偷娶的尤二姐，她们母女对此不孝不忠的行为，都不置一词，只要能嫁进贾府，连最起码的底线都不要了。

毋庸置疑，是她们母女自己扭曲的价值观，给自己人生埋下了悲剧种子。

虽然尤二姐死得可怜，但更可悲可恨。第六十五回作者有议论："虽然如今改过，但已经失了脚，有了一个'淫'字，凭他有甚好处也不算了。"这应该是时人的共识，虽然，贾琏说"谁人无错，知过必改就好"，也不过是一时的甜言蜜语罢了。

凤姐开始并没有要把尤二姐置于死地，只想让尤二姐能离开贾琏，和张华重新开始，也是给她留退路的，如同开始只是为教训贾瑞。

> 凤姐一面使人暗暗调唆张华，只叫他要原妻，这里还有许多赔送外，还给他银子安家过活。
>
> 贾蓉深知凤姐口虽如此，心却是巴不得只要本人出来，他却做贤良人。

甚至在贾母的面前，凤姐也撒谎掩盖尤二姐已"湿脚"的事实，希望尤二姐能够跟张华出去，果然贾母之言正如凤姐所愿：

> 贾母道："又没圆房，没的强占人家有夫之人，名声也不好，不如送给他去。那里寻不出好人来。"

贾母是重视名声的，此时，尤二姐如果能够醒悟，以自己不堪的过去，终将会为贾府所不容。嫁给张华，虽然家境贫寒，但至少是个正房，不必受其他妻妾的气，凤姐算是给她糊涂泥泞的人生指了一条生路。可惜，尤二姐有自己的盘算，宁愿给贾琏做小老婆，期待着贾琏实现对自己的允诺，等凤姐病死，扶自己为正室。可见，尤二姐居心也不良善，她有攀荣华之心，也有觊觎凤姐正室之意。

这是可怜之人的可恨之处，她犯了和今天所有第三者一样都会犯的傻——要名分。于是她放弃了自己所有的优势——得了贾琏的人，得了贾琏的心，还得到了许多金钱财物，足够她和母亲下半辈子衣食无忧的生活。

她不知餍足，还轻信偏听。她轻信贾蓉、贾琏，导致误托终身；她轻信凤姐之言被计赚进贾府，把自己陷入危险之境，却不听兴儿的忠告：

> “我只以礼待他，他敢怎么样！”
>
> 兴儿道：“不是小的吃了酒放肆胡说，奶奶便有礼让，他看见奶奶比他标致，又比他得人心，他怎肯干休善罢？……陪了过来一共四个，嫁人的嫁人，死的死了，只剩了这个心腹。……”

别说以礼待她，香菱甘心伏低做小，以丫鬟身份侍奉夏金桂，夏金桂照样不容！尤二姐是怎样的天真！她不知进退，竟公然和王熙凤互称姐妹，平起平坐，她已经忘记自己的身份，是偷娶，而且是“湿了脚”的人。卧榻之侧，岂容他人酣睡？陪嫁过来的尚且没有一个好下场，就更不用说她这样的身份了，进了贾府的尤二姐，只能任由凤姐搓扁捏圆。

所谓天命难违，已经被秋桐等人作践出病的尤二姐，又遇到了好色的胡庸医，胡乱下了虎狼之药，打掉了孩子，再无牵念的她，终至绝望而吞金自杀。

凤姐不是直接刽子手，只是加速了尤二姐死亡的速度，她之行为，是当时她那样身份地位的人，都会做的，只是不一定能有王熙凤的手段和心机。

我们站在凤姐的角度去理解，她的所作所为，不过是为了捍卫自己的爱情和婚姻罢了。虽然以现代的眼光看，贾琏不管是人品还是能力是真的无法和王熙凤相匹配，但萝卜青菜各有所爱，凤姐偏偏真心爱他，书中也多次写到他们婚姻的融洽。

尤二姐的死，我们今天的女性读者，如果只是用来褒贬凤姐，那就浪费了资源，更要从尤二姐的身上，读出人生的警示。

本也不够善良的尤二姐，不是因为凤姐多么“毒辣”而致命，是因为自己不够智慧！没有正确的价值观！想让一个成熟自私、养尊处优的男人为一个女人玩命，基本是不可能的！美丽不是挑战社会和幸福的资本，还要像探春那样自爱自尊自强，用智慧的翅膀助力自己飞翔。不做那种借攀缘高枝来炫耀自己的凌霄花，所谓“偷来的锣，敲不得”，为难了别人的同时，也作践了自己。即便有上位成功的风光者，给了错误的价值导向，那也还要称称自己几斤几两，有没有驾驭那样男人的本领。

记住尤二姐的警示，也别忘了尤三姐曾托梦给尤二姐：

> “你依我将此剑斩了那妒妇，一同归至警幻案下，听其发落。不然，你则白白的丧命，且无人怜惜。”

尤三姐不是也撺掇尤二姐一剑杀了王熙凤吗？这个直接用剑杀人，算不算“毒辣”？更何况是自己有错在先。凤姐的“毒辣”也不过是“人若犯我，我必犯人”的回击，普通人尚且如此，何况是那种宗法等级观念森严的时代，金字塔顶端的掌权人，弄死一个地位比自己低的人，以凤姐的手段，可以有无数的方法！对待凤姐，不仅仅是宽容就够，还要理性，以那个时代人的价值取向去理性分析。

读者君可能还会说，凤姐欲弄死握了她把柄的张华！如果凤姐，没有产生此念头，那就不是凤姐了，以她的心机成算，连这点都想不到，还是那个有“杀伐决断”的凤姐吗？张华也是个贪财的浑蛋，凤姐虑其以后再生事端，所以让旺儿务必追去想办法弄死。但旺儿只是在外躲了几天，认为人已走，何必害人性命？回来后的复言，凤姐是不相信张华会那样死掉，但也不再去追究，真正毒辣的人，一定是会赶尽杀绝的，像曹操说的，“宁可我负天下人，不可天下人负我”，在此点上，凤姐终究只是一个有“妇人之仁”的女中豪杰，狠毒，怎么也还是比不过枭雄曹操。

弄权铁槛寺也不过是被水月庵老尼用奉承和激将法，激起了凤姐的好胜心，倒不曾想到张金哥和守备的儿子如此痴情，张金哥和守备儿子的死，如果论责任，张金哥的父母应负首要责任。但毕竟是，“我不杀伯仁，伯仁却因我而死”，大家还是把这笔账记在了凤姐的头上，且是“毒辣”的一笔。对待凤姐，除了理性，我们也需要厚道！

当然凤姐令人胆战心寒的“辣”，的确如刀锋，有伤人的凌厉。

凤姐总是迎难而上，不怕得罪人，不怕结怨树敌。管理宁国府时，有一个仆妇迟到了，求情也不行，打了二十板子，出去回来以后，还要跪下来磕头叩谢。

她素常惩治丫头，狠戾到让她们闻风丧胆：“垫着磁瓦子跪在太阳底下，茶饭不给”；小丫头替贾琏望风，还撒谎，气得凤姐拿出最狠的招数，“拿绳子鞭子，把那眼睛没有主子的小蹄子打烂了”，威吓道要用烧红的烙铁烙嘴，要用刀子来割肉，而且当即就拔下那个簪子来戳小丫头的嘴，扬手一巴掌打得那个小丫头立刻两腮紫胀；清虚观打醮，一个小道士撞到她，也是扬手一巴掌，打得那个小道士在地上翻了一个筋斗。王熙凤的出手之重、之狠、之快，是名副其实的“辣手”。有些奴仆敢怒不敢言，有些就在背后诅咒她，说她是“阎王婆”“夜叉星”。

凤姐不这样威令胜行，能把家管理好吗？显然不行，毕竟她没有探春读书人的智慧和心胸！连素被下人称赞的平儿还对管事婆子如此说：

> “……你们素日那眼里没人，心术厉害，我这几年难道还不知道？二奶奶若是略差一点儿的，早被你们这些奶奶治倒了。……”

好性儿的尤氏，在荣府被婆子轻慢以待，就是最好的例证，连跟前的丫鬟都看不下去了，在如此错综复杂的贾府，不曾读过书的凤姐，没有点手段和狠戾，能这样游刃有余地理家吗？平儿看不过，说丫头们：

> “你们就只配没人心的打着骂着使也罢了，一个病人，也不知可怜可怜。他虽好性儿，你们也该拿出个样儿来，别太过逾了，墙倒众人推。”

好人鸳鸯维护凤姐道：

> “罢哟，还提凤丫头虎丫头呢，他也可怜见儿的。虽然这几年没有在老太太、太太跟前有个错缝儿，暗里也不知得罪了多少人。总而言之，为人是难作的：若太老实了没有个机变，公婆又嫌太老实了，家里人也不怕；若有些机变，未免又治一经损一经。如今咱们家里更好，新出来的这些底下奴字号的奶奶们，一个个心满意足，都不知要怎么样才好，稍有不得意，不是背地里咬舌根，就是挑三窝四的。我怕老太太生气，一点儿也不肯说。不然我告诉出来，大家别过太平日子。……”

凤姐“狠辣”中的无奈，只有身居旋涡之中的平儿、鸳鸯最懂，她们也最有发言权。

三、“杀伐决断”的“泼辣”

“泼辣”最具凤姐特色，甚至可以包括其他四“辣”。如果非要区别对待的话，这个“泼辣”少不了她浓墨重彩的能干，她是读者君一致共赏的“脂粉队里的英雄”。“协理宁国府”时，贾珍赞其：

> “从小儿大妹妹顽笑着就有杀伐决断，如今出了阁，又在那府里办事，越发历练老成了。”

玩笑间就有“杀伐决断”，更何况如今更历练了，真有“谈笑间，樯橹灰飞烟灭”的英雄气概！

你看，混乱的宁国府交由凤姐协理丧事，千头万绪，她稍微一思考，就拎出了宁府问题的主线：

> 这里凤姐儿来至三间一所抱厦内坐了，因想：头一件是人口混杂，遗失东西；第二件，事无专执，临期推委；第三件，需用过费，滥支冒领；第四件，任无大小，苦乐不均；第五件，家人豪纵，有脸者不服钤束，无脸者不能上进。

此五件皆为宁国府中的风俗，凤姐一整理出，曹老先生就立刻赞赏曰：

> 金紫万千谁治国，裙钗一二可齐家。

脂砚斋批，对曹老先生的评语，又做了进一步解释：

“五件事若能如法整理得当，岂独家庭，国家天下治之不难。”

姚燮评曰：“分派职役，井井有条，大有淮阴侯用兵经济。”凤姐治家，已经可以和韩信用兵相媲美！“分派众人岗位，量才而用，苦乐均分，各司其职，责任到人；依法治理，赏罚严明；一视同仁，不徇私情；号令通畅，树立威信。”（《蒋和森《红楼梦论稿》）

百忙中的凤姐，还要挪开身对付荣府其他家务，书中第十四回写道：

彼时荣国宁国两处执事领牌交牌的，人来人往不绝……

刚到了宁府，荣府的人又跟到宁俯；既回到荣府，宁府的人找到荣俯。

不辱使命的凤姐，“不仅显露出非凡的政治管理才干，还表现出勤慎恭肃的为政精神”。不辞辛劳，夜以继日，不偷安不推托。故能“筹划得十分的整齐，于是合族中上下无不称叹”。脂批曰：

“请看凤姐无私，犹能整齐丧礼。”

有主张、有改革理念的凤姐当众传达口谕：

“再不要说你们‘这府里原是这样’的话，如今可要依着我行，错我半点儿，管不得谁是有脸的，谁是没脸的，一例现清白处理。”

这是其威重令行有男子雄才大略的气概的绝对表现。然其撒起泼来，那个泼辣劲，亦可令一干泼妇甘拜下风，凤姐雅俗共赏的冰山一角，可见一斑。凤姐式的泼辣，可谓有心机、有善辩、有气场、有派头、有得理不饶人，还有示弱，真是展尽了泼的“十八班武艺”。甚至这撒泼也撒出了男子汉的雄风。

凤姐在得知贾琏偷娶了尤氏继母之女尤二姐后，带了一干丫鬟婆了，大闹宁府而去。凤姐一见尤氏，一口唾沫先吐在尤氏脸上，接着撒泼哭闹：

“你尤家的丫头没人要了，偷着只往贾家送！难道贾家的人都是好的，普天下死绝了男人了！你就愿意给，也要三媒六证，大家说明，成个体统才是。你痰迷了心，脂油蒙了窍，国孝家孝两重在身，就把个人送来了……”

为了让凤姐消气，贾蓉则又是下跪，又是打嘴巴。凤姐可不只是为了消气、找面子，她要争取所有的主动权，把参与其中的一干人攥在自己手心去拨弄。于是她开始寻死觅活地闹起来，书中写道：

凤姐儿滚到尤氏怀里，嚎天动地，大放悲声，……

说了又哭，哭了又骂，后来放声大哭起祖宗爹妈来，又要寻死撞头，把个尤氏揉搓成一个面团，衣服上全是眼泪鼻涕，……

凤姐儿听说，哭着两手搬着尤氏的脸紧对相问道：“你发昏了？你的嘴里难道有茄子塞着？不然他们给你嚼子衔上了？为什么你不告诉我去？你若告诉了我，这会子平安不了？怎得经官动府……你又没才干，又没口齿，锯了嘴子的葫芦，就只会一味瞎小心图贤良名儿。……”说着啐了几口。

凤姐也是见好就收的人，等到尤氏一个劲赔礼道歉，在自己面前低到尘埃里，转而就和尤氏赔不是，说自己是年轻怕事，被人家告官吓坏了……她闹得有理有据有势，闹得尤氏一身鼻涕眼泪，衣皱、钗乱，闹到一切都任由凤姐说了算。这是撒泼更是知己知彼的战略战术，当然也是为一发贾琏偷娶堵在心头的那股恶气，凤姐还没有闲到用撒泼去找存在感。

即使撒泼也暗含心机的凤姐，自然和她从小就被当作男儿教养有关，又没有读过什么书，于是就有了市井气的“泼”。没有读过书，就是把双刃剑，一方面让凤姐少了斯文，泼辣到鬼神不惧，用她自己的话说：“我是从来不信什么阴司地狱报应的，凭是什么事，我说要行就行。”这样男人般斯杀的狠戾和粗俗，试看贾府内包括丫鬟婆子谁会有此举止：

> 只见凤姐蹬着门槛子拿耳挖子剔牙，看着十来个小厮们挪花盆呢。

处于贾府人际关系中心位置的凤姐，上有三层公婆，中有无数叔嫂妯娌兄弟姐妹甚至姨娘婢妾，底下还有一大群管家陪房奴仆丫鬟小斯，外有皇亲国戚、王侯将相、宫中太监、道僧尼姑、市井野人等等。面对如此复杂的各色人等，凤姐皆能从容应对，如面对夏太监的勒索，不卑不亢，不辱使命，超常发挥其外交本领，八面玲珑、左右逢源，着实令人钦佩。

另一方面，凤姐的“杀伐决断”和读书的探春相比，还是欠了格局和高瞻远瞩，连她自己都嘱咐平儿说：

> “他（指探春）虽是姑娘家，心里却事事明白，不过是言语谨

慎；他又比我知书识字，更利害一层了。”

凤姐能察及自己的不足，这也是其“男人万不及一”的过人之处。

四、为爱低到尘埃的“酸辣”

“酸辣”的凤姐是吃醋拈酸的凤姐，是维护爱情的凤姐。用兴儿的话说：

> “人家是醋罐子，他是醋缸醋瓮。凡丫头二爷多看一眼，他有本事当着爷打个烂羊头。”

凤姐如此之酸，和贾琏的不堪有关。贾母骂贾琏，“成日家偷鸡摸狗，脏的臭的，都拉了你屋里去”，是个“下流种子”，贾母骂得一点都不过分。趁女儿出天花隔房时和多个姑娘勾搭；凤姐生日那天，他把奴才鲍二家的老婆叫进自己的房里私通，被凤姐碰上，惹出一场大闹；贾敬丧期，在贾珍父子的撺掇下，他另置房舍，偷娶尤二姐做二房，还说等凤姐死了，扶她为正房夫人。愤怒的凤姐把尤二姐用计赚进大观园，借秋桐等人的手凌辱得尤二姐吞金自杀，也让凤姐留下了“毒辣”的骂名。贾琏相对上心的尤二姐下场又如何，后来有了秋桐，他照样将尤二姐放于脑后了，才让凤姐和秋桐有机会折磨尤二姐，尤二姐之死，与贾琏的不负责有很大关系。

只可惜，凤姐如此一个女中豪杰，却错爱了这样的浪荡子，她还爱得如此痴情，如此用力。

因林如海病重，贾琏护送林黛玉回南方，这一去就是大半年。彼时王熙凤正协理宁国府，忙得昏天黑地，家人报跟贾琏一起去的昭儿回来了，王熙凤如何？第十四回写道：

> 凤姐见昭儿回来，因当着人未及细问贾琏，心中自是记挂。待要回去，争奈事情繁杂，恐有延迟失误，惹人笑话。少不得耐到晚上回来，复令昭儿进来，细问一路平安信息。连夜打点大毛衣服，和平儿亲自检点包裹，再细细追想所需何物，一并包藏交付昭儿。又细细吩咐昭儿："在外好生小心些伏侍，不要惹你二爷生气；时时劝他少吃酒，别勾引他认得混账老婆，果然有这些事，回来打折你的腿等语。"

白天为宁府的事已经忙得焦头烂额，贾琏的事，却仍要亲力亲为，整整忙活到四更天尽，就是一夜都没有睡。凤姐对贾琏的关心可谓是备至，又要担心贾琏偷吃，又不能责备，只能嘱咐吓唬小厮不要"勾引他认得混账女人"，凤姐的爱，其实也是卑微到了尘埃里。

"贾琏戏熙凤"写了他们夫妻二人"午嬉"，在那个时代，是有道德上的指责的，但从侧面也写出王熙凤是处处俯就贾琏。夫妻二人有和谐的伉俪情深，他们不是那种由父母包办，毫无感情基础的凑合。第十三回写道：

> 凤姐儿自贾琏送黛玉往扬州去后，心中实在无趣，每到晚间，不过和平儿说笑一回，就胡乱睡了。

没有了贾琏，凤姐生活是枯燥的。但是贾琏呢？书中第二十一回明确交代："那个贾琏，只离了凤姐便要寻事"，并不甘心"胡乱睡了"。也有读者君认为，贾琏这样好色滥淫是对王熙凤强悍性格压制的反叛。但温柔如水的尤二姐呢？也不过维持了一两个月，贾琏转而就把热情放到了秋桐身上。

这是多么不对等的爱！这是个不懂爱也不会爱的男人，他公然跟姘妇抱怨“我命里怎么就该犯了‘夜叉星’”，他说凤姐是“醋罐子”，总之，他是不可能有林如海对贾敏那样真诚体贴的。

不管贾琏如何胡闹，在那个男尊女卑的社会都不算事。爱到极致都是自私的，凤姐的酸也罢，妒也罢，都是为了维系夫妻能长久相处的格局。从这一点看，凤姐在婚姻上已经有了一夫一妻制的男女平等观，所以在贾母开玩笑说把鸳鸯“给琏儿放在屋里”时，她很轻松地说：“琏儿不配，就只配我和平儿这一对烧煳了的卷子跟他混吧。”

台湾大学欧丽娟教授在她的课中讲道：“在当时的宗法社会，所谓‘妒’常常是封建道德对女性人格扭曲后加上的一个恶名，即便是厉害到‘男人万不及一的’王熙凤，终不能摆脱‘夫纲’和‘妇道’的束缚，她不能不承认丈夫纳妾是正当的。她容下了平儿，让其成为‘通房’丫头；即使贾琏背着不孝之罪在贾敬丧期偷娶尤二姐，她也只能用手段逼迫尤二姐，而不能公开指责贾琏的不是，终致尤二姐含泪吞金自杀。对此，凤姐深夜有没有过自责？大家不要忘记，尤二姐死后的周年祭，记得的不是要替她报仇的贾琏，是凤姐。”

四、左右逢源的“香麻”

“香辣”和“麻辣”都是对人际关系处理而言。从周思源老先生的论述可知，不管“香辣”还是“麻辣”都在说凤姐用花言巧语让别人舒服之后，麻痹别人的神经，从而取得自己的利益，其实简单地说，就是虚伪。摘录周思源老先生“香辣”之说如下：“香辣这个最典型，刚开始出现的时候就是黛玉进贾府，她拉着黛玉的手，说了一大通好话。后来她就说最重要的是你得让老太太高兴。所以这种香辣的话，让人听了很舒服，但是有时候，就透露出来不太真诚的一面，就是在做戏，用咱们现在的话来说，在作秀。而这个香辣呢，有时候让人听得很舒服，麻酥酥的，进一步就演变为麻辣，就能够对人起了一种麻痹的作用。比如说，贾母就是第一个受害者，贾母就是常常被她的香辣，哄骗得信以为真。而这个当中受害最厉害的，最受麻痹的是谁呢？是尤二姐，尤二姐之所以会被王熙凤骗入府中不得脱身，最后被害，关键之处在于她就是听了王熙凤的这一通好话……就是王熙凤由香辣，说的甜言蜜语、花言巧语，让尤二姐上当，麻痹，这个香辣就变成了麻辣。”

不单单是周老先生，几乎所有的读者君，在读到王熙凤拉着初入贾府的黛玉哭，转而因为老太太的责备又转悲为喜的瞬间变“脸”，都认为是“虚伪”，视为讨贾母的欢心。总之，都认为凤姐的哭笑皆无一点真心。

如果对照后文凤姐的很多言行，就会发现其实凤姐实在是不失赤子之心的人！即便其某些举动被大家称为“小人”，比如“弄权铁槛寺”，但那也是“真小人”！“伪君子”从不是“凤辣子”所屑为之的。

黛玉母亲去世时，黛玉才六七岁，这么小的年龄，母亲就不在了，更何况黛玉本就长得“我见犹怜”，不要说有亲戚关系的凤姐，就是旁边的丫鬟婆子见了这个可怜的女孩子不也是纷纷落泪吗？凤姐的泪是真“怜惜”的泪，为了年迈的老祖宗收住泪，就是普通人也能做得到，更何况有“刚口”之称的“凤辣子”，这个香辣是名副其实的，不见得就是虚伪，是为了博得贾母欢心，更不要说麻醉了。

此后也可见到生活中她格外照顾黛玉，饮食起居都是上等供应，新茶什么的都会单独送给黛玉，而且常常和黛玉有私下的互动。黛玉和宝玉闹别扭，劝和的也是凤姐。天气渐冷，凤姐就提议在大观园添置小厨房，免了姑娘们来往贾母房中吃饭的辛苦受冻，并说，“林妹妹如何禁得住”，可见其对黛玉的关切，时刻在心。

贾母听了忍不住夸凤姐道：

> “今日你们都在这里，都是经过妯娌姑嫂的，还有他这样想的到的没有？”薛姨妈、李婶、尤氏等齐笑说：“真个少有。别人不过是礼上面子情儿，实在他是真疼小叔子小姑子。就是老太太跟前，也是真孝顺。”

可以说，这里她对哪一个人，说的哪一句话都是发自真心的。凤姐对小姑子小叔子真心疼爱，对他们诗社全力支持，对贾宝玉时时事事都上心，真心称赞探春的理家才干，暗中让平儿支持探春的决定。

凤姐与尤二姐的那一番话，是凤姐的战略战术，就是要让尤二姐信服自己，就是要“麻痹”尤二姐，能不能“麻”到，那就要看尤二姐有没有“智慧”了，这只能说是一种外交手段，为了维护自己的爱情，她们已经是敌对的双方。

凤姐对邢岫烟的关爱，是很让人动容的：

> 凤姐儿冷眼战掇岫烟心性为人，竟不像邢夫人及他的父母一样，却是温厚可疼的人。因此凤姐儿又怜他家贫命苦，比别的姊妹多疼他些，邢夫人倒不大理论了。

简短的几句话，最能见凤姐之为人，你好，我对你更好，你坏，我比你更坏。只有性情中人，才能如此为人处世，岂是读者君认为的“眼睛只向上”。她偏偏和邢夫人做对比，就是让读者君读出，凤姐绝不是邢夫人那类“利”字当头的人，所谓物以类聚人以群分。凤姐喜欢的是贾母、黛玉、宝玉、平儿这类纯粹的有赤子之心的人！她对待平儿与黛玉对待紫鹃，可谓有姊妹情深的可比之处，这些细细的地方，方可真见一个人的为人。

对待第一次来贾府打秋风的刘姥姥，凤姐并没有给脸色看，接待的语言得体谦逊且充满人情味：“大老远来了，怎让你空手？”出手的二十两银子，可是够刘姥姥一家一年的支出（刘姥姥二进荣国府时，算他们的螃蟹宴时说过），那也是大手笔了。刘姥姥二进荣国府，送来新摘的蔬菜瓜果，凤姐就真心挽留，周瑞家的说：

> “二奶奶说：‘大远的，难为他扛了那些沉东西来，晚了就住一夜明儿再去。’这可不是投上二奶奶的缘了。”

因为凤姐的真心挽留，贾母也喜欢上了刘姥姥，自此善缘结下，福泽到女儿巧姐身上。人们常常说，看一个人的人品，要看他对弱者的态度。

都说凤姐用“香辣”之语糊弄贾母，这既小看了贾母，也小看了凤丫头，凤姐对贾母的真假，智慧如贾母者，如何分辨不出？第五十回中写道：

> 一语未了，忽见凤姐儿披着紫羯绒褂，笑欳欳来了……贾母见他来了，心中自是喜悦，便道：“我怕你们冷着了，所以不许人告诉你们去。你真个鬼灵精儿，到底找了我来。以理，孝敬也不在这上头。”凤姐儿笑道：“我那里是孝敬的心找了来？……老祖宗年下的事也多，一定是躲债来了。……如今来回老祖宗，债主已去，不用躲着了。已预备下稀嫩的野鸡，请用晚饭去，再迟一回就老了。”他一行说，众人一行笑。凤姐儿也不等贾母说话，便命人抬过轿子来。

大冷天，凤姐明显是担心别人照顾贾母不周，才找了来。贾母自是晓得，所以很感动地说“孝敬也不在这上头”。然而凤姐却没有表功说自己就是孝敬，只是插科打诨，用自己的“刚口”搞活气氛，带着贾母回去用晚饭，孝心与诚心跃然纸上。所谓细微处方见真情！凤姐的真，在曹老先生“草蛇灰线、伏脉千里”的曲笔中，可见一斑。

凤姐的“香辣”之语，吕启祥先生谓之“刚口”：“这也是说书的女先儿对凤姐口才甘拜下风的称赞，也是冷子兴介绍的‘言谈及爽利’的风采。凤姐的语言没有什么书卷气，却有一派扑面而来新鲜热辣的生活真气，独多俗语俚语歇后语等口语中的精华。她对宝玉及众姊妹并不伤害，尽可能满足他们的需要，还及时凑趣。她缺乏文化教养，不会吟诗联句、行酒令打灯谜等等，但心灵口利，谈笑风生，也博得老少尊卑的喜悦。丫鬟婆子哪个不怕她？可是一听到琏二奶奶要讲故事说笑话了，都挤得满满地来听。”

书中第三十八回凤姐接过贾母的话说，贾母小时头上被碰的窝，是为了盛福寿：

> “寿星老儿头上原是一个窝儿，因为万福万寿盛满了，所以倒凸高出些来了。”未及说完，贾母与众人都笑软了。

凤姐随口就来的诙谐，笑软了众人！真真是“刚口慧心”！以至于贾母笑说，“明儿叫你日夜跟着我，我倒常笑笑觉的开心，不许回家去”。

凤姐的香辣，不独是贾母的“开心果”“顺气丸”，也令众姊妹、丫鬟婆子开心，成为她们生活中的一道“香辣”的风景。

忽而就想到黛玉之死，在续书中，是王熙凤征得贾母同意使用了掉包计，让宝玉宝钗结合，成就“金玉良缘”，这大约是读者君心目中凤姐“毒辣”“虚伪”的又一明证。因此认定之前对黛玉对宝玉的一切好，都是为了博贾母的欢心而已。为了达到目的，可以不顾宝、黛的性命，黛玉之死的刽子手，当然也是凤姐。

可是，以贾母的智慧和明察秋毫，连宝玉喜欢在闺阁厮混，并不是贪恋女色，而是审美的爱好，贾母都能察觉，岂能不知宝、黛心思？在高鹗续书中，贾母因为晓得了黛玉对宝玉的心思，竟然在黛玉将死时，都不愿去看一眼。这是那个连被王熙凤打了一巴掌的小道士，都心疼得不得了的贾母吗？对疼在心尖上的黛玉，如此忍心、冷心？显然是不符合曹老先生的本意。红学家梁归智先生认为，黛玉的死是有其价值观的取向的，是为爱而死。黛玉是为还泪而来，一切为了爱情，她的死一定是为宝玉哭到泪尽，而不是“宝玉，你好……”含着对宝玉无限的恨离去。“冷月葬花魂”，月亮自古就有思念的意思，可不可以理解成，是思念埋葬了黛玉，由此，是宝、黛分离，宝玉去了远方，黛玉流干了最后一滴相思泪，香魂终随月而去，这样也才符合其“潇湘妃子”的别称。

花柳姿、凤鸾仪、辣手、机心、刚口还有柔软的内心这些看似矛盾的因素，就这样在凤姐身上取得和谐而又巧妙的融合！

根并荷花一茎香——香菱

衣带渐宽终不悔，
为伊消得人憔悴。

——柳永

香菱的命运，一波三折，可谓悲到深处，凄到深处。虽然红楼女儿的命运，曹老先生早已有伏笔“千红一窟（哭），万艳同杯（悲）”，但“平生遭际实堪伤”的香菱所遭受的苦难之多，红楼女儿中无人能出其右。其命运之堪伤，令人扼腕，令人疼惜，更令人心生敬意！曹老先生对香菱无疑是钟爱的，把她列为金陵十二钗副册的榜首人物，而且是唯一在副册有判词的女子！曹老先生赋予香菱的独特气韵，即便在大观园的众香国里也是暗香独芳！她是泥淖里开出的一朵清濯的莲，她是沟渠中独自芬芳的菱花。无论身处何种境遇，她依旧不改初心的美好。

已故红学家蒋和森的《论香菱》，用她的三个名字划出了她人生的三个阶段。

借蒋先生的三段论，从三个方面去一探香菱“堪伤”的人生际遇。

一、有命无运的英莲

香菱是《红楼梦》里出场的第一个女性，香菱之名是后来宝钗所起，她原名甄英莲。英莲，谐音“应怜”，也暗指英莲有莲的美好品质。英莲副册判词“根并荷花一茎香”说的就是荷花的清香源自根茎，暗喻香菱出身不凡。英莲出生在一、二等富贵风流之地姑苏的书香之家，“家中虽不甚富贵，然本地也推他为望族了”。其母封氏，“性情贤淑，深明礼仪”；其父甄士隐，“秉性恬淡，不以功名念，每日只以观花种竹、酌酒吟诗为乐，倒是神仙一流人物”。年方三岁的小英莲，家中独生女，“眉心有米粒大小的一点胭脂记”，“生得粉妆玉琢，乖觉可喜”。出生在这样的家庭，无疑是好命的。让人意想不到的是，有不知何方而来的癞头僧却给年幼的小英莲一个预言：有命无运，累及爹娘。佛家因果、无常的人生谶语，把有好出身的英莲，打入了厄运的深渊。

无常的人生，就是这样难以想象。与英莲命运相对的甄家的丫鬟娇杏，只因无心地偶尔一回头，落魄中的雨村记住了她，演绎成了一段才子佳人的故事，最终以小妾身份嫁给了雨村，在原配大夫人去世后，娇杏一跃成为正房夫人，成为“命运两济”的人生赢家。而陪着贾雨村熬过苦日子的原配夫人，才刚刚开始享受官太太的风光，就一病撒手人寰，是谓“有运无命”，即好运到了她头上，她也没有长命来享受。

用上海师范大学教授詹丹的观点，英莲、丫鬟和几乎不出场的贾雨村夫人，构成了复杂的三种人生关系：“命运两济”的丫鬟、“有命无运”的英莲和“有运无命”的贾雨村原配。所以，佛家所谓的人生无常，未必是命和运都不好，不过是命和运凑拢不到一起。但是，作者把命运两济的人设派给了丫鬟，而且称之为娇杏，谐音“侥幸”。“侥幸”二字也是曹老先生对人生的感慨吧？也许，在他看来，命运两济只是一种偶然，而命和运两者无法聚拢，才是一种必然。

人的一生充满变数，世事无常，难以预料，什么事情都可能发生。大彻大悟后的甄士隐对《好了歌》的注解，何尝不是对“人生无常”的注解：

> 陋室空堂，当年笏满床；衰草枯杨，曾为歌舞场。蛛丝儿结满雕梁，绿纱今又糊在蓬窗上。说甚么脂正浓、粉正香，如何两鬓又成霜？昨日黄土陇头送白骨，今宵红灯帐底卧鸳鸯。金满箱，银满箱，展眼乞丐人皆谤。正叹他人命不长，那知自己归来丧！训有方，保不定日后作强梁。择膏梁，谁承望流落在烟花巷！因嫌纱帽小，致使锁枷杠；昨怜破袄寒，今嫌紫蟒长：乱哄哄你方唱罢我登场，反认他乡是故乡。甚荒唐，到头来都是为他人作嫁衣裳！

命、运无法聚拢的必然，让香菱从捧在手心的“贵族小姐”沦落为受尽屈辱的奴仆丫鬟。在她三岁那年的元宵佳节，士隐命家人抱去看灯，至半夜时家人霍启因小解，将英莲放在一户人家门槛上，待他回来，英莲已不见踪影。全家人到处寻找，皆无音信，英莲早被拐子拐去，另走他乡。三月十五葫芦庙着火将甄家烧成一片瓦砾场，这一个又一个的不幸遭遇，似乎都是英莲的悲剧命运所带来的。甄士隐只得将田庄折变，与妻投岳父家去，岳父封肃的势力凉薄，使落魄的甄士隐日子更加艰难，终至彻悟后，跟随一僧一道弃世而去。英莲就这样一步步走进癞头僧“有命无运，累及爹娘”的预言中。父亲甄士隐接济贫穷的贾雨村，助他赶考成功的善举，也没能善报到她的身上，稍稍改变她的运气。

当英莲再次出现在人们的视线，她已长到十二三岁了。当年元宵节失踪，被拐子拐去养在僻静处，并令英莲认自己为亲爹。当英莲长到已有些姿色时，拐子骗她说，因无钱还债，要卖她。正巧本地有个名唤冯渊的小乡绅，对英莲一见钟情，决意要娶英莲，冯渊和英莲原本的出身倒真的门当户对，英莲对冯渊也是中意的，因此感叹道：我今日罪孽可满了……这感叹有英莲苦尽甘来的欣喜，也有英莲对自己命运的无奈。只是造化总是弄人，欲壑难填的拐子，为了钱，又将英莲卖给“呆霸王”薛蟠，欲卷走两家银子，逃往他乡。拐子不知道他不仅没能卷走钱，还遇到了自己生命的煞星——“呆霸王”薛蟠！横行霸道惯了的薛蟠怎能放过拐子？被两家拿住打个半死。拐子求饶，欲退还银子，哪知两家都不要银子，都只要人。薛家仗势欺人，又将冯渊打得只剩一口气，抬回家三日便死了，将英莲生拖死拽回去。“冯渊”，真乃“逢冤”也！

用贾雨村的说法：

> “这也是他们的孽障遭遇，亦非偶然。不然这冯渊如何偏只看准了这英莲？这英莲受了拐子这几年折磨，才得了个头路，且又是个多情的，若能聚合了，倒是件美事，偏又生出这段事来。这薛家纵比冯家富贵，想其为人，自然姬妾众多，淫佚无度，未必及冯渊定情于一人者。这正是梦幻情缘，恰遇一对薄命儿女。……”

冯渊“薄”的是命，而英莲“薄”的是运。詹丹说：“已经知晓英莲是自己救命恩人的女儿的贾雨村，却能完全以一种置身事外的态度来议论英莲，他的一番高论，只能让读者对他假道学的嘴脸、中山狼的本性，认识更深刻。”这也是英莲运“薄”的又一宿命吧？

自此，被薛霸王拖去薛家的英莲，开启了“香菱”的人生之旅，转入另一层无运，但却处在诗性灵魂大放异彩的命运中。

二、完成自我的香菱

进入薛府的英莲被薛蟠的妹妹薛宝钗取名“香菱”。曹老先生安排薄命女英莲名字的更改，寓意着很深的含义：它是说，莲的质地高洁，贵若衬饰净瓶水的柳枝，或如如来亲炙的座席，一旦脱离莲座，委落红尘，处于污泥，甚而成为野草闲花群落中的一株菱花。（百度百科）

这株堕入野草群花中的菱花，依旧未曾湮灭其荷花“出淤泥而不染”的独特清香，在大观园中完成了最执着的理想，在漂泊的命运中，坚守了自我，“完成了自我”，实现了自我。这一点比很多红楼儿女都幸运，连大观园儿女中综合素质最优的探春都没能做到！这是香菱大不幸中的“大确幸”，也让她在大观园里大放异彩。

想必在香菱的身上曹公寄予了读书人在人生遭际中，最美好的品质。正如叶嘉莹先生对苏轼的评价：“一个人在痛苦的时候应该有一个办法来安慰自己。像苏东坡，他就有一种哲学的境界。无论在什么样的挫折和患难之中，他都能够换一种眼光、换一个角度来看这个世界，因而能在苦难中超脱出来。”（叶嘉莹谈“谪仙”李白：一个不受约束的天才）

读者君也许会说，香菱哪有东坡先生那样的高度！如果说东坡先生是自觉地用哲学的态度超脱苦难，那么香菱则是用出自原生家庭的本能去超然苦难。那是一种原生家庭血液里流淌的自觉的意识，秉承母亲的温婉贤淑，父亲的仙性淡然，以至几乎是危及生命的苦难也不能磨灭掉她骨子里的自觉的审美，以及对诗意生活的渴望！书中第四十八回，香菱与黛玉论诗时讲道：

“还有‘渡头馀落日，墟里上孤烟’，这‘馀’字和‘上’字，难为他怎么想来！我们那年上京来，那日下晚便湾住船，岸上又没有人，只有几棵树，远远的几家人家做晚饭，那个烟竟是碧青，连云直上。谁知我昨日晚上读了这两句，倒像我又到了那个地方去了。”

这是在被薛蟠“生拖死拽”带走之途中，在前途命运仍是渺茫而不可知中，是在不知明天会如何的茫然中，在痛苦恐惧中的英莲，依然能发现自然的美，且深深印在心底！

这才是香菱最难能可贵的地方！无论处在何种境遇中，都能用一颗诗心、一双慧眼去发现美好，“能够换一种眼光、换一个角度来看这个世界”。

我们今天总是说，“不忘初心”，香菱是“不忘初心”的大观园里的弱者，更是，“走出半生，归来仍是少年”的纯粹者！哪怕是“菱花空对雪澌澌”的虚无与惨烈，她依然拥有莲的纯洁与坚强。“比勇敢与温柔更让人垂泪的，一定是弱者的勇敢与温柔！”（网络语）勇敢与温柔的弱者香菱，在悲惨的命运里，默默绽放着她独有的幽香，她完成了自己的“小心愿”，完成了甄英莲血液里流淌的书卷气和诗意灵魂！

叶嘉莹先生说：“在诗人里面，陶渊明可以说是一个自我实现的人，他完成了自己最超越的、最美好的一种品格。”香菱何尝不是这样！“香菱虽然遭到了最悲惨充满厄运的磨难，却依然浑融天真，毫无心机，她总是笑嘻嘻地面对人世的一切，她恒守着她温和专一的性格。”（蒋和森《红楼梦论稿》）

再糟糕的命运，再黑暗的天空，总有一线的光明。香菱被拽入薛家后，很多人对香菱的品貌都是赞誉有加的：

周瑞家的因问他道：“那香菱小丫头子，可就是常说临上京时买的、为他打人命官司的那个小丫头子么？”金钏道：“可不就是他。”正说着，只见香菱笑嘻嘻的走来。周瑞家的便拉了他的手，细细的看了一会，因向金钏儿笑道：“倒好个模样儿，竟有些象咱们东府里蓉大奶奶的品格儿。”金钏儿笑道：“我也是这们说呢。”

周瑞家的没有直接评价香菱，只说“象咱们东府里蓉大奶奶的品格儿”，从侧面说明香菱的容貌之出色，蓉大奶奶秦可卿，可是书中容貌兼有黛玉、宝钗之美的可人。

周瑞家的见香菱时，她还只是个“才留了头的小女孩儿”，犹在薛姨妈处听差使唤；待到凤姐与贾琏谈论香菱时，她已经“开了脸”，与薛蟠“作了妾”，王熙凤向贾琏介绍：

> “这一年来的光景，他为要香菱不能到手，和姨妈不知打了多少饥荒。也因姨妈看着香菱的模样好还是末则，其为人行事，却又比别的女孩儿不同，温柔安静，差不多的主子姑娘也跟他不上呢。故此摆酒请客的费事，明堂正道的与他作了妾。”

香菱尽管出身不比秦可卿低，品格比她端庄，容貌与她不相上下，却因为“有命无运”的坎坷，在薛家的地位依旧如奴仆一般。秦可卿和她正好相反，与贾雨村大房夫人一样，是“有运无命”，她在贾府地位尊崇，却早早病死，无福消受这尊崇。

如此被贾府人称赞的香菱，虽然薛蟠也是颇费了一番周折才得到，在夏金桂到来之前，薛蟠“过了没半月，也看的马棚风一般了”。但香菱这个“屋里人”在薛家虽没什么地位，却还有自己的一个丫头，物质待遇也不差。宝琴进京投亲，带了两条裙子，宝钗一条、香菱一条。皆因薛蟠是喜新厌旧，对香菱失去了热情后，转而在外面游荡，所以香菱反而捡了个轻松。这意外偷来的浮生闲暇时光，香菱没有像其他姬妾丫鬟那样，去想办法博得主子的欢心，或聚在一起八卦闲聊。她把这些时间拿来，培养自己的兴趣爱好。她告诉黛玉“我常弄一本旧诗，偷空儿看一两首”。

由此也可看出，薛家对香菱，在物质上、生活上，相比在拐子处的英莲，都算得上优厚的了。当然了，在精神上，由于主奴观念的缘故，香菱还是没有得到足够的尊重。

薛蟠为要香菱，曾大费周章，主要是针对母亲薛姨妈的，香菱显然没有反抗的余地。

薛姨妈表面看起来，是维护香菱的，但这也仅限于香菱是个温柔体贴的丫头。

薛蟠外出，宝钗要香菱跟自己进大观园。薛姨妈马上同意：

> “正是我忘了，原该叫他同你去才是。我前日还向你哥哥说，文杏又小，道三不着两，莺儿一个人不够服侍的，还要买一个丫头来你使。”

在薛姨妈心中，香菱和随手使唤的丫头是没有分别的。宝钗对香菱是客气的，有时还叫一声“香菱姐姐”，但她没有反对让香菱做丫鬟服侍自己：“买的不知底里，倘或走了眼，花了钱事小，没的淘气。”大家可能会想，宝钗之言是为带香菱进大观园而已。宝钗是体量香菱对大观园的渴望，肯借机带她进园子住。但是，对于香菱想学诗的渴求，她却毫不犹豫地回绝了：“我说你得陇望蜀。”简短的一句话，即说明宝钗在精神上对香菱依旧不能平等视之，在宝钗的心里，封建等级观念是根深蒂固的。

脂砚斋的评价才是对香菱应有的尊重：

> “细想香菱之为人也，根基不让迎探，容貌不让凤秦，端雅不让纨钗，风流不让湘黛，贤惠不让袭平，所惜者幼年罹祸，命运乖蹇，致为侧室。且曾读书，不能与林湘辈并驰于海棠之社耳。然此一人岂可不入园哉。故欲令入园，终无可入之隙，筹画再四，欲令入园

必呆兄远行后方可。”

香菱的独特的魅力也就在这里，薛家不能给她的精神平等的尊重，宝钗对她欲学诗的反对，在她的心里是可以忽略不计的，她依然乐观地奔向她自己追求的精神家园。她对宝钗把她领进大观园，是心怀感激的。这个《红楼梦》里唯一的净土，这个洋溢着青春气息的诗歌王国，是她执着于诗的理想得以生根发芽成长的地方。进入大观园的香菱，深深陶醉在这诗意的栖息地，呼吸着这里与之心灵相应和的气息，她已经不局限于在家“偷空儿看一两首”，她要写诗！在大观园里，卑微的香菱，没有被轻视，宝玉、黛玉、探春等，没有薛家那么强烈的尊卑观念，她要学诗，黛玉欣然答应教她作诗。书中第四十八回写道：

且说香菱见过众人之后，吃过晚饭，宝钗等都往贾母处去了，自己便往潇湘馆中来。此时黛玉已好了大半，见香菱也进园来住，自是欢喜。香菱因笑道：“我这一进来了，也得了空儿，好歹教给我作诗，就是我的造化了。”黛玉笑道：“既要作诗，你就拜我作师。我虽不通，大略也还教得起你。”……

黛玉道：“什么难事，也值得去学！……”“……如今听你一说，原来这些格调规矩竟是末事，只要词句新奇为上。”黛玉道：“正是这个道理，词句究竟还是末事，第一立意要紧。若意趣真了，连词句不用修饰，自是好的，这叫做‘不以词害意’。”

黛玉老师是好老师，对香菱这个学生平等视之，没有高高在上的师道尊严，已经有了今天最先进的教育理念！她会鼓励，会给学生信心，会从高处着眼，会深入浅出，让初学诗的香菱一入诗门就有大格局。徒弟也是好徒弟，认真听，学得废寝忘食，呕心沥血。学诗的香菱才真正活了过来，她对诗歌投入了自己所有生命的热情，她的生命一下子变得热烈而灵动起来，像一团熊熊燃烧的火焰！黛玉是春风，吹醒了香菱作诗的才能。香菱跟着黛玉踏入了诗歌王国的沃土，在那里，她如饥似渴地读着黛玉介绍给她的大诗人——王维、杜甫、李白、陶渊明，用心吸收消化着黛玉的点拨、教诲……

诗歌没有辜负勤学苦思的香菱对它的那份狂热的爱，为她敞开了王国的大门，让香菱领悟着诗歌的奥秘，内化为自己的心得和黛玉倾心交流：

> 香菱笑道："据我看来，诗的好处，有口里说不出来的意思，想去却是逼真的。有似乎无理的，想去竟是有理有情的。"黛玉笑道："这话有了些意思，但不知你从何处见得？"香菱笑道："我看他《塞上》一首，那一联云：'大漠孤烟直，长河落日圆。'想来烟如何直？日自然是圆的：这'直'字似无理，'圆'字似太俗。合上书一想，倒像是见了这景的。若说再找两个字换这两个，竟再找不出两个字来。再还有'日落江湖白，潮来天地青'，这'白''青'两个字也似无理。想来，必得这两个字才形容得尽，念在嘴里倒像有几千斤重的一个橄榄。……"

香菱已经不被书本束缚，她从书中走入了生活，把书中之诗和生活之诗融为一体。当她读到"渡头余落日，墟里上孤烟"两句，立刻联想到当年被薛蟠拖拽上京时的情景……即使在苦难中挣扎的香菱，对美依然有着敏感的捕捉力，依然有诗人的敏锐观察力。唯其如此，才让她在苦难稍微远离的情况下，就诗心萌发，用年幼时留下的家庭熏染的底蕴如饥似渴地去读诗，去写诗，深深沉浸在诗的王国不能自拔。

按照贾府同地位同身份的袭人、平儿等，应该是想办法去讨得主子的欢心，尤其是收住薛蟠的心，可是香菱从不为自己谋划这个，反而是日日盼望薛蟠能娶夏金桂进门，让自己能够摆脱薛蟠。可见香菱对薛蟠是没有真正意义上的爱情的。书中第七十九回写道：

> 日日忙乱着，薛蟠娶过亲，自为得了护身符，自己身上分去责任，到底比这样安宁些；二则又闻得是个有才有貌的佳人，自然是典雅和平的：因此他心中盼过门的日子比薛蟠还急十倍。好容易盼得一日娶过了门，他便十分殷勤小心伏侍。

爱情都是排他的、自私的。但是香菱呢，却日日盼望薛蟠娶的新妇早日过门，盼望过门的新妇可以成为自己的护身符，分去自己的责任。可见香菱与薛蟠在一起，有生命不能承受的重，甚至有恐惧感，她是逃避的，这明显不是爱情应有的感觉。但是书中第四十七回中，薛蟠被柳湘莲暴打，薛姨妈与宝钗回家后看到“香菱哭得眼睛肿了”，窃以为这是一种家人的心疼，而非爱情使然。

她对薛蟠不过是尽到过去女人“嫁鸡随鸡，嫁狗随狗”的“三从四德”而已。已经做了薛蟠妾的香菱，不自觉地就把薛蟠当成是她一生的依靠，虽然这依靠如此脆弱！因此薛蟠被打，于香菱的善良而言，哭是很自然的。香菱经历过被拐卖的不是打就是骂的痛苦生涯，终于过上了安定平静的生活，有薛姨妈这样慈祥的主母，有薛宝钗这样和气的小姑子，香菱是很满足的。与过去的生活相比，这已经是苦尽甘来。至于爱情，对于香菱来说，是难以企及的奢望，尽管薛蟠如此不堪，她还是尽心伺候，用心待之。关键是，她可以选择吗？回答是肯定的：不可以！不是她要随波逐流，而是命运造化弄人。

书中人谓之“呆香菱”，香菱之呆，其实是她在命运如此捉弄的颠沛流离之中，仍没有湮灭骨子里的那份纯净之气，那颗诗意之心。她始终活在自己的精神故乡，与她生活的环境难相融合，所以她和周围的人都不一样：赵姨娘、袭人、晴雯、紫鹃、平儿……她是陶渊明的“羁鸟恋旧林，池鱼思故渊”，陶渊明思的是纯洁的大自然；“呆香菱”思的是根植在骨子里的书香家庭的那种风花雪月的雅致诗意。当然曹老先生对钟爱的香菱以“呆”命之，和宝玉、黛玉一样，是曲笔，有赞赏。

香菱的“呆”，就是这样的不在状态的“呆”。不要以为薛蟠和她都有一个“呆”字，就是一类人！“呆霸王”之“呆”，可实实在在的是“天下第一个弄性尚气、使钱如土”的粗鄙。他之于“呆香菱”压根儿是两个世界的人！他们是身体上的枕边人之近，是精神上的天涯相隔之远！这是不应相交的两条平行轨道，在生活在造化捉弄下的交互。一旦进入自己渴慕的生活，踏入一直向往的精神净土，能够实现自己苦苦执着的理想，香菱身上的灵气和活力就散发出耀眼的光芒，进入另一种“呆”的状态。这个“呆”其实是“痴”，是“沉迷”，如同黛玉和宝玉对情的“痴”。写到这儿，就更能够深刻理解，曹老先生为什么安排黛玉来教香菱学诗，因为她们的性情中有着同样的因子，因此她们的聚合是必然，是同气味的相互吸引。宝、黛从来没有嘲笑过香菱的“呆”，有的是理解和欣赏。书中第四十八回，黛玉赞香菱曰：

“你又是这样一个极聪敏伶俐的人，不用一年工夫，不愁不是诗翁了。”

宝玉也赞香菱曰：

“这正是‘地灵人杰’，老天生人，再不虚赋情性的。我们成日叹说可惜他这么个人竟俗了。谁知到底有今日。可见天地至公。”

香菱学作诗，亦已达到王国维先生所言成就学问的三境界说：

第一境界，“昨夜西风凋碧树，独上高楼，望尽天涯路”；
第二境界，“衣带渐宽终不悔，为伊消得人憔悴”；
第三境界，“众里寻他千百度，蓦然回首，那人却在灯火阑珊处”。
此三境界正对应着宝钗眼中香菱学诗的“呆”“疯”“魔”“仙”四境：
香菱之“呆”境：

香菱拿了诗，回至蘅芜院中，诸事不管，只向灯下一首一首的读起来。宝钗连催她数次睡觉，她也不睡。

茶饭无心，坐卧不定。

香菱之“疯”境：

越性连房也不入，只在池边树下，或坐在山石上出神，或蹲在地下抠地，来往的人都诧异。

香菱之“魔”境：

便自己走至阶下竹前，挖心搜胆的，耳不旁听，目不别视。一时探春隔窗笑说道：“菱姑娘，你闲闲罢。”香菱怔怔答道：“‘闲’字是十五删的，你错了韵了。”

香菱之“仙”境：

只听香菱从梦中笑道：“可是有了，难道这一首还不好？”……原来香菱苦志学诗，精血诚聚，日间不能做出，忽于梦中得了八句。

所谓“苦心人天不负”，所谓“精诚所至，金石为开”。为了能够完成自己骨子里流淌的对诗歌的爱，香菱用整个生命扑向自己的执着：白天没作出好诗，竟然在梦里作出了让大家公认的击节赞叹的好诗，她的诗心和灵魂完全脱胎换骨，有了质的飞跃：

精华欲掩料应难，影自娟娟魄自寒。
一片砧敲千里白，半轮鸡唱五更残。
绿蓑江上秋闻笛，红袖楼头夜倚栏。
博得嫦娥应自问，何缘不使永团圆！

有人分析，诗中的“团圆”是对薛蟠爱的思念。但想及香菱对诗的兴趣，远远超过对薛蟠的兴趣。以薛蟠的粗鄙，香菱学诗只能让两个人的距离越来越远。所以这里的思念可以推及更远，是香菱对那个永远回不去的，只能在梦里忆起的家的思念；是嫦娥“碧海青天夜夜心”，对永远无法企及的故乡的念想。她的思念的深远而广博，是只要生命的脉搏在跳动，就挥之不去的永远的乡愁啊！

诗词大家叶嘉莹先生提出“弱德之美”的概念。她说：“词本身存在于苦难之中，而且也在承受苦难之中，这就是所谓的‘弱’。而在苦难之中，你还要有所持守，完成自己，这就是‘弱德’。”香菱就是在这样承受生活的苦难中，坚守着自己对诗歌的热爱，坚持着骨子里的审视美的意识，坚持着自己的精神追求！

因为香菱的弱者地位，我们的目光往往会忽略这样的美好！相比苏东坡，相比陶渊明，弱者香菱的隐忍与坚守，实在更让人动容！香菱的自我完成是叶嘉莹先生对陶渊明的评价，又不完全是：“陶渊明的自我完善是消极的、内向的，真正是只完成了自我。当然，他的诗歌能感动千百年后的读者，那也是一种完成，但毕竟是可悲哀的。因为陶渊明并不是一个不想向外去实现自己政治理想的人，可是在这一方面他是失败了。”（叶嘉莹《好诗共欣赏：陶渊明、杜甫、李商隐三家诗讲录》）

香菱在陶渊明“内向”完成的基础上，积极实现了自我超越。香菱当然不可能有陶渊明当年“猛志逸四海，骞翮思远翥”的远大志向，她有的是依靠自己的韧性，在命运的泥潭中干净坚强地站起来。我们对香菱，不能用有些读者君的眼光去看，认为香菱这样是麻木，是“得过且过，是逆来顺受地在个人世界里的自得其乐”。暂且不以佛家的因果论来论香菱的身不由己，且看她生活的处境，她除了以“死亡”为代价去做出抗争，是别无出路的。在这样的境遇里，她没有苟且活着实在是难能可贵的！

在薛府的生活，可以说比在人贩子手里强过百倍，香菱完全可以止步于这样的生活。但香菱没有苟且于现世的安稳，她没有把自己活成“别人的样子”，而是始终在寻找自我，在超越自我！这是坚强的、积极的“内向”的完成自我，而非“消极”完成。这得有多么强大的内心坚守，才能不顾宝钗的一句“得陇望蜀”，仍旧去寻黛玉做老师，走向自己心心念念热爱的诗歌王国，去走回自己！所以，香菱的人生虽然是“内向”的寻找，但依然积极乐观地实现了自我，完成了自我。

能够写诗的香菱，让灵魂越发高贵而清香。令人遗憾的是，如此努力生活的香菱，却依旧没能改变其“有命无运”的宿命人生，跨出时代赋予她的不公平的命运。

三、魂归离恨的秋菱

香菱不知，自己心心念念急着盼望早一天进门的“闻得是个有才有貌的佳人，自然是典雅和平的”夫人，那个“桂花夏家”的大小姐夏金桂，却是自己命中的克星，她的到来，也把自己推向命运最黑暗的深渊。

夏金桂徒具“花柳之姿”，竟是“内秉风雷之性，尊自己若菩萨，视他人如粪土”的毒妇、妒妇，这也是曹老先生笔下极少的女孩儿却有了那些婆子才有的“死鱼眼”的秉性。偏偏就让香菱遇到了！因香菱是薛家早她进门之时纳的妾，且“才貌俱佳”，夏金桂便有心整治香菱。她先从香菱的名字下手，因夏金桂看宝钗也不顺眼，又得知名字是宝钗所起，就找碴说这个名字“不通之及”。“菱角花开，谁见香来？”“浑融天真，毫无心机”的香菱，何曾想到夏家大小姐这是在用计害她？这也是在给宝钗下马威！香菱依旧用和黛玉论诗的艺术调调，和这个刁蛮无理的夏家大小姐论起“香”的韵味来：

“不独菱花，就连荷叶莲蓬，都是有一股清香的。但他那原不是花香可比，若静日静夜或清早半夜细领略了去，那一股清香比是花都好闻呢。就连菱角、鸡头、苇叶、芦根得了风露，那一股清香，就令人心神爽快的。”

这清芬四溢的诗心，香菱不知，不是在谁的面前都可以散发，这颗诗心会碰壁，会惹祸！“说到热闹头上”，香菱脱口而出“兰花、桂花的香，又非别的香可比”，这可是犯了夏金桂的大讳，立刻被金桂的丫鬟宝蝉指着脸数落。虽然此时的夏金桂装出平和的一面，不曾发雷霆之怒，但夏金桂依旧认为“‘香’字到底不妥”，非换不可，并问香菱“服不服？”香菱哪敢不服？且赔笑说：

“奶奶说那里话，此刻连我一身一体俱属奶奶，何得换一名字反问我服不服，叫我如何当得起。奶奶说那一个字好，就用那一个。”

香菱就是这样地能够认清自己，不因自己能作几首小诗就飘到天上，与夏金桂一较高低！而是把自己低到了尘埃的深处。她伏低做小的话语，让想要显示自己威风的夏金桂极其满足！正如蒋和森先生所言“在那样的社会里，智慧必须向愚蠢低头，美善只有向丑恶求赦”（《红楼梦论稿》）。香菱的第三个名字——秋菱，就这样被夏金桂定了下来。以秋菱的名字开始了其人生最“惨烈”的秋天，在不停的打骂中过着一生中最为屈辱黯淡的日子。

金桂先命香菱陪她睡，香菱不肯，金桂说她嫌脏，怕夜里服侍；不久又装起病来，说是香菱气的；后来金桂自扎纸人，挑唆薛蟠，薛蟠不问青红皂白，抓起门闩打向香菱，“批头劈脸，浑身打起来”。

薛家被闹得鸡飞狗跳，但就是这样屈辱可怜的香菱，气昏了头的薛姨妈已然对她没有同情，反而要卖掉她，“大家过太平日子”！好像一切的罪过都在香菱！幸好宝钗以“咱们家只有买人，并不知卖人之说，妈妈可是气糊涂了”为理由，以维护“皇商之家”的体面，挽救了香菱再次被卖的厄运。自此，香菱把前面路径一心断绝，自顾跟随宝钗去了。但香菱也真的成为在秋天凋零的菱花了，带着肉体和精神上的创伤和打击，过着抑郁而悲伤的日子，渐渐“酿成乾血之症”。那个曾经的青春王国、诗的乐土的“大观园”，也早已在检抄之后成了荒凉之境，也喻示香菱在尘世已经没有了归处！精神飘零的香菱，是该回到她一直假装忘记，其实一直魂牵梦索的家的时候了，该回到太虚幻境的离恨天，和林妹妹一起自由驰骋于诗歌的王国了。

夏金桂在贾府的气焰一天天地强盛起来，香菱的生命则在一天天地衰弱。正是：

根并荷花一茎香，平生遭际实堪伤。
自从两地生孤木，致使香魂返故乡。

香菱的离去，终是哲学和佛家宿命的因果：从来处来，到去处去。对香菱的一生，可以用庄子的人生哲学观来总结：生亦何欢，死亦何忧！怜我世人，忧患实多！

圆融智慧善若水——贾母

生而不有，为而不恃，长而不宰，是谓玄德。

——《道德经》

提及贾母，就想到英国女王，那个可爱的英国老太太，她优雅时尚，她慈祥阳光，但也不乏霸气的一面，贾母在我的认知中就是这样可爱的老太太。贾母之于贾府，如同女王之于大英帝国，她是贾府的老祖宗，贾府的太上家长，有绝对的权威！可是她又绝不是我们常看到的家庭剧中，权贵之家大权紧握翻手为云覆手为雨冷着一张脸，在家族利益面前，所有的生命都可视为草芥的符号式的威严可怕的“老佛爷”式的封建家长。她喜欢和孙儿孙女打成一片，她爱说爱笑，她不仅有英国女王的优雅时尚，她还有品位、有智慧、知进退。有慈眉善目宽和的她在的地方，就有最和谐的欢笑，贾母就是这么一个可爱的老太太！

一、贾母有非同一般的品位

看贾母品位的段位，首先看她欣赏的人。不知尊贵的您发现没有，贾母身边最得意的人竟然都是年轻的女孩子，比如鸳鸯、袭人、晴雯、紫娟，而且个个都是她一手调教出来的。因见宝玉没有妥帖人服侍，她就把袭人和晴雯给了宝玉；因见黛玉身边只有一个小丫头雪雁，怕她服侍不好黛玉，又把紫鹃给了黛玉。贾母自己则留下鸳鸯服侍左右，片刻也离她不得，用王熙凤的话说，鸳鸯就是贾母的一把钥匙，所有的物品都由鸳鸯保管，对她的信任程度甚至超越自己的儿女。用现代人的话来说，鸳鸯就是贾母的经纪人兼生活秘书，这么显赫的位置，怎么说也得上点年纪，是个大妈级的人物啊，可偏偏贾母就是喜欢水葱儿似的姑娘。宝玉说："女孩儿未出嫁，是颗无价之宝珠，出了嫁，不知怎么就变出许多不好的毛病来，虽是颗珠子，却没有光彩宝色，是颗死珠子；再老了，竟变得不是珠子，竟是鱼眼睛了。"贾母在抓赌时也说了相似的话，贾母道："你们不知，大约这些奶子们，一个个仗着奶过哥儿姐儿，原比别人有些体面，他们就生事，比别人更可恶，专管调唆主子护短偏向。我都是经过的……"贾母的品位和宝玉惊人的相似，喜欢年轻的姑娘，想这些"奶子们"也都是嫁过人的"死鱼眼珠子"。即便有人说赖大家的是贾母的心腹，但贾母也只是面子上给她捧捧场，却没有见贾母让她去做什么重要的事情，也不见私底下两人"叽叽咕咕"私密之事，还不如亲戚薛姨妈与贾母单独相处的时间长呢。不像王夫人邢夫人都有个心腹的婆子周瑞家的、王宝善家的给她们"出谋划策"，给她们"煽风点火"。与其说贾母喜欢灵秀女孩子，不如说贾母喜欢那些简单的，让生活散发美好的生命，讨厌无事生非，把本来风平浪静的生活搅和得鸡飞狗跳的那类人，这和宝玉、黛玉的生命价值观是一致的。所以美好的宝琴一出现，贾母就喜欢得不得了，立逼着王夫人认了干女儿，留宝琴在自己身边居住。

贾母对女孩儿的颜值和灵巧是挑剔的，这也是贾母对晴雯的欣赏高于袭人的原因，她嫌袭人是“没嘴的葫芦”，她更欣赏晴雯的爽利灵巧，晴雯被王夫人赶走之后，贾母听王夫人之言后的一段话可证：

……王夫人便往贾母处来省晨，见贾母喜欢，便趁便回道：“宝玉屋里有个晴雯，那个丫头也大了，而且一年之间，病不离身；我常见他比别人分外淘气，也懒；前日又病倒了十几天，叫大夫瞧，说是女儿痨，所以我就赶着叫他下去了。若养好了也不用叫他进来，就赏他家配人去也罢了。……”贾母听了，点头道：“这倒是正理，我也正想着如此呢。但晴雯那丫头我看他甚好，怎么就这样起来。我的意思这些丫头的模样爽利言谈针线多不及他，将来只他还可以给宝玉使唤得。谁知变了。”

无疑，贾母对王夫人的话是敷衍的，是不认同的，晴雯在贾母的眼中是“将来只他还可以给宝玉使唤得”，此话不仅是对晴雯的高度“看好”，更见老太太是深知宝玉的，知什么样的人才能真正让宝玉心生欢喜。看到宝玉喜欢和女孩儿厮混，很多人难免歪想，因此王夫人撵走了模样娇俏的晴雯、四儿、金钏，懂得宝玉的贾母却对王夫人说了这样一番话：

“我为此也耽心，每每的冷眼查看他。只和丫头们闹，必是人大心大，知道男女的事了，所以爱亲近她们。既细细查试，究竟不是为此。岂不奇怪。想必原是个丫头错投了胎不成。”

冷眼查看后的贾母对宝玉是放心的，贾母对宝玉的懂得，如黛玉对宝玉的懂得。宝玉挨打，黛玉抽抽噎噎地说“你从此可都改了吧！”这是黛玉因心疼宝玉挨打而说出的无奈之语。但宝玉又何尝不知这些，因而宝玉说："就便为这些人死了，也算是情愿的！"这就是宝玉，愿意为钟灵毓秀的女孩子倾心服务的宝玉，不含任何私心杂念，只愿她们美好的生命纯美盛开，哪怕不能靠近，只能远远看着这美好也好！

贾母和黛玉一样知道，她的这个一头扎在女儿堆里的孙子，却是最纯洁、最干净的，断不会无端做那些"偷鸡摸狗"之事。贾母对宝玉的宠爱，也是最纯粹的，没有绑架在家族的利益上，没有去问这个孙子是否能够光宗耀祖，只要他能欢喜开心、随心随性地生活就好。随性随心，这何尝不是老庄人生哲学的最高境界！

贾母喜欢黛玉，不仅仅因为她是自己宝贝女儿贾敏的心肝，黛玉的秉绝代姿容的灵秀，黛玉的才气，黛玉的目无尘下的傲气，甚至适时要下小性子，不时的机智风趣，哪一样都是入了贾母的眼，对了贾母的脾胃，贾母才会如此心肝宝贝般地把她放在心尖上。大约在贾母的心中，也只有黛玉这样灵巧可人、不拘一格的天仙一样的人物，才配得上她风神俊秀、"神采飘逸、秀色夺人"的孙子宝玉的。宝钗才气超绝却灵气不足，端庄雅致却娇俏不够，何况宝钗也和王夫人一样有着超冷的一面，这是和内心揣着火的宝玉断然不合拍的。只有贾母这般段位的品位，才能悟透这一切！这个象牙塔里的老祖母是不会用家族联姻这样的事情，去断送自己疼在心尖上的孙子的美好生活的，所以续书用宝钗代替黛玉的"掉包计"，赖在贾母身上，我以为对贾母是一种人格的挑战！用今人的眼光看，贾母和宝、黛都是不问前程的那一类！他们只争朝夕，让生命打开最美好的一页，让生命随时散发它该有的芬芳。前生，黛玉、宝玉本就是仙和神，他们只愿享受神仙眷侣的美好，这样的美好的向往缘灭之后，他们生命的宴席也就散了。所幸运的是，在这泥淖般污浊的尘世，他们遇到了懂得他们美好的老祖母。

贾母喜欢凤姐，不仅是喜欢凤姐的理家才能，更重要的是凤姐伶俐聪明，言谈泼辣爽利、幽默风趣；还有待人接物的细心周到和贾母的很多品位是相似的。黛玉进贾府时，凤姐用了不到五十字，就把贾母、黛玉、邢夫人、王夫人，及贾府的小姐们夸了个遍，引得全场哄堂大笑。她先夸黛玉："天下真有这样标志人物，我今儿可算见着了。"紧接着说，"这通身的气派不像老祖宗的外孙女，倒像老祖宗的嫡亲孙女。"这话不仅让贾母听着舒坦，邢夫人、王夫人和探春等诸位小姐们也开心到不行。凤姐表面上夸黛玉，其实是夸贾母好福气，连外孙女都跟嫡亲孙女一样有气派。每次凤姐登场都能成为焦点，引得全场哄堂大笑。就像李纨调笑的那样，凤姐真是个"水晶心肝儿玻璃人儿"。她的语言功夫，不仅哄得"老祖宗"笑口常开，令贾母发出"明儿叫你日夜跟着我，我倒常笑笑觉的开心，不许回家去"的感叹，而且仆人也常因她的笑话而"笑弯了腰""笑软了"，仆人虽然对她怕得要命，却都爱听她讲笑话。

高贵的出身、良好的教养、丰富的阅历，铸就贾母的独特的生活情趣和超出众人的艺术品位。

善于理家的贾母，居家的审美品位，有其非同凡响的格调。她认为居家之美，首先要留神屋外景致与房舍和谐中还要有对比。庵堂这样的静寂的处所，花木则要热闹些，因而她称赞栊翠庵花木繁盛，"比别处越发好看"；门窗配色，宜与景谐，她在黛玉的潇湘馆里看到黛玉的绿色窗纱颜色已旧，便对王夫人说，"又没有桃杏树，这竹子已是绿的，再拿这绿纱糊上反不配"，因此要凤姐换用银红的"霞影纱"。凤姐说，库房里还有银红蝉翼纱可以换上，并描述了蝉翼纱的花样、质地……贾母听了却笑道："呸，人都说你没有不经过不见过，连这个纱还不认得呢，明儿还说嘴。"于是应薛姨妈、凤姐等众人要求，贾母向众人做了详尽的解释：

"那个纱，比你们的年纪还大呢。怪不得他认作蝉翼纱，原也有些象，不知道的，都认作蝉翼纱。正经名字叫作'软烟罗'……那个软烟罗只有四样颜色：一样雨过天晴，一样秋香色，一样松绿的，一样就是银红的，若是做了帐子，糊了窗屉，远远的看着，就似烟雾一样，所以叫作‘软烟罗’。那银红的又叫作‘霞影纱’。……”薛姨妈笑道：“别说凤丫头没见，连我也没听见过。”

凤姐儿一面说，早命人取了一匹来了。贾母说：“可不是这个！先时原不过是糊窗屉，后来我们拿这个作被作帐子，试试也竟好。明儿就找出几匹来，拿银红的替他糊窗子。”……贾母道：“再找一找，只怕还有青的。若有时都拿出来，送这刘亲家两匹，做一个帐子我挂，下剩的添上里子，做些夹背心子给丫头们穿，白收着霉坏了。”

贾母的品位、贾母的见识多广，是令人惊叹的，无愧于侯门千金！然而最让人惊叹的是她对如此珍稀少见的“软烟罗”的处理，她主张“物尽其用”，足见其不同于那些视“金钱如命”的老年人，攒钱存物“压箱底”。而且远比王夫人凤姐都舍得：“送这刘亲家两匹，做一个帐子我挂，下剩的添上里子，做些夹背心子给丫头们穿，白收着霉坏了。”

贾母如此大方处理这稀有罕见之物，大家可能会觉得这老太太似乎有些暴殄天物了，但这恰恰是贾母高于众人的气度格局。在贾母看来众生是平等的，好东西只有用了，才能实现其价值，“白收着霉坏了”，那才是真正的暴殄天物了，这也绝不是一般富贵者能有的眼界，多少富可敌国的人，却悭吝得要命，不要说给下人贫困者“稀罕物”，连自己都舍不得！宝玉厌恶“老女人”的原因之一，就是春燕所说的“他老姊妹两个，如今越老了越把钱看得真了”，这就是所谓的“老糊涂”啊，越老越被“物”所役使，反而失去了做人的乐趣！即使今人，又有几人能活得如贾母这般阅尽繁华之后的通透？这正是庄子“不为物役”的人生观！不为物所奴役，不为物所累，追求生命的自在，追求人生的自由！王阳明也有言：“若无有物欲牵弊，但循着良知发用流行将去，即无不是道。

但在常人多为物欲牵蔽，不能循得良知。”

正因如此，贾母到了蘅芜苑，看见宝钗房中“十分朴素”，则大不以为然：

> 贾母摇头道：“使不得。……年轻的姑娘们，房里这样素净，也忌讳。……你们听那些书上戏上说的小姐们的绣房，精致的还了得呢。他们姊妹们虽不敢比那些小姐们，也不要很离了格儿。有现成的东西，为什么不摆？若很爱素净，少几样倒使得。……
>
> 说着叫过鸳鸯来，亲吩咐道：“你把那石头盆景儿和那架纱桌屏，还有个墨烟冻石鼎，这三样摆在这案上就够了。再把那水墨字画白绫帐子拿来，把这帐子也换了。”

贾母“重新布置”了的潇湘馆和蘅芜苑都变得格调明亮而高雅，足以显现贾母品位的段位之高。

贾母大观园赏雪，是“不请自来”，可见贾母情趣之非同一般。

而这次赏雪令贾母最高兴的是她看到了那一幅美轮美奂天然的《白雪红梅》图：

> 一看四面粉妆银砌，忽见宝琴披着凫靥裘，站在山坡上遥等，身后一个丫鬟抱着一瓶红梅。……贾母喜的忙笑道：“你们瞧，这山坡上配上她的这个人品，又是这件衣裳，后头又是这梅花，像个什么？”众人笑道：“就像老太太屋里挂的仇十洲画的《艳雪图》。”贾母摇头笑道：“那画的哪里有这件衣裳？人也不能这样好！”

她审美的着眼点既有白雪红梅大自然色彩的强烈对比，又有服饰的不同一般，更着眼于人物“这样好”！审美的愉悦，让贾母欣慰异常，此刻的贾母分明和孙子孙女们一样有颗青春飞扬的心，她的神情也应该是异常的美丽动人。脂砚斋批语谓“文字之奇，难以言状”（有正本），这难以言状的文字之奇，不仅是强烈对比产生的绝美图，更有贾母超绝的审美品位所带来的感官的冲击！

北京师范大学教授段启明认为：“贾母不仅喜欢看戏，而且懂‘戏’，甚至能够‘导演’戏。让芳官唱《寻梦》，贾母忽然要‘弄个新样儿的’，从伴奏乐器上另辟蹊径。她命令道：‘只提琴至管箫合，笙笛一概不用。’让葵官唱《惠明下书》，则让演员‘不用抹脸’。可见从伴奏到化装，贾母都有自己的见解。贾母这样导演的效果，曹雪芹只用了一句话来描述：‘众人都鸦雀无闻’。足见大家听得入了迷的程度之深。当薛姨妈赞赏贾母的调度时，贾母说‘这也在主人讲究不讲究罢了’。这‘讲究’意味深长啊，这要看观戏的人有没有那样高的审美境界！贾母在看戏之前就对演员强调，一是‘若省一点力，我可不依’；二是要让大家‘听个疏异’，所谓‘疏异’，就是新颖特色，让大家有耳目一新之感。在对戏曲有着高超审美观的贾母的‘导演’下，果然收到了不同凡响的效果。中秋赏月听笛，越发显现贾母艺术审美的独到、见识的高远。”（《论贾母》）书中第七十六回：

> 贾母因见月至中天比先越精彩可爱，因说：“如此好月，不可不闻笛。”因命人将十番上女孩子传来。贾母道：“音乐多了，反失雅致，只用吹笛的远远的吹起来就够了。”……
>
> 这里贾母仍带众人赏了一回桂花，又入席换暖酒来。正说着闲话，猛不防只听那壁厢桂花树下，呜呜咽咽悠悠扬扬，吹出笛声来。趁着这明月清风，天空地静，真令人烦心顿解，万虑齐除，都肃然危坐，默默相赏。听约两盏茶时，方才止住，大家称赞不已。

桂花飘香中悠扬的笛声呜咽，净化了天地人心，“趁着这明月清风，天空地静，真令人烦心顿解万虑齐除，都肃然危坐默默相赏”，人人得以短暂进入超脱的境界。这一段的艺术之美，醉了书中人，更醉了读者，是文辞境界皆令人绝倒之笔！这一切都源自贾母高超的艺术审美！

这个锦心绣口的老太太，这个智慧通达的老太太，让你惊奇讶异之处，可谓层出不穷！

二、贾母是懂得进退的大智慧者

贾母按说在贾府是位高权重的“太上家长”，是贾政所谓的“最会理家之人”，却在“权势炽手可热”之时，退位到“吃喝玩耍”的生活享受中，把权力移交给了有着“金陵王”之深厚家族背景的儿媳王夫人手中。即使王夫人管家的能力和智慧是欠缺的，要借靠她的侄女王熙凤帮忙管家，但是王夫人可是皇贵妃元春的嫡母，其兄王子腾官高位显，而且她还有“衔玉而生”的嫡子宝玉，这一切都使她在贾府具有无可争议的地位与权力。睿智如贾母者，怎能不顺水推舟，退出权力的旋涡，尽享做为一个老人家的乐趣？

书中第三十九回，贾母对着健朗的刘姥姥谦逊地自我解嘲：

> 贾母道：“我老了，都不中用了，眼也花，耳也聋，记性也没了。你们这些老亲戚，我都不记得了。亲戚们来了，我怕人笑我，我都不会，不过嚼的动的吃两口，睡一觉，闷了时和这些孙子孙女儿顽笑一回就完了。”刘姥姥笑道：“这正是老太太的福了。我们想这么着也不能。”贾母道：“什么福，不过是个老废物罢了。”说的大家都笑了。

贾母在这里明确宣扬了自己的生活观：我是不喜欢逢场作戏的，只想好好享受眼前的生活，和自己的孙子孙女儿在一起说说笑笑，享受天伦之乐，我甘心做我的“老废物”，再不去操心家业之事。而且说退就退，只要不是触及自己和心肝宝贝宝玉、黛玉之事，她一般是不伸手过问的，那种退而不撒权的事，贾母是不屑为之的。贾府诸人对贾母的百般讨好，我以为更多来源于贾母天生的人格威仪，以及家族硕果仅存的太上级别家长的尊崇位置。

贾母抓赌。小说的第七十三回，当贾母听说“宝玉被吓”立即不淡定了，欲抓赌惩戒的念头呼之欲出，她犀利指出：“如今各处上夜都不小心，还是小事，只怕他们就是贼也未可知。”当“代主持家政”的探春回说，园内的人确实“比先放肆了许多……”贾母闻言，立刻质问：“你既知道，为何不早回我们来？”进而给探春分析其中利害：

> “你姑娘家，如何知道这里头的利害。你自为耍钱常事，不过怕起争端。殊不知夜间既耍钱，就保不住不吃酒；既吃酒，就免不得门户任意开锁。或买东西，寻张觅李，其中夜静人稀，趁便藏贼引奸引盗，何等事作不出来。况且园内的姊妹们起居所伴者皆系丫头媳妇们，贤愚混杂，贼盗事小，再有别事，倘略沾带些，关系不小。这事岂可轻恕。”

贾母见微知著，给探春分析其中的利害关系，防微杜渐，随之贾母命即刻查了为首的赌家来，“有人出首者赏，隐情不告者罚”。

> 原来这三个大头家，一个就是林之孝家的两姨亲家，一个就是园内厨房内柳家媳妇之妹，一个就是迎春之乳母。这是三个为首的，馀者不能多记。
>
> 贾母便命将骰子牌一并烧毁，所有的钱入官分散与众人，将为

首者每人四十大板，撵出，总不许再入；从者每人二十大板，革去三月月钱，拨入圊厕行内。又将林之孝家的申饬了一番。

根据情节轻重，断然处置，果敢利落，赏罚分明。贾母整饬家规，绝不手软，当黛玉、宝钗、探春等为这些“有头有脸”之人求情时，贾母丝毫不妥协：

“你们不知，大约这些奶子们，一个个仗着奶过哥儿姐儿，原比别人有些体面，他们就生事，比别人更可恶，专管调唆主子护短偏向。我都是经过的。况且要拿一个作法，恰好果然就遇见了一个。你们别管，我自有道理。”

贾母据她几十年的经验，深知这些“奶子”之“可恶”，早有“要拿一个作法”之意。原先的睁一只眼闭一只眼，时至今日已经威胁到宝玉的安全。更何况现在是“探春理家”，关键时刻助这个有能耐的小孙女一臂之力，教她如何“见微知著”深处看事，如何防微杜渐、铁腕治家，也是一个老祖母的责任。因此对“讨情者”，丝毫不松口，并明确表示“我自有道理”。她就是要杀一儆百，要从根本上为保护她最疼爱的这些孙子孙女儿做最后的努力。这次抓赌，也从侧面验证了贾母理家的“杀伐决断”，比凤姐“还来得”。

也有人说，这样的贾母，对贾府的很多“糟心的事”，比如贾琏公然在凤姐生日时偷情，儿孙满堂的贾赦还要纳妾……却“不闻不问”，只是一味溺爱孙子宝玉，这是贾母对贾府的极端不负责任！

诸位看官，这就是贾母，知进退的老太太！既然已经退出了权力的旋涡，把家交给了王夫人管理，就要非常放手，就要不干预。何况王夫人虽然管家的能力有限，但是她专权的欲望是有余的，也绝不是什么

“木头”！她明着对贾母是孝道的，背地里却不断拆贾母的台，以贾母的精明，怎能不知怎能不晓？贾母送给宝玉的丫鬟袭人被王夫人收服成为自己的眼线，为此贾母也曾表示过自己的不满（第五十四回）：

……于是宝玉出来，只有麝月秋纹并几个小丫头随着。

贾母因说：“袭人怎么不见？他如今也有些拿大了，单支使小女孩子出来。”王夫人忙起身笑回道：“他妈前日没了，因有热孝，不便前头来。”贾母听了点头，又笑道：“跟主子却讲不起这孝与不孝。若是他还跟我，难道这会子也不在这里不成？皆因我们太宽了，有人使，不查这些，竟成了例了。”

出了名的尽职尽责的贤袭人，因为母亲守孝未到场，贾母公开指责她是“拿大”，这里的怨气不言自明。而在没有禀明贾母的情况下，王夫人先斩后奏，以痨病的由头，赶走了贾母甚为看好的晴雯，致使晴雯含冤而死。心痛的贾母只能敷衍几句自己的不满：

贾母听了，点头道：“这倒是正理，我也正想着如此呢。但晴雯那丫头我看他甚好，怎么就这样起来。我的意思，这些丫头的模样爽利言谈针线多不及他，将来只他还可以给宝玉使唤得。谁知变了。”

对着王夫人的理由，贾母自是不相信的，但不相信又如何，以“谁知变了”，轻轻言过，既然你是家长理家，自然是“对的”，这些不会动及家之根本的小事她自然是要睁只眼闭只眼的。这就是老祖宗贾母的豁达与卓识，知不可为的事，则不为。

贾母也为此正面与王夫人叫板过，但为着家族的和睦，婆媳关系的和谐，最终都是以老祖宗的妥协而终结的。第四十六回，当贾母得知贾赦算计鸳鸯时，文中写道：

贾母听了，气的浑身乱战，口内只说：“我通共剩了这么一个可靠的人，他们还要来算计！”因见王夫人在旁，便向王夫人道：“你们原来都是哄我的！外头孝敬，暗地里盘算我。有好东西也来要，有好人也要，剩了这么个毛丫头，见我待他好了，你们自然气不过，弄开了他，好摆弄我！”王夫人忙站起来，不敢还一言。

而当探春勇敢地站出来为王夫人辩解后，话犹未完：

贾母笑道：“可是我老糊涂了！姨太太别笑话我。你这个姐姐他极孝顺我，不象我那大太太一味怕老爷，婆婆跟前不过应景儿。可是委屈了他。”

贾母听了鸳鸯的哭诉后，勃然大怒，贾母的话听起来像是一时激愤之词，但却也是贾母最真实的心声：你们明着孝敬，暗地里都在盘算我！这话显然已经超越了“贾赦谋划鸳鸯”的事件，但也绝非信口而言。但贾母就是贾母，她有多睿智就有多清醒，她知道自己年事已高，所有弟子皆不争气，也是事实；而家族实权是王夫人和其儿媳王熙凤掌管，这也是不可逆转之趋势。积蓄已久的愤怒爆发过后，终是无济于事的。家族的颓势已经显现，而日子也要照旧向前，挽回眼前的婆媳关系才是要事。所以一旦听完探春辩白之后，立马认错、道歉，而且让宝玉代为下跪。这可不只是通情达理这么简单，这是面对现实的无奈和委曲求全，这超乎常情的举动，足显示贾母的高贵睿智，一时无二！这个贵族老太太的高贵风范，为了家族的和睦，可以向自己儿媳低下高贵的头颅，谁人能与之匹敌？

可见贾母对那些“糟心事”不是真的不闻不问，她有她的无奈，我们要体谅老太太内心的挣扎和叹息。作为贾府鼎盛时期的见证人，贾母对贾府的日渐衰落，不能说不敏感，族中子孙的不肖，她看在眼里，也是痛在心里。所以在清虚观打醮时，老神仙张道士看着宝玉说：“我看哥儿的这个形容身段，言谈举动，怎么就同当日国公爷一个稿子！”贾母“也由不得满脸泪痕”，并且回答：“就只这玉儿像他爷爷。”贾母眼里的“像他爷爷”，不仅仅是外貌这么简单，宝玉的纯良的品格，也应如“爷爷”，为此贾母才会深爱此孙，才会在贾政对宝玉痛下杀手时以命相逼。偌大的贾府，除了宝玉的知己黛玉，能够真正懂得宝玉的也只有贾母了，她懂得这个孙儿的脾性和品位，不是管教可起到效果的，更何况最无须管教的也只有这个孙儿了。看起来唯唯诺诺的宝玉，他最知道自己要什么，不要什么，他有自己的分寸，知道什么能做，什么不能做，宝玉绝不是一个浑浑噩噩放肆无理的纨绔。第五十六回，贾母对甄府的四个女人谈到贾府甄府两个宝玉的乖张时，说：

> “可知你我这样人家的孩子们，凭他们有什么刁钻古怪的毛病儿，见了外人，必是要还出正经礼数来的……就是大人溺爱的，是他一则生的得人意，二则见人礼数竟比大人行出来的不错……若一味他只管没里没外，不与大人争光，凭他生的怎样好，也是该打死的。”

贾母这番话，无疑是真实的，论及宝玉的“叛逆”仍是有“度”的限制，不管你怎么胡闹，“诗书传家”侯门贵族的“知书达理”的礼数断然不能少，这是大家族的“面子”问题，因此对弟子这方面的严格管教是必须的！这也是给家族争光的事！而两个宝玉在这方面无疑是做到了符合礼数的，不然“不与大人争光，凭他生的怎样好，也是该打死的”，这也并非是贾母的狠话、虚言。宝玉虽然讨厌见客，但每一次见贾政的门客，都是赚足了赞美之辞，虽然每次贾政都是断喝道“畜生”，内心还是喜悦的。这些贾母又怎能不晓？所以贾母对这个“像他爷爷”的孙子宠爱备至，她嘴里的“溺爱”绝不是今人嘴里的“溺爱”那么简单。说实在的，在家庭教育上，今天我们很多家庭，尤其是那些暴发户式的“有钱人”，对子女无度地骄宠、纵容，使得子女游乐无度，挥霍无度，甚至目无尊长，礼数全无，粗野到无一丝教养可言。在这点上实在是要向贾母学习，宠爱孩子不能没有底线，做人的最起码礼数要有。

贾母对宝玉有多宠爱，对贾琏之流就有多痛恨。她对贾琏的混账事果真是像她嘴里说的那样“什么要紧事！小孩子们年轻，馋嘴猫似的，那里保得住不这么着……”书中第四十七回写出了贾母的态度，贾母正与凤姐等玩牌，贾琏来找凤姐，贾母借机痛斥贾琏：

“就忙到这一时，等他家去，你问多少问不得？那一遭儿你这么小心来着！又不知是来作耳报神的，也不知是来作探子的，鬼鬼祟祟的，倒唬我一跳。什么好下流种子！你媳妇和我顽牌呢，还有半日的空儿，你家去再和那赵二家的商量治你媳妇去罢。”……贾母也笑道：“可是，我那里记得什么抱着背着的，提起这些事来，不由我不生气！我进了这门子作重孙子媳妇起，到如今我也有了重孙子媳妇了，连头带尾五十四年，凭着大惊大险千奇百怪的事，也经了些，从没经过这些事。还不离了我这里呢！”

由此可见，贾母前回所说“从小儿世人都打这么过的”，虽然并非完全是违心之言，但其目的是安抚凤姐，而内心是深恶的。贾琏是荣府的管家主子，贾母看他是“鬼鬼祟祟”“下流种子”；她对“好色”的大儿子贾赦、不知孬好的邢夫人是很冷淡的，即便是对还算疼爱的小儿子贾政，在他昏聩大打宝玉时，也是大声斥责，毫不顾及他一家之主的体面；对“道三不着两”的赵姨娘的厌恶更是溢于言表，骂她是“烂了舌头的混账老婆”。贾母对贾府“世风日下”的衰颓有着敏感而清醒的认识，她也清醒地知道“力挽狂澜”，自己也是不可能做到的，能维持“百尺之虫，死而不僵”的局面，就已经不错了。所以贾母对日常的开销排场讲究，也是为了贾府的体面。如果连这点都露出捉襟见肘的窘境，那贾府就不再是贾府了。所以看官们把贾府的衰败的责任推给贾母，认为是她生活上不知节俭，一味奢靡造成了这一切，那真是冤枉了贾母。第七十五回中贾母最先提出紧衣缩食，先从自己身上减少浪费：

贾母因问：“都是些什么？上几次我就吩咐，如今可以把这些蠲了罢，你们还不听。如今比不得在先辐辏的时光了。”

这也正是曹雪芹高出常人的眼界，他写他欣赏的人物的初衷就是出世。显然贾母的不问家族中事，与孙子孙女们游乐嬉戏，表面上看是耽于红尘享乐；往深处看，则是不问世事、随心随性的生活，懂得进退，该放下时，则放下。所以我们理解“红楼”中的人物，要有曹雪芹老庄的出世哲学观，才能真正走进《红楼梦》中去！这里呈现的是曹老先生的梦想，他的理想的人格，岂是一个“格格不入”，一个“叛逆”可涵盖完的？

三、贾母有朴素的平等观

贾母的智慧，可以开出花来，灿烂整个贾府；贾母朴素的民主观闪烁着仁慈的光辉。

谈到封建的叛逆者，我认为贾母应该是第一人，因为她的仁慈，因为她太上家长的缘故，往往会让我们忽略了她对于“封建礼教”等的逾矩。

不在乎等级观念的贾母，她从不在儿孙们面前摆封建家长的架子，她尤其喜欢和青春朝气的小儿女们一起同创共享人生乐趣，其乐融融的场面，常常让人忘记了那是太上级别的家长。能如此无缝隙地亲密融洽，当然离不开贾母自己的努力，她不仅能够放低自己的姿态，而且绝不让自己成为小儿女们欢乐的障碍。芦雪庵赏雪，老太太不请自来，一到场就表明自己的态度，“你们只管照旧吃喝玩乐”，“就如同我没来时一样才好，不然我就走了”，这样细心周到地为孩子们着想，努力融入他们中间，封建大家庭的祖母，仅贾母一人而已。

贾政作为封建家长的代表，和贾母正好形成最鲜明的对比：家庭聚会有他在场，大家都不自在，个个敛声屏息，弄得在场人索然无味，以致贾母不得不“撵他出去休息”。“贾政亦知贾母之意，撵了自己去后，好让他们姊妹兄弟取乐的”。

为了“他们姊妹兄弟取乐”，贾母撵走了束缚了兄弟姊妹取乐的儿子，且说：“你们可自在乐一乐罢。”此时的宝玉便如“开了锁的猴子”，“指手画脚”“满口批评”。

贾母不仅对自己的亲人如此，对身边的丫鬟也是爱护有加，连傻大姐这样的丫鬟，在她身边都能自由自在生活，可见贾母对待下人的宽容和气！这些都还不重要，最重要的是她还理解懂得下人，所谓“水至清则无鱼”，她更看重她们的优点。虽然贾母嫌袭人是“没嘴的葫芦”，但她知道袭人的性格是“跟了谁就一心一意死心塌地地为了对方着想”，所以把她给宝玉使唤；对刚烈的火炭脾气的晴雯，贾母喜爱她的爽利灵巧，模样好，是宝玉喜欢的类型。整部书中没有一处写贾母因为自己动手打下人的事情，反而是把丫鬟鸳鸯当成自己最贴心的人，其亲密程度远胜于她喜爱的孙媳妇王熙凤。第七十五回所写的一次晚餐中，她让贾珍媳妇尤氏的丫头银蝶和尤氏一起吃饭，并称：“等你们离了我，再立规矩去！”其实贾母骨子里和宝玉一样地“离经叛道”，对封建的那一套礼节，并不是那么看重，只要孩子是规矩的，有礼貌，懂得做人的道理就够了，对表面那一套东西，她是不在乎的。作为太上级高高在上的家长，她对主奴已经有了“平等”的萌芽意识，比宝玉“初生牛犊不怕虎”的叛逆，更为难能可贵。

性别平等在贾母的意识里也是非常明显的。她自己曾亲自管理贾府的一切事宜，所以成了婆婆后，自然就把家交给了门庭显赫的二儿媳妇王夫人。王夫人因为自己照看不过来，就请来自己的侄女王熙凤协助。因为王熙凤的言语爽利幽默，做事果敢利索，十分投贾母的脾气，贾母十分地欣赏，时时刻刻抬举凤姐，巩固她在贾府的地位，反而对好色的孙子贾琏十分嫌弃。孙子辈除了因为宝玉衔玉而生，又有祖父的风范，且品性纯良像女孩子，是贾母疼在心尖上亲手带大的；十分用功读书的重孙贾兰，她也没有怎么放在心上；从元春开始，四个孙女都在自己身边长大，甚至包括宁国府的贾敬的胞妹惜春；她疼爱能干的孙媳妇秦可卿，也是远远超越对重孙子贾蓉的重视。围绕在她身边的都是能干的丫鬟，却没有培养一个得力的小厮。贾母的举动，明显违背封建家庭的男尊女卑的观念。男女在她眼中已经不仅仅是平等，甚至有意抬举女孩子，和宝玉的喜欢女孩子一样，封建社会那种“男尊女卑”的观念在贾母这儿是站不住脚的。

贾母一改封建家长那种高高在上的威严感，尽力填平“代沟”“性别沟”，甚至“贫富沟”。

她“怜贫惜老”对刘姥姥礼遇有加，称呼刘姥姥“老亲家”，把刘姥姥的位置放到和自己一个水平线上，又诚心邀请刘姥姥在贾府住一两天，且嘱咐凤姐：

> 贾母笑道：“凤丫头，别拿她取笑儿，他是乡屯里的人，老实，哪里搁得住你打趣他。”说着，又命人去先抓果子给板儿吃。板儿见人多了又不敢吃。贾母又命拿些钱给他，叫小幺儿们带他外头顽去。

满屋子的人，连事事周到的王熙凤都没有想到去照顾怯见生人的板儿，贾母照顾了，见怕生的板儿不敢吃果子，就给钱，且让小厮们带出去玩。可见贾母的怜贫惜老不是只做个样子给人看，是发自内心的周到细致，她有颗真正柔软的心。

清虚观打醮时，和王熙凤撞满怀的小道士被打，且众人齐喊："拿、拿、拿！打、打、打！"贾母知道后：

> 忙道："快带了那孩子来，别唬着他。"
>
> ……贾母命贾珍拉他来，叫他别怕，问他几岁了。那孩子通说不出话来。贾母还说"可怜见的"，又向贾珍道："珍哥儿，带他去罢。给他些钱买果子吃，别叫人难为了他。"

一片喊打声中，贾母却让族长贾珍亲自带来小道士，并安慰他，说孩子"可怜见的"；怕别人再为难小道士，让贾珍亲自送出去，并给钱买果子吃，一色安排妥当。

为宝钗生日请戏班子，扮小旦的龄官因眉眼似黛玉，贾母深爱，怜惜之余，又赏肉果，又赏钱，第二十二回写道：

> 因命人带进来，细看时益发可怜见。因问年纪，那小旦才十一岁……大家叹息一回。贾母令人另拿些肉果与他两个，又另外赏钱两串。

元宵夜听戏，她听得快乐，还不忘让戏子们也歇歇："小孩子们可怜见的，也给他们些滚汤滚菜的吃了再唱。"

贫寒之家的喜鸾四姐儿在贾府小住，贾母专门吩咐手下婆子：

“到园里各处女人们跟前嘱咐嘱咐，留下的喜姐儿和四姐儿，虽然穷，也和家里的姑娘们是一样，大家照看经心些。我知道咱们家的男男女女都是‘一个富贵心，两只体面眼’，未必把他两个放在眼里。有人小看了他们，我听见可不依。”

贾母的几句嘱咐，已远不是“怜贫惜老”这么简单，而是闪耀着贫富平等的民主意识。

撇开宝玉是“神”的前身而言，宝玉的叛逆性格，宝玉的朴素民主意识的渊源，从遗传学上说，是来自贾母的隔代遗传；从环境学来说，则与贾母耳濡目染潜移默化的熏陶有关。贾母留在身边教导长大的宝玉有叛逆性格，即便贵妃元春，都极富个性，见识绝不同于周围的人。元春省亲时就说过这样的一句话：“你们把我送到那见不得人的地方。”元春的这句话无论从哪一方面去理解，都有抱怨，都有不愿意去普通人心心念念的“皇宫”的意思。丫鬟晴雯的个性就更鲜明了，她的撕扇子和平时尖锐的语言，都是与众不同的。紫鹃与黛玉的情同姐妹可与贾母与鸳鸯的主仆情深相匹敌。贾母实在是封建家长中最开明的典范，她的民主意识是在不自知中显现的，与人格性格紧密融合的，是中国传统的仁爱思想的闪耀。贾母和宝玉一样，有人人应该被关怀被尊重的“世法平等”的思想。这一切使得《红楼梦》这部小说，有了超越其他文言小说之上的“人道主义”的伟大。

四、贾母拥有政治家的外交智慧

贾母的智慧在生活的点点滴滴中都散射出遮挡不住的光芒，让你由衷地叹服。一个年近古稀的老太太，依然有这样清醒的头脑，依然有杀伐决断的果决和远见卓识不减年轻时的风采。她用仁慈的光辉普照众生，把平淡的生活过得活色生香、有滋有味。

俗语说“老而为贼”，可老去的贾母和探春一样有政治家的远见，却不要政治家的权谋，这是她最令人叹服的地方，她的一举一动都见真心真意。很多大家族的钩心斗角的可悲，绝不亚于宫斗戏，弄得家族乌烟瘴气，最终都是以悲剧收场。而贾母坐镇，从来不为揽权争斗，只为其乐融融的皆大欢喜。贾琏在凤姐生日时“偷吃”，凤姐撒泼哭闹，贾琏执剑追赶，一时闹得“鸡飞狗跳、人仰马翻”，可是贾母却当着众人的面，轻描淡写几句话，就让众人立马欢笑起来，书中第四十四回写道：

> 贾母笑道：“什么要紧事！小孩子们年轻，馋嘴猫儿似的，那里保得住不这么着。从小儿世人都打这么过的。都是我的不是，叫你多吃了两口酒，又吃起醋来。”说的众人都笑了。贾母又道：“你放心，等明儿我叫他来替你赔不是。你今儿别要过去臊着他。”

这就是贾母独有的老辣的智慧，举重若轻的三言两语，就化解了要出人命的混乱局面，一团祥和的氛围再度打开。打翻了醋坛子的凤姐和胡闹的贾琏心里也轻松下来，真是“百炼钢化为绕指柔”啊！

尤其是“鸳鸯抗婚”那一幕，听了鸳鸯的哭诉，贾母明镜似的知道贾赦要娶鸳鸯，实则是为了图谋她的财产，勃然大怒的贾母气得浑身乱颤，却把所有的怒火都烧在了旁边“无辜”的王夫人身上：

> “你们原来都是哄我的！外头孝敬，暗地里盘算我。有好东西也来要，有好人也要，剩了这么个毛丫头，见我待他好了，你们自然气不过，弄开了他，好摆弄我！”王夫人忙站起来，不敢还一言。

虽然“鸳鸯事件”与王夫人全无瓜葛，但这个“外头孝敬，暗地里盘算”，放在王夫人身上恐怕比贾赦邢夫人是有过之无不及的。贾母的话也并没有冤枉王夫人！智慧如贾母，不过是为了借此事敲打王夫人，告诫她，自己不是谁想糊弄就糊弄的。当探春为王夫人辩白，贾母便顺着台阶而下：

> 贾母笑道：“可是我老糊涂了！姨太太别笑话我。你这个姐姐他极孝顺我，不像我那大太太一味怕老爷，婆婆跟前不过应景儿。可是委屈了他。”

敲打归敲打，婆媳关系和睦还是最要紧的，所以顺着探春的话，贾母立刻认错，说自己是“老糊涂了”，“可是委屈了他”；正好宝玉在旁，又说宝玉怎么不提醒自己，并让宝玉替自己给他娘认错，真是给足了王夫人的面子，在王夫人面前低下自己“尊贵的头颅”。平常人家的婆婆恐怕也难以做到这么周全，史侯千金、贾府太上级的老太太做到了，任是王夫人觉得自己千般委屈，此刻也应该是无半点怨言了，只剩下对老太太的叹服吧！而对真正的罪魁祸首邢夫人却是没有一句怒言，只是苦口婆心教导她，诉说鸳鸯对自己的重要性，并且非常大气地说，愿意替贾赦出银子重新买合适的人，弄得邢夫人和贾赦都愧疚不已。贾赦自此连面都不敢见贾母，哪里还敢要她的银子买人，只能打碎牙吞到肚子里，自己出钱买一个丫头给自己借坡下驴。贾母治家的本领，你真不得不服。因为许多人认为贾母最不自知的黑历史，就是其“偏心”，这个“偏心”也是其大儿子贾赦夫妇一直耿耿于怀的地方。借此次鸳鸯抗婚事件，既敲打了王夫人，也顺了贾赦夫妇“说偏心”的气，最重要的是保护了鸳鸯，也让贾赦知道“我的人和我的东西，你们谁都不要去想”，这“一石多鸟”的智慧，你服不服？

这么可爱的老太太，走到哪里都是自带光芒！

闺中怨妇催花手——王夫人

君子而诈善，无异小人之肆恶；

君子而改节，不若小人之自新。

——《菜根谭》

提到王夫人，眼前就会晃出《笑傲江湖》中岳不群那张伪善的脸。岳不群号称“君子剑”，实乃伪君子；他外表谦虚文雅，正气凛然，实则阴狠毒辣，富有智计和野心，为得《辟邪剑谱》，不惜迫害自己的徒儿、妻子和女儿……双手沾满了淋漓的鲜血。

王夫人和岳不群的影像重叠，着实令人错愕！王夫人是什么人？京营节度使王子腾之妹，是贾府的实权派，虽然理家大权已经移交给侄女王熙凤，但是王熙凤从不敢真正越权，大小事情都要一一向王夫人禀报，由她做最后的定夺，可见王夫人是真正的实权派。

中国古代女人活得成功莫过于有一个好丈夫和一个好儿子，即妻凭夫贵、母凭子贵。王夫人原本是远远超出这个标准的，身为正妻，出生于金陵望族的王家，哥哥王子腾官运亨通一路升迁；夫贾政升任工部员外郎；女儿贾元春入宫封妃；头胎生子贾珠，天资聪颖，勤奋好学，十四岁就考中秀才，不到二十岁就娶妻生子；自己又得婆母贾老夫人器重，早早接管掌家大权。如此耀眼如此成功的家族主母王夫人，却成为许多读者眼中的伪善者，是误读吗？毕竟也有许多读者认为王夫人是贤淑仁慈的。但是更多的读者读出她的伪善，其实是与她的怨妇心理分不开的。没有进大观园之前的刘姥姥曾对王夫人做这样的评价：

“他们家的二小姐着实响快，会待人，倒不拿大。如今现是荣国府贾二老爷的夫人。听得说，如今上了年纪，越发怜贫恤老，最爱斋僧敬道，舍米舍钱的。……”

年轻的王夫人待人周全，办事利落，言语爽利，平和周全，不是后来贾母口中的“木头人”，也没有贾母在书中第七十一回所说的“一个富贵心，两只体面眼”那样的势利，而是会“怜贫恤老”，俨然“大善人”一位。

可是，等家道落魄的刘姥姥，到贾府打秋风时，再见到上了年纪的王夫人，还是她当初口中的那个“不拿大”的二小姐吗？此时的二小姐还能记得刘姥姥已经实属不易了，只让周瑞家的转告管家侄女王熙凤：

“他们家原不是一家子，不过因出一姓，当年又与太老爷在一处作官，偶然连了宗的。这几年来也不大走动。当时他们来一遭，却也没空了他们。今儿既来了瞧瞧我们，是他的好意思，也不可简慢了他。便是有什么说的，叫奶奶裁度着就是了。”

此时的王夫人，当初的二小姐，对刘姥姥已经是，“一个富贵心，两只体面眼”了，她没有像刘姥姥二进大观园时，贾母那样真心地挽留她住下，亲切称她为“老亲家”，与自己平起平坐。与贾母的待客之道相比，王夫人对远远来一趟的刘姥姥，不过是让王熙凤打发一下。如果不是刘姥姥二进大观园感谢凤姐二十两银子的接济，或许王夫人再也不会记起这个远房亲戚了，哪里有什么“越发怜贫恤老”呢？这也正是曹雪芹先生的高明之处。鲁迅先生在讲《中国小说史略》时曾说：“《红楼梦》的要点在敢于如实描写，并无讳饰，和从前的小说叙好人完全是好，坏人完全是坏的，大不相同，所以其中所叙的人物，都是‘真’的人物。”真的王夫人，从年轻时的“言语爽利、会待人、不拿大”到现在的“冷漠”的“木头人”，其间经历了什么？是什么让她的性情大变呢？

首先，贾珠的死、宝玉的顽劣，成为王夫人心头永远的痛，哀怨之心顿生。其次是赵姨娘凭借“狐媚”夺得贾政宠爱，让她对漂亮的女孩儿一律嫌弃、怨恨。积怨长久扎根心底，让她渐渐失去年轻时的活力，生生把光鲜亮丽的人生变成死灰一般，把自己活成一个心地阴暗的怨妇。

本可以光宗耀祖、振兴门楣的儿子贾珠，却在二十岁时病死了，那个母凭子贵的时代，对王夫人的打击不可谓不大。虽然有女元春贵为皇家人，却远在深宫难得一见，“生离死别”的痛，一起袭来。但是上天依旧厚爱王夫人，又赐予她衔玉而生的贾宝玉，此子的降生当是震惊八方，且宝玉生得神采飘逸、秀色夺人，一时万千宠爱于一身，有了此子，足可抵挡当初所有的痛。可是造化弄人，偏偏宝玉“顽劣异常，极恶读书，只喜和女孩儿厮混”，长成父亲贾政眼中的“逆子”。

如果王夫人，能像贾母那样看到宝玉的不一般，看到宝玉的纯良，而不是盯着宝玉的顽劣不放；如果她能看到贾珠虽早逝，但留下的骨血贾兰，像极了贾珠的勤奋聪颖，而不止一味沉浸于丧子之痛；如果她能如贾母疼爱宝玉那样疼爱贾兰，亲自抚养教导这个孙子，则也有享不尽的天伦之乐，可以拂去心头所有的痛！

是的，如果王夫人把目光锁定在她所拥有的，她无疑仍是贾府瞩目的耀眼者，仍是红尘中人羡慕的满身光环的女子。但偏偏王夫人把自己牢牢锁定在自己失去的一切上：宝玉的不爱读书，让自己“母凭子贵”的愿望落空；赵姨娘这个贾府中人人厌恶的人，却是贾政心心念念的人，赵姨娘有多么不堪，王夫人就有多少屈辱，就有多少怨念！这一切让王夫人生生把自己逼成了怨妇，让阴暗注满心头。

经历了丧子之痛的王夫人，对宝玉的溺爱，是没有理智、没有底线的。书中第二十五回写道：

> 说了不多几句话，宝玉也来了，进门见了王夫人，不过规规矩矩说了几句，便命人除去抹额，脱了袍服，拉了靴子，便一头滚在王夫人怀里。王夫人便用手满身满脸摩挲抚弄他，宝玉也搬着王夫人的脖子说长道短的。

王夫人抚摸着宝玉的脖子、搂着宝玉在怀里这样的举动，不是偶然为之，可见王夫人对宝玉的宠溺程度。王夫人曾对袭人解释自己溺爱宝玉的原因：

> “我何曾不知道管儿子，以前宝珠在，我是怎么样管他，难道我如今倒不知管儿子了？只是有个原故：如今我想，我已经快五十岁的人，通共剩了他一个，他又长的单弱，况且老太太宝贝似的，若管紧了他，倘或有个好歹，或是老太太气坏了，那时上下不安，岂不倒坏了，所以就纵坏了他。”

王夫人诉说自己的苦衷，所有溺爱的理由，其实只有一个，怕快五十岁的自己后半生将再无依靠。对宝玉的“毛病”她是明知要管，却是一味放纵。一个“纵坏”，说明王夫人认为宝玉已经是“不可救药”，所谓爱之深则恨之切，黛玉初入荣国府，王夫人就告诫她：

“我有一个孽根祸胎，是家里的‘混世魔王’，今日因庙里还愿去了，尚未回来，晚间你看见便知道了。你只以后不要睬他，你这些姊妹都不敢沾惹他的。”

“孽根祸胎，是家里的混世魔王”，这是有多嫌弃，才这样对外人说自己的儿子。宝玉挨打时王夫人这样哭诉：

“苦命的儿呵！”……忽又想起贾珠来，便叫着贾珠哭道：“若有你活着，宝玉便死一百个我也不管了。”

接着“儿”一声，“肉”一声，“你替珠儿早死了，留着珠儿，免你父亲生气，我也不白操这半世的心了。”……数落一场，又哭“不争气的儿”。

王夫人对贾宝玉这个“不争气的儿子”恨铁不成钢，却无计可施，其实也不愿施计管教，唯有一味迁怒别人，发泄心中的恨与怨。

是的，如果有贾珠在，王夫人对宝玉的态度一定会和贾政一致的，甚至不惜“打板子”。所以她对宝玉的爱，和贾母的爱是有区别的。王夫人的爱，是有所求，求一生的依靠；贾母的爱，是纯粹的喜欢。

贾母对待宝玉是用心揣摩，冷眼旁观孙子“恶读书，只喜和女孩儿厮混”的原因，“我为此也担心，每每的冷眼查看他，必是人大心大，知道男女的事了，既细细查试，究竟不是为此，岂不奇怪！”贾母知道教育是要追根求源的，贾母之所以任宝玉和女孩子厮混，是知道宝玉和自己一样，仅仅是喜欢女孩子而已，不是为了行“苟且之事”，所以她对宝玉和他周边的女孩子是放心的；并且也扬言说，如果宝玉是那“不知礼节放浪形骸的人，那是要打死的”。宝玉挨打时，贾母虽然苦苦相逼贾政放下板子，但她在后来依然含泪对贾政说：“儿子不好，原是要管的，不该打到这个份儿。”这是一个在任何时候都理智的老太太，她认为管教子女方法要对，要找到源头去疏导！

作为宝玉母亲的王夫人，却完全不了解自己的儿子，把对赵姨娘的嫌恶和对宝玉的无奈搅和在一起，一味认为宝玉会被漂亮女孩子“勾引”“带坏”，从而对宝玉“身边人”严防死守。王夫人从没有意识到自己被怨恨填满的不良心态，会让自己失去理智，在宝玉的教育上越走越偏。如果王夫人能反省自己，学习贾母去真正了解儿子，去对症下药疏导宝玉，那个王夫人一定不是这样满是怨念的王夫人。王夫人让我们今天的家长懂得，“反求诸己”是多么重要！懂得反省自己，让自己做得更好，在尊重孩子了解孩子的基础上，潜移默化地去影响子女才是教育的王道。王夫人迁怒的火焰，首先烧毁的是她自己身边的首席丫鬟金钏。

宝玉去王夫人的屋子里面，看到了给王夫人捶腿的金钏也斜着眼打盹，宝玉就和金钏调笑起来：

> ……宝玉上来便拉着手，悄悄的笑道：“我明日和太太讨你，咱们在一处罢。”金钏儿不答。宝玉又道：“不然，等太太醒了我就讨。”
>
> 金钏儿睁开眼，将宝玉一推，笑道：“你忙什么！‘金簪子掉在井里头，有你的只是有你的’，连这句话语难道也不明白？我倒告诉你个巧宗儿，你往东小院子里拿环哥儿同彩云去。”宝玉笑道：“凭他怎么去罢，我只守着你。”只见王夫人翻身起来，照金钏儿脸上就打了个嘴巴子，指着骂道：“下作小娼妇，好好的爷们，都叫你教坏了。”宝玉见王夫人起来，早一溜烟去了。

二人调笑，本是宝玉引起的，然而翻身而起的王夫人却毫不留情地狠狠给了金钏一巴掌，并且指骂“下作小娼妇”，不顾金钏的苦苦哀求，把金钏赶出了贾府，全不顾及金钏一直在自己跟前服侍的情分。这样的调笑在王夫人的眼中大约就是“勾引”了。最终金钏被母亲领出荣国府后，含羞忍辱投井自杀。金钏是王夫人的首席丫鬟，用王夫人的话说，“素日在我跟前，比我的女孩儿差不多”。这样亲密的关系，王夫人素昔对金钏的活泼可爱的性格不会不了解，毕竟是自己可靠的心腹啊，但是天天吃斋念佛的王夫人却没有被金钏的苦苦哀求打动，依旧绝情地把金钏赶了出去。即便事后也为金钏的死流下眼泪，也为金钏厚葬，但这只能说王夫人知道金钏之冤，不能说她慈悲为怀。王夫人打金钏还可原谅，但撵走金钏终至造成金钏之死的冲动，是不可谅解的，这不是一个吃斋念佛之人该有的品性。是的，王夫人没有亲手杀死金钏，但“吾虽不杀伯仁，伯仁由我而死”。即便有一千个理由可以原谅，即便曹老先生如何强调其“宽厚仁慈”，只能让读者认为曹老先生用的是“曲笔”，是反话，愈加坐实了读者对她“伪善”的认定。

由此也可看出王夫人的吃斋念佛并不为向善，更多的是逃避，逃避心头的痛苦与愤恨。然而佛度有缘人，王夫人的心头不仅没有住进佛光，反而一步步沦为摧毁美好的凶手。那些美好的女孩儿，在她眼里都是长着赵姨娘一样的狐媚的脸，都是为了魅惑宝玉而生，她的怒火，每一次都是因这些女孩儿燃起。如果说，王夫人对金钏还有恻隐之心，还有愧疚之情，对待病中的晴雯则是绝情的，是毫不手软，无一丝怜悯心，就是要往死里整。

晴雯称得上大观园中最出色的丫鬟，她灵巧能干，伶牙俐齿，且生得妩媚俊俏，是贾母眼中最配宝玉的人。王熙凤也说：“若论这些丫头们，共总比起来，都没晴雯生得好。”这一切的好，恰恰是王夫人最痛恨的地方：

王夫人听了这话，猛然触动往事，便问凤姐道：“上次我们跟了老太太进园逛去，有一个水蛇腰、削肩膀、眉眼又有些像你林妹妹的，正在那里骂小丫头。我的心里很看不上那轻狂样子，……”

……王夫人道：“宝玉房里常见我的只有袭人麝月，这两个笨笨的倒好。若有这个，他自不敢来见我的。我一生最嫌这样人……”

王夫人一见他钗嚲鬓松，衫垂带褪，有春睡捧心之遗风，而且形容面貌恰是上月的那人，不觉勾起方才的火来。……便冷笑道：“好个美人！真像病西施了。你天天作这轻狂样儿给谁看？……”

喝声：“去！站在这里，我看不上这浪样儿！谁许你这样花红柳绿的妆扮！”

晴雯被赶出去的时候因为生病，四五日水米不曾沾牙，恹恹弱息，蓬头垢面。王夫人没有丝毫恻隐之心，“令人从炕上拉了下来，两个女人架起来去了”。而且王夫人还吩咐，只许把她贴身衣服撂出去，余者好衣服留下给好丫头们穿。王夫人骂晴雯语言之刻薄，整个贾府中无出其右者，这哪里是宽厚仁慈吃斋念佛的王夫人？这简直就是心狠手辣的摧花人！

接下去遭殃的是说自己和宝玉同月同日生的四儿、芳官和一众唱戏的女孩儿。

因问：“谁是和宝玉一日的生日？”本人不敢答应，老嬷嬷指道：“这一个蕙香，又叫作四儿的，是同宝玉一日生日的。”王夫人细看了一看，虽比不上晴雯一半，却有几分水秀。视其行止，聪明皆露在外面，且也打扮的不同。王夫人冷笑道：“这也是个不怕臊的。他背地里说的，同日生日就是夫妻。这可是你说的？打谅我隔的远，都不知道呢。可知道我身子虽不大来，我的心耳神意时时都在这里。难道我通共一个宝玉，就白放心凭你们勾引坏了不成！”

……王夫人道:“唱戏的女孩子，自然是狐狸精了！上次放你们，你们又懒待出去，可就该安分守己才是。你就成精鼓捣起来，调唆着宝玉无所不为。”

这一干女孩儿的罪过，皆因生得好，聪明灵秀，四儿“虽比不上晴雯一半，却有几分水秀”；在王夫人眼中“唱戏的女孩子，自然是狐狸精了”，这些人是绝不能留在宝玉身边，任其去勾引宝玉，带坏宝玉的。这驱赶，分明是泄愤，是撒气，全没有道理可言，普天之下，只有像自己一样“木木的笨笨的才好”！让王夫人做梦也想不到的是，正是她最为欣赏最为信任的和她一样“木木”的袭人，最先和自己的儿子宝玉有了“不才之事”，做出了“勾引”之实。是的，这是王夫人自己的心态出了问题，是怨妇的心态让她怨恨一切美好者，誓要赶尽杀绝那些美好者。

大观园是寄托了曹老先生人生理想的清净女儿之境，是少男少女的青春王国，也是太虚幻境的凡世化身，天地间至情至性的所在……这些美好却在吃斋念佛的王夫人的一念之恨中毁为废墟般的荒凉之境！大观园之毁，也是雪芹先生理想之幻灭，写到此处的雪芹先生，对自己笔下的王夫人还能心生“善人”之念吗？

做了美好“杀手”的王夫人并不自知，她依旧是满腹委屈。是的，还有比中年丧子，丈夫移情别恋，更伤女人心的吗？如此，王夫人也是一可怜之人，但是这不代表可怜之人的可恨之处便可原谅，便可一笔勾销！最不能原谅王夫人对重病中的晴雯痛下杀手，还扯谎污蔑晴雯懒惰、生了女儿痨。她对死后的晴雯尸首也不放过：“又命，‘即刻送到外头焚化了罢。女儿痨死的，断不可留！’”这是该有多恨才能到毁尸灭迹的地步啊！

先斩后奏把晴雯撵出后，为对欣赏晴雯的贾母有个交代，这个“吃斋念佛，面软心慈”的王夫人，径自扯起谎来：

> 见贾母喜欢，便趁便回道：“宝玉屋里有个晴雯，那个丫头也大了，而且一年之间，病不离身；我常见他比别人分外淘气，也懒；前日又病倒了十几天，叫大夫瞧，说是女儿痨，所以我就赶着叫他下去了。若养好了也不用叫他进来，就赏他家配人去也罢了。”

要撵走晴雯之前，说只见过一次晴雯，现在在贾母面前，变成了“常见他比别人分外淘气，也懒”，王夫人却不知道，晴雯的病是因为染风寒后，连夜替宝玉补无人能补的“孔雀裘”才加重，何懒之有？又何来的“女儿痨”？俗话说，出家人不打诳语，王夫人吃的斋，念的佛，不仅没有驱逐走自己心头的怨念，诳语也随手拈来。这个贾府高贵的太太，不断掐灭自己高贵的光环和善良，且用自己沾了鲜血的双手，把大观园和贾家一并带入黑暗。

晴雯至死都想不到，让自己致命的原因，是自己“生得比别人好”，王夫人看不上“这样好”！甚至聪明的晴雯对王夫人明言，自己从未近身服侍过宝玉！那又如何？谁让你天生美好？即使天不妒红颜，但王夫人嫉妒恨啊！刘心武说：“人生的终极意义，就是始终保持对无污染生命的尊重、欣赏、呵护，对弱者，对被侮辱与被损害的生命的大悲悯。”吃斋念佛的王夫人的悲悯之心去了哪里？

心中常驻光明，必将驱走黑暗！王夫人没有这样的人生境界，她不知“一荣俱荣一损俱损”，摧毁大观园内的美好，也摧毁了儿子贾宝玉的精神寄托。林黛玉更是这些美好的化身，这预示着黛玉也必将被毁之，黛玉之毁，又何尝不是宝玉之毁！

王夫人之于贾母，欠缺的不仅是智慧，还有生活的情趣和气度格局！如果说感情的创伤，让王夫人怨恨不已，躲进佛堂，逃避心中的痛苦，那么未到老年就守寡的贾母的创伤更大，不是更应吃斋念佛逃避生活吗？

从书中的描述可知贾母与丈夫贾代善伉俪情深非常恩爱，那么贾代善的离世，对贾母的打击应该是灭顶的，第二十九回清虚观打醮和贾代善的替身张道士见面时，提到自己丈夫贾代善，多年过去，贾母仍是泪流满面：

> 又叹道："我看见哥儿的这个形容身段，言谈举动，怎么就同当日国公爷一个稿子！"说着两眼流下泪来。贾母听说，也由不得满脸泪痕，说道："正是呢，我养这些儿子孙子，也没一个像他爷爷的，就只这玉儿像他爷爷。"
>
> 那张道士又向贾珍道："当日国公爷的模样儿，爷们一辈的不用说，自然没赶上，大约连大老爷，二老爷也记不清楚了。"

从张道士的口中可知，贾代善应是英年早逝，这样的悲痛来袭，承受不住的人，不是逃避，就是趴下。但贾母是默默化解着悲痛，独自坚强支撑起庞大的贾家，最后把依旧鼎盛的家族大权移交到了二儿媳妇王夫人的手中。贾府在当世当时有多令人艳羡，贾母就有多令人仰视。贾政这一辈中，贾母自己的三个孩子，除了贾赦也许因为是老大，贾母无暇顾及，终至长歪到不慈不孝，贾政和贾敏相对来说，在荣宁两府中都是最出色的了。很多读者对贾母的责备都来源于她对宝玉的溺爱，前文也数次提到这个问题，其实宝玉的"问题"，是溺爱的问题吗？

> 张道士道："前日我在好几处看见哥儿写的字，作的诗，都好的了不得，怎么老爷还抱怨说哥儿不大喜欢念书呢？依小道看来，

也就罢了。”

张道士的话，我们可以认为是面子上的话，但事实上宝玉的诗词能力确实不错，书中也提到宝玉几次在贾政及众清客面前的表现，贾政是满意的，众清客是真心赞赏的。可见张道士并没有夸大其词，宝玉的“问题”，不是教育与溺爱的问题，而是与生俱来不可改变的骨子里的那种与这个社会价值取向格格不入的问题。只有懂得宝玉的贾母和黛玉是知道的，宝玉是无须管教的。贾母对宝玉的爱是有底线的：首先你必须是懂得家规，知书达礼。如果做不到，用贾母自己的话说，也是要“打死的”。宝玉这一点比其他子孙不但没有落下风，而且胜出多倍。所以贾母爱得有分寸，用今人的眼光看，不仅不是溺爱，还是家庭教育最值得学习的：爱孩子，首先要懂他。

孙辈中，贾府的女儿们无疑都比男孩儿有出息，从元春算起，这些女孩儿都是贾母放在身边亲自教育的。贾母的心始终是和贾府同命运共呼吸。这恰恰就是王夫人气度上格局上的最大欠缺，王夫人关注的始终是自己，是自己的得与失，是自己心中的那点小九九，让她陷入痛苦中不能自拔，让本该光明的心陷入黑暗。

王夫人如果能有贾母的气度和格局，放眼整个贾府，为贾府的未来做筹划。她可以像贾母一样教导孙子贾兰，教导庶出贾环。作为嫡母，王夫人有抚养、教导贾政子女的义务和责任。不要说贾环了，她似乎连亲孙子贾兰也从来没有用心关注过，贾府元宵节家宴，大家陆续到齐，安排座位，坐好席，贾政不见贾兰，问：

“怎么不见兰哥？”……李氏笑着回说：“他说方才老爷并没去叫他，他不肯来。”

按理说，家宴上自己唯一的孙子不到，做奶奶的不是应该首先发现？但是没有，反而是不苟言笑的贾政最先发现。

整部书中几乎找不到王夫人关注贾兰的只言片语，连贾母都意识到了自己的疏忽，把贾兰叫到身边坐，还给他抓果子吃。虽然贾母最疼爱的孙子是贾宝玉，可是贾母对贾兰比一般的儿孙还是要疼爱的，她给贾宝玉留菜时，还给贾兰送去一碗肉，而贾兰的叔叔贾环和贾兰的三个姑姑（迎春、探春、惜春）就没有这个待遇。贾母的眼光是老辣的，她知道此重孙的不一般，是振兴贾家的希望。

元春省亲时，贾兰极幼，随母依叔行礼，毫不怯场；众顽童闹学堂时，他制止同桌贾菌，让他不要参与；贾氏其他子弟游手好闲，贾兰却演戏骑射，拿弓追射小鹿。

古代的教育“礼、乐、射、御、书、数”，贾兰几乎都通晓，而且学习极为自觉，显然作为奶奶的王夫人是看不到的。对孙儿尚且如此的王夫人，生活中对丈夫的入微体贴，估计也是难以做到。贾珠的死，似乎带走了她年轻时的所有热情和生机。即便是对老来要依靠的宝玉，除了搂在怀里的溺爱，就是虎视眈眈他身边美丽的女孩子是否像赵姨娘那样勾引了儿子，其他身心的温暖全不在她的关注范围，这才是最不可饶恕的“溺爱”。

从宝玉被打来看，王夫人最在意最疼爱的儿子不是宝玉，是贾珠。她说过假使贾珠还在，就是打死一百个宝玉也不管。虽是气话，却也道出了心声。而就是这个她最中意的嫡长子的儿子，和其父一样乖巧懂事的贾兰，王夫人却能毫不在意，可见其人之冷心冷意。

连自己的亲儿孙的关怀都不能备至，更不要说把夺走自己爱的赵姨娘的儿子贾环放在身边教导了，主母的责任她是没能也是不愿意尽到的。不管贾环的性格有多么令人讨厌，贾环读书用功还是可圈可点的，贾政对贾环的评价如下：

他两个虽能诗，较腹中之虚实虽也去宝玉不远，但第一件他两个终是别路，若论举业一道，似高过宝玉，若论杂学，则远不能及；

这里的两个人，贾政一直认为在读正经书上面是胜过宝玉的，这也是事实。如果王夫人能有贾母的大格局，一心为贾府的未来做筹划，贾兰贾环着实是可塑之才，多放在自己身边培养，至少贾环不至于那么“坏”，那么形容猥琐，全无大家公子的风范。而同样是赵姨娘生的探春，虽是女儿身却有男子般的鸿鹄之志，让人敬服。探春之所以没长偏，很大程度是因为贾府几个女孩子自小都跟在贾母身边长大，包括贾元春“自幼亦系贾母教养”。如果贾兰贾环都出色了，二人相互扶持，就是贾府振兴的希望。

王熙凤曾对教训贾环的赵姨娘狠狠打脸责备。赵姨娘教导训斥贾环被凤姐隔窗听见，凤姐说“凭他怎么去，还有太太老爷管他呢，就大口啐他。他现是主子，不好了，横竖有人教导他，与你什么相干”，这明确说明教导贾环的责任是主母王夫人的。

但是当贾环用蜡油烫伤了宝玉，王夫人不骂贾环，却直接叫过赵姨娘来骂道：“养出这样黑心不知道理下流种子来，也不管管？几番几次我都不论理，你们得意了，越发上来了！”“几番几次我都不论理”，并不能说明王夫人宽容大度，只能说她没有尽到教导贾环的责任，或者因为贾政过于宠赵姨娘，有“怨妇心理”的王夫人，压根儿就不愿意去教导贾环，让他比宝玉更出色。如果从事情的阴阳理论去看，也正是这种心理的恶性循环，让贾政因为有小儿子在赵姨娘身边，才会夜夜留宿赵姨娘房中。曾经大家闺秀的王夫人，却连这点小道理也不能明了，确实令人叹息。

王夫人如果能放大格局，则不至于整天盯着宝玉身边人，防着宝玉身边人，同时也防着赵姨娘母子，终至摧毁许多美好的生命，摧毁大观园那个美好的胜地，加快了贾家没落的速度。王夫人的格局只有家庭争风吃醋的内耗、内斗，她的眼界实在是窄的。探春对抄检大观园做了最精辟的概括：

> “可知这样大族人家，若从外头杀来，一时是杀不死的。这可是古人说的‘百足之虫，死而不僵’，必须先从家里自杀自灭起来，才能一败涂地！”说着，不觉流下泪来。

探春虽不是专指王夫人，但是读者君可以清晰地知道，王夫人是“先从家里自杀自灭起来”的带头人。

贾母能够从悲伤中走出，驱逐自己心头的阴暗，与她高雅的生活情趣是分不开的，宴游、听戏、斗牌，虽不赋诗，但对令辞都算是个中高手了。有读者君会说，正是贾母如此会享受，才会让贾家奢靡铺张之风盛行而走入衰败。是这样吗？这样的大家族，如果连排场都没有，还算是大户人家吗？贾母听戏，只要琴箫合奏，看了一辈子戏的薛姨妈赞叹道：“我看戏看了几百出了，从没见过这种玩法，昆曲还能用箫管伴奏。”贾母指湘云说：“我像她这么大的时候，她爷爷有一班小戏，还把弹琴的都凑了来呢。”可见这是大户人家的传统，到贾母这里，已经减少许多。我们甚至忘了贾母对贾府日渐衰败的景象是了然的，而且带头节俭，书中第七十五回就写道：

> 贾母见自己的几色菜已摆完，另有两大捧盒内捧了几色菜，便知是各房孝敬的旧规矩。贾母因问：“都是些什么？上几次我就吩咐如今可以把这些蠲了罢，你们还不听。”

贾母因问："有稀饭吃些罢了。"尤氏早捧过一碗来，说是红稻米粥。贾母接来吃了半碗，便吩咐："将这粥送给凤哥儿吃去。"又指着："这一碗笋和这一盘风腌果子狸给颦儿宝玉两个吃去，那一碗肉给兰小子吃去。"

贾母这样带头蠲菜，吩咐已经不止一次了，且自己的菜和饭从不独自享用，但凡好的，都是分送给自己疼爱的人和下人去吃，哪里有浪费之说。贾母是始终心系贾府，对贾家的希望贾兰也高看一眼，所以要把肉给"兰小子"送去。

王夫人的格局之小，也与她的爱好贫乏、品位不高有关，一头钻进佛堂，只为逃避心头的怨恨，反而让自己更容易钻牛角尖。但凡她能有别的兴趣开解，也能像贾母一样走进多姿多彩的生活，让自己活得潇洒阳光，也给别人带来阳光，那能与之生下三个孩子之后的贾政，也不会独宠"道三不着两"的赵姨娘。因为贾政"起初天性也是个诗酒放诞之人"，是喜欢诗词歌赋的。然而最热闹的刘姥姥二进大观园时，大家一起行"牙牌令"，连刘姥姥都能念出令辞，王夫人的则是鸳鸯代言。在薛姨妈谦虚说："老太太自然有好酒令，我们如何会呢？"王夫人则说："便说不上来，只多吃了一杯酒，醉了睡觉去，还有谁笑话咱们不成？"这是王夫人劝慰薛姨妈的话，但也可看出她是不爱学这些雅乐的。

有贾母这样审美高雅者在前，王夫人却硬是没有让这些美好熏染自己，没能从那些怨念中走出，反而任自己在黑暗中挣扎，同时也把别人拖进黑暗。悲哉，王夫人！

野心贪婪中山狼——贾雨村

纵令然诺暂相许，终是悠悠行路心。

——张谓

红楼开篇曹老先生就曰“将真事隐去”“贾雨村云”，明示了贾雨村和甄士隐，是贯穿红楼始终的一“真”一“假”两条线索，他们都是提纲挈领式人物，其重要性不言而喻。如果说，甄士隐是“真神仙”，那么贾雨村就是“假道学”，其两人命运的风云际会，揭开了故事的序幕，魔幻与现世、仙境与俗世，虚虚实实、真真假假，交织变幻着。

一、假道学

贾雨村，一个寄居于姑苏城葫芦庙里，胸怀大志却囊中羞涩，以卖文作字谋生的穷书生，机缘巧合，结识了住在葫芦庙旁的乡宦甄士隐。甄士隐虽算不上富贵之家，却也是本地最小康之家了。甄士隐极为赏识贾雨村，一心要资助他，只是苦于没有机会，这大约就是贾雨村的时运了。终于在一个中秋夜，甄士隐约其对饮，有了七八分酒意的贾雨村，口占一绝：

> 时逢三五便团圆，满把晴光护玉栏。
> 天上一轮才捧出，人间万姓仰头看。

甄士隐一听，果然是才思敏捷的俊杰啊，出口成章，抱负非凡，大有睥睨天下的气魄。这岂是久居人下之人？甄士隐就差击节了，以其人诗中丘壑赞其“飞腾之兆已见，不日可接履于云霓之上了”。此时的贾雨村，狂傲之气尽显，说自己才学是没的说的，只是一文钱难倒英雄汉，至今不能一展雄才大略。甄士隐未及说完就慷慨解囊，一赠就是白银五十两，还外加两套冬衣，顺带连黄道吉日都替他掐好。再看贾雨村的表现：

> 雨村收了银两，不过略谢一谢，并不介意，仍是吃酒谈笑。

五十两白银，是什么概念，按照刘姥姥在书中第三十九回中的算法“一共倒有二十多两银子。阿弥陀佛！这一顿的钱够我们庄家人过一年了”。那么五十两白银，几乎够老百姓一家人两年的生活费用。面对这么多的银子，贫困的贾雨村表现得如此淡定从容，连正眼都没有多瞧上两眼，只是略表谢意。有研究者认为贾雨村这等表现是“中国文人的骨气，有重义轻财的洒脱”，暂且可以这么认为！得了资助的贾雨村，五更就不辞而别了。对着五十两白银，也是够激动了，应该是一夜没合眼吧。可见他的淡定从容，只不过是在神仙似的甄士隐老先生面前，装装清高而已！俗话说得好，越缺什么越喜欢表现什么，在贾雨村的骨子里，缺少的恰恰就是这么一股子真正的清气。贾雨村在甄老爷面前装清高作秀，秀得低调而有内涵，比甄老爷的清奇还真，这真真是“假作真时真亦假”啊。

这样的知遇之恩，只留下“读书人不在黄道黑道，总以事理为要，不及面辞了”的书信，星夜赶路而去。这样的不辞而别，未免太薄情了吧？薄情未免寡义。曹老先生的厉害，都在笔锋的隐蔽处。

果不其然！做官不到半年的贾雨村，便被革职了，主要的罪名“未免有些贪酷之弊”，这和在甄士隐老爷子面前表现对金钱的无视，真是差之千里也。

曾经表现清高的贾雨村，在甄府偶遇丫鬟娇杏，两次无意间的回眸之后，竟自作多情到如此：

> “便自为这个女子心中有意于他，便狂喜不已，自谓此女子必是个巨眼英豪，风尘中之知己也。”

以为女子对己有意，竟是“狂喜不已”，多么讽刺！贾雨村的外表也是“腰圆背厚，面阔口方，剑眉星眼，直鼻权腮”，一个饱读诗书的谦谦君子形象跃然纸上。贾雨村的好相貌、好才华，让他赚足了好运：不仅遇到乐善好施神仙般的甄士隐助他赶考成功；之后又遇到了黛玉的父亲，得到了真正的清贵之人林如海的赏识，被直接引荐到贾政门下，开启了他仕途亨通的开挂人生。

这个谦谦君子终日梦寐以求能够出人头地，得了甄士隐厚银相赠，只是“略谢”而已。但是甄府一个丫鬟偶尔回首，竟让他失了所有从容和斯文，狂且喜！且认定人家是“巨眼英豪”，让他也如李靖、徐茂公般有了得到红尘知己的感叹。

有趣的是，对贾雨村谦谦君子形象的描摹，恰恰是丫鬟娇杏眼中的形象。他贾雨村不知，娇杏丫头只是因看他“生的这样雄壮，却又这样褴褛”，她家老爷家里平时是没有这等贫贱之人出入的，于是就记起老爷说的一个不会久困人下的雨村了，因而“不免又回头两次”。这丫头没有想到，只因为这“多看了你一眼”，对方就“再也没能忘掉你容颜”，也算是千古奇遇了，这也是娇杏的“侥幸”！真正的“巨眼英豪”，是娇杏的老爷、他贾雨村的恩人甄士隐！不管他贾雨村知不知丫头回眸的真正原因，他都应该铭记甄老爷的恩德，没齿不忘。但他贾雨村真的没有，不仅现在没有表现出足够的感恩，在其后来遇到甄府走丢的小姐英莲，仍然没有出手相援，一报甄士隐之大德！其得官高中后，也曾有言：“不妨，我自使番役务必探访回来。”事后，当“英莲”真的就在他面前时，他不仅没有实现承诺救回英莲，还以局外人的身份做着令人齿寒的一番自认为高明的议论，真真是“假语存焉”。

都说贾雨村本来不坏，你看他不仅相貌堂堂，两首诗、一副对联，皆可看得出他有不凡的抱负和才华。尽管只是穷书生一个，但志向高远，中国传统文人“天下兴亡，匹夫有责”的气概在他的诗文中足以显现。其实他坏就坏在他诗文中的气概，太过狂妄，太过想要出人头地，“天上一轮才捧出，人间万姓仰头看”，这多大的口气！这样的人，正如对孙绍祖的形容“子系中山狼，得志便猖狂”。不是社会这个大染缸，染坏了这个“好青年”，是他的内心本就有贪欲狂野的种子，一旦发芽，必然疯长。他所有正人君子的外表下，都时不时透出“假”，和王熙凤时不时透出的“真”一样，印证着藏在骨子里的人格特征。更不要说和一言就“悟道”的神仙品格的甄士隐的真性情相比了。

如果到他第一次为官就收场的话，不管他贾雨村正也罢邪也罢，都不失一个自我奋斗的有为“好青年”的形象，可以写成很多的鸡汤美文，去鼓励那些不甘人下的有志青年！可惜他不是。

至此，不禁想起西方作家司汤达笔下《红与黑》里的于连，那个自我奋斗，在“红”与“黑”中沉浮挣扎的于连。在好多个时刻，是可以和东方的贾雨村形象重叠的。他们都是因为不凡的相貌和丰富的学识，受到很多高位者的赏识。他们雄心壮志下都有着勃勃野心，带着他们不断攀升，不断飞黄腾达！

只是在飞黄腾达的路上，于连不仅有真正的骨气，他还有着不向黑暗势力屈服和抗争的勇气！更难能可贵的是，于连终究有了良知的觉醒。“红”最终战胜了“黑”，回归他的初心，拒绝所有的搭救，以自杀救赎自己曾经堕落过的灵魂，像一颗耀眼的流星，在每个人的心上划下一道漂亮的弧线。

但是贾雨村，却是把最初美好的亮相，在个人奋斗的路上越抹越黑，他曾经比于连来得光明，来得伟岸。出场的于连心怀龌龊，瘦弱的外表映衬着阴暗的内心，但在奋斗的路上，于连的人性一点点在复苏，在觉醒。贾雨村却恰恰相反，他曾有的人性光辉，随着他地位的攀升，随着他野心的膨胀，都被贪欲的大口，一点点吞噬，到最后彻底沉沦在黑暗之中。

悲剧的人生，各有各的不同。

多好啊，衣锦归来的贾雨村，遇到了故知！那个曾经在他孤独寂寞落魄时，给他脆弱的心灵以十分慰藉的红尘知己娇杏，就在此刻出现在他的目光里。如果第一次是偶遇，这一次就是巧遇了，娇杏外出买线，牵引了新上任知府老爷的目光。这一次贾老爷该是微笑了，多少幸福来袭：他乡遇知己、金榜题名时、洞房花烛夜。这个踌躇满志的青年，爱情和事业都在丰收。

既然遇到了不忘的知己，恩人自然可寻，于是差人顺着娇杏的足迹探访到了恩人的岳丈，知晓了恩人的所有遭遇，感慨之余，不仅发下誓言寻回恩人走失的女儿英莲“我自使番役务必探访回来”，且赏银二两给恩人的岳丈。毕竟不是恩人本尊嘛，二两银子已然不少，也是普通人家一个月的生活费了，知府老爷出手也算是阔绰的了，当然和甄老爷的大方那是不能同日而语的。

良心这东西，是好东西，珍贵起来万物难换。贾雨村既然探访到了恩人的岳丈，恩人的娘子自然如同恩人了，立马包上两封银子、四匹锦缎，答谢甄家娘子，只是不知这两封银子的数目几何？据《现代汉语规范词典》编写组考究：一封银子有一百两、六十两、五十两、三十两、二十两、十两、八两、五两、三两、一两十种说法。只是赠银赠物之外，还密信一封，只为求得红尘知己娇杏为二房。封肃（甄士隐岳丈）求之不得巴结府台大人，撺掇甄家娘子同意，乘夜一顶小轿，就把娇杏送进府台大人处了。

自此，如果不细究，从贾大人所做所为，我们看到的是一位有作为、有良心、重感情的官大人。只是未免还要以小人的阴暗去一度贾府台大人的君子之腹。如果不是偶遇了曾经一见倾心自以为红尘知己的娇杏，府台大人会不会专程寻访恩人甄士隐？对恩人岳丈的感谢，只有白银二两；一旦岳丈变成了促其与丫鬟得以佳偶天成的月下老人，抬手就是封银一百两，何等的大手笔！封给甄家娘子的两封银子可是没有数目的，那一定是因为不值一提，不必多言而已。诸位读者君，是不是模糊地看到了一张重色寡恩的嘴脸？但是不管怎么说，此时的贾府台，毕竟良心还在，能记得恩人，并且是给予回报的，不苛求的话，依旧可以“好人雨村”作论。

生命就是这么无常，娇杏只“因偶然一顾”，就弄出“自己意料不到之奇缘”，偏偏还“命运两济”。而甄家的小姐和娇杏恰恰相反，却是“有命无运”。小厮的一个疏忽，眨眼就从千金小姐沦落为“被拐卖儿童”，开始苦难命运的漂泊，终至沦落为丫鬟奴仆。

是啊，谁也不知道明天和灾难哪一个先到，贾雨村做官不到一年就翻了车。“才干优长，未免有些贪酷之弊；且又恃才侮上”，“才干优长”，本就会遭人嫉恨，再恃才傲物，不出事才怪。贾雨村还是不懂得“潜龙勿用”的官场之道，要学会藏起首尾，待机而动。但无论如何从另一方面看贾雨村的“恃才傲物”，还有男儿可敬的热血，还有一如从前的傲气。只是这股少了清奇的傲气，可以让赤诚的甄士隐老爷折服，但在乌烟瘴气的官场就没有人买账了。这个傲气不是在任何人面前都能摆弄，偏偏还有孙悟空的尾巴——贪酷，被人家揪住，逮住机会的上级参本曰：

> “生性狡猾，擅纂礼仪，且沽清正之名，而暗结虎狼之属，致使地方多事，民命不堪”等语。

“沽清正之名”，这从贾大人的一贯作风看，应该是打中了其七寸；但“生性狡猾”就太抬举了贾大人了，如若真的狡猾，早就做“卧龙样”，怎会给别人上参的机会。曹老先生多么厉害！从贾雨村被参案，默默地告诉读者君，贾雨村终究还是“假人物”，空有奇才高论而已，他没有卧龙“安身立命”的真本事！社会固然黑暗，但空论也只能害人害己，被罢官是必然，有果就有因，一切皆因个人的修为不够。

他和冷子兴谈及宝玉，抛开了庸常人的看法，尤其对贾政的想法也予以精到的纠正：

> 雨村罕然厉色忙止道：“非也！可惜你们不知道这人来历。大约政老前辈也错以淫魔色鬼看待了。若非多读书识事，加以致知格物之功，悟道参玄之力，不能知也。”

如此郑重其事，连经闻天下事的冷子兴，也郑重请教，愿闻端详。此时的雨村，侃侃而谈“正邪二气理论”概括一下，大意是“天地生人，皆秉气而生，仁者秉天地正气，应运而生，运生治世。天地邪气，恶者所秉，应劫所生，劫生世危。而像宝玉这类人，则是秉正邪两气而生，正不容邪，邪复妒正，男女秉此气生者，亦是世之奇葩，或为世高人，或为情痴情种，或为奇优名倡”等等。

此理论自是秉承老庄等哲学渊源，更是秉承“魏晋玄言”之风，是酣畅淋漓的谈天说地。讽刺的是，贾雨村最缺的恰恰是“一杯酒放弃身后名”的率真，“一任狂澜既倒，宠辱不惊”的淡定。魏晋风骨，才是玄言的根，无根只能是随波逐流之俗世浮萍一枚而已，贾雨村只能是后者。他急于出人头地，他对为官做宰有着深入骨髓的执念。清高的谈论，只不过是才华的炫技，如耀眼的烟花，繁华绚烂只是一瞬间，这是宿命，也是因果。

甄士隐，是真隐士，真悟道。一僧一道的一首《好了歌》，让历经了繁华与凄凉的甄士隐彻悟：世间种种终必成空，红尘中的一切没有什么好贪恋的，苦海无边回头是岸。佛教的“色即空，空即色”，使甄士隐紧随“僧、道”的这条线索若隐若现贯穿于书中。

贾雨村，是真入世，假悟道。第一次被罢官，他是真惭恨，至少还是秀出了从容，这从容里保持了他一贯的“清高”。如果他还能持有儒家该有的“吾日三省吾身”的反省，就是另一番境界了。只可惜，他的心中应该是恨大于省，他不知道上苍和曹老先生是厚爱他的“穷且不坠青云之志”的坚忍，怜惜他“钗于奁内待时飞”的理想，在他偶至郭外时给了他提点。书中第二回写道：

忽信步至一山环水旋、茂林深竹之处，隐隐的有座庙宇，门巷倾颓，墙垣朽败，门前有额，题着“智通寺”三字，门旁又有一副旧破的对联，曰：

身后有馀忘缩手，眼前无路想回头。

雨村看了，因想到：“这两句话，文虽浅近，其意则深。我也曾游过些名山大刹，倒不曾见过这话头，其中想必有个翻过筋斗来的亦未可知，何不进去试试。”想着走入，只有一个龙钟老僧在那里煮粥。雨村见了，便不在意。及至问他两句话，那老僧既聋且昏，齿落舌钝，所答非所问。

雨村不耐烦，便仍出来。

连名山大刹都不曾有的机锋禅意，在这荒村野庙遇到了，这就是贾雨村的际遇了。这对联仿佛就是为他而写，伸出贪婪之手的时候，要想到日后无路可走的苦楚，犹如今天被罢官时生生吞下的那份苦楚。只可惜他贾雨村和贾宝玉一样，竟然在该有醍醐灌顶的领悟时，也是“痴儿，竟尚未悟”，这番际遇想必也不是人人能得，还不能悟，那就是他的命了。为官没有错，守住读书人该有的清廉风骨是紧要的，这样的提点对他的人生是大有裨益的，只可惜他竟一点也没有“悟道”，他更没有细想庙中一个“既聋且昏，齿落舌钝”的老僧也是大有玄机。

二、真小人

贾雨村，他错过了迷途知返的机会，此去就是“云深不知处”了。他贪欲的人生大幕，自此才真正拉开，也拉开了他与甄士隐真正的距离：入世与出世、了悟与贪恋、真心与假意，继续提点着书中儒释道思想暗流的纠缠涌动。

当然从另一个方面看，我们今天也可以说，贾雨村是积极进取，甄士隐是消极避世，这当然不是曹老先生人生价值的取向。

这一次偶然出游，他的机缘，该错过的、该得到的，一起聚拢到他的身边。命运的转机再次来袭，朝廷“起复旧员”。冷子兴献计，要他紧紧抱住“林如海”这根粗腿。真的是机会来了，挡也挡不住。冷子兴何人也？京都一古董商人，王夫人陪房周瑞家的女婿。旧日在都也是一见如故啊，“雨村最赞这冷子兴是个有作为大本领的人，这子兴又借雨村斯文之名，故二人说话投机，最相契合”。

贾雨村与甄老爷也是相谈甚欢，却没有契合一说。曹老先生用的是江湖之语“说话投机”，换一种说法，其实是臭味相投，商人重的无非一个“利”字，那么他贾雨村呢，他不仅重利，还重一个“名”字。

书中第三回，他面谋林如海，林如海就如此回答：

> 如海道：“天缘凑巧，因贱荆去世，都中家岳母念及小女无人依傍教育，前已遣了男女船只来接，因小女未曾大痊，故未及行。此刻正思向蒙训教之恩未经酬报，遇此机会，岂有不尽心图报之理。但请放心。弟已预为筹画至此，已修下荐书一封，转托内兄务为周全协佐，方可稍尽弟之鄙诚，即有所费用之例，弟于内兄信中已注明白，亦不劳尊兄多虑矣。”雨村一面打恭，谢不释口……

是天意，也是人谋。林如海生动地给贾雨村上了一课，什么是“知恩图报”。一句话没说，就已经修好推荐书信，转托贾政“务为周全协佐”，且所有打点费用，林如海全部考虑周全。这么大的回报，只为蒙“训教之恩”，何况训教林黛玉，也是他贾雨村的职责，那是有薪水可拿的。此时的贾雨村，再没有当初在甄士隐面前的从容，而是“一面打恭，谢不释口”，完全是另一副嘴脸了。我们完全有理由相信，他的故作清高，也要看在谁的面前了。

有了林如海的举荐，有了贾家大树的庇护，“不上两个月，金陵应天府缺出，便谋补了此缺，拜辞了贾政，择日上任去了”。

人生无处不相逢啊，贾雨村的考验来了。曾经许诺替恩公甄士隐找回走失的女儿英莲，走马上任应天府，一下马就遇到了英莲争夺案，恩公的女儿就在眼前，就在自己要断的官司里。

不明案中关系的贾雨村，听完原告的申诉，告了一年的状，竟无人做主的时候，他不禁大怒：

> “岂有这样放屁的事！打死人命就白白的走了，再拿不来的！”因发签差公人立刻将凶犯族中人拿来拷问……

俨然英明的官老爷！这时的贾雨村，你不用怀疑他的真诚，如果可能，他自然愿意秉公断案，博取“青天大老爷”的美名！只是历经了官场的风雨，练达了人情世故，正要发签的雨村，看到一个门子给自己使眼色，贾雨村马上就宣布退堂，我们看，曹雪芹老先生写的是：“雨村心下甚为疑怪，只得停了手，即时退堂，至密室，侍从皆退去，只留门子服侍。”

吃一堑已经长一智的贾雨村，一个地位低下的门子的眼色，就令他心领神会，知道其中必有缘故，不然门子不可能有这样的胆子，给高高在上的府尹大人使眼色。他已经完全褪去了初入官场的恃才傲物。一切都在他的意料之中，果然，这个门子拿出了护官符。此时的贾雨村，面对这个他当初落魄时的故人，表示了极大的热情，且笑道，“贫贱之交不可忘”。等计议一定，他还连说“不妥”，而真实的想法却始终藏而不露。其中的几次“笑”更是大有深意，可谓是“笑里藏刀，笑里藏奸”呀。只可惜，这个也不良善的门子，还以为这个贾老爷，还是当初的那个“谦谦君子”，如此费尽心机地替他出谋划策，无非想以故人之情，能让府台大人青眼有加。只是他真是低估了贾大人的心机城府。贾雨村知晓了利害关系，按门子的主意胡乱判了案子。所谓“兔死狗烹、鸟尽弓藏”，事毕“雨村又恐他对人说出当日贫贱时的事来”，把为他出了大力的门子“寻了一个不是，远远充发了才罢”。为了保住自己的形象，牺牲一个小小的门子又算得了什么呢？何等阴险狡诈！此时的贾雨村已经是一个彻头彻尾的黑心政客，只要能攀上贾家这棵大树，他可以践踏自己的人格、尊严、良知，更不要说那些弱小者了。

知晓被争夺的女子就是昔日恩人之女英莲，不要说兑现昔日的诺言，救助英莲了，甚至连一点点对英莲的关怀都没有表示，却还大发一通感慨，表现自己的博学：

这也是他们的孽障遭遇，亦非偶然。不然这冯渊如何偏只看准了这英莲？这英莲受了拐子这几年折磨，才得了个头路，且又是个多情的，若能聚合了，倒是一件美事，偏又生出这段事来。这薛家纵比冯家富贵，想其为人，自然姬妾众多，淫佚无度，未必及冯渊定情于一人者。这正是梦幻情缘，恰遇一对薄命儿女。

红学家甄丹对此颇有感慨："对自己曾经信誓旦旦要找寻的恩人之女，自己审判的葫芦案中人，他竟完全以一种置身事外的态度来议论之，这是怎样的薄情寡义？这是怎样的一副假道学的嘴脸？甄家父女此时对他已经没有任何可利用的价值了。过河拆桥、翻脸无情的他，大约早已忘记什么滴水之恩当涌泉相报，读书人最起码的良知已经彻底泯灭，无边的贪欲彻底吞噬了他。"知晓了这一切，认清了贾雨村唯利是图、自私自利嘴脸的甄士隐，不知在方外之地发出怎样的一声喟然长叹！

正如很多读者所言：如果王熙凤是贾府内部联系黑暗官场的纽带，贾雨村就是贾家与黑暗官场联结的外部纽带。他像一面镜子映照出一个读书人在污浊官场扭曲的灵魂；道德的沦丧、司法的腐败、人情的冷暖、世态的炎凉似一曲曲悲歌在这里交织、回荡。

葫芦案之后的贾雨村，良知与人性尽泯，胆识应该也是愈壮了，在官场掀起的血雨腥风，是无数个冯渊英莲式的葫芦案。从此，作者对他的描写也转入了侧面，然后借最为平和良善的平儿之口，撕开贾雨村酿出的一场场血泪往复的悲剧。

在第四十八回中，平儿说出了一件与贾雨村有关的事：

“谁知雨村那没天理的听见了，便设了个法子，讹他拖欠了官银，拿他到衙门里去，说所欠官银，变卖家产赔补，把这扇子抄了来，作了官价送了来。那石呆子如今不知是死是活。老爷拿着扇子问着二爷说：‘人家怎么弄了来？’二爷只说了一句：‘为这点子小事，弄得人坑家败业，也不算什么能为！’”

儒家兼济天下的理想呢？在他就是诬陷、强取豪夺的谄媚！中国传统文人的“天下兴亡，匹夫有责”在他连可笑的遮羞布都不是了！“呆性”的石呆子何尝不是他曾经用“正邪”二气生发议论的贾宝玉一样的人物？他有了“爱屋及乌”的怜悯了吗？没有！如此，他在贾政面前对宝玉的赞美也不过是假道学的谄媚！“假作真时真亦假”，是不是假话多了，连自己也分不清真假了呢？本来觉得贾琏不是东西，比起贾雨村的无耻，真是冤枉了贾琏！连平儿都忍不住骂将起来：

平儿咬牙骂道：“都是那贾雨村什么风村，半路途中那里来的饿不死的野杂种！认了不到十年，生了多少事出来！”

这样的奸佞小人，何尝不是对贾家败亡悲剧的预警？今天能如此诬陷、谄媚、无情无义，明天就能落井下石，恩将仇报！

司马光在《资治通鉴》有言：“是故才德全尽谓之圣人，才德兼亡谓之愚人，德胜才谓之君子，才胜德谓之小人。”贾雨村这个有才无德的小人，干尽了坏事，不过是为自己的因果报应多加些筹码，用马克思的话说“他是他自己的掘墓人”。

甄士隐的《好了歌注》，就是对贾雨村人生的注解：

“……正叹他人命不长，那知自己归来丧！

……因嫌纱帽小，致使锁枷扛；昨怜破袄寒，今嫌紫蟒长。”

一花一叶总关情——平、袭、鸳、紫

路遥知马力，日久见人心。

——《元曲选·争报恩》

至今没有哪部小说能像《红楼梦》这样，许多次要地位的人物——丫鬟，虽然出场次数不是那么多，但依然写得血肉饱满，极富内蕴，和主要人物一样鲜活在我们读者的心中。《红楼梦》姹紫嫣红的丫鬟群中，有“四大丫鬟”之称的“平、袭、鸳、紫”分别为凤姐、宝玉、贾母、黛玉的“首席”大丫头，她们与主子虽是主奴关系，但在某些方面，更似亲人，她们对主子倾注了自己全部的感情，就像绿叶对红花的情谊，是衬托，也是相互依存。

她们不仅在丫鬟奴仆中地位很高，甚至比某些主子还受人待见，但她们却能恪守奴仆的本分，低调做人，没有借主子的地位狐假虎威，作威作福，或如贾母所言“专管调唆主子护短偏向”。

贾府对下人一向宽柔为本，“平、袭、鸳、紫”也秉承了这样的行事作风。她们四人相同之处很多，比如低调，比如不弄权，比如各为其主。但她们又性格迥异，各有各的不同。

懂得、珍惜、体谅的平儿

能排在四大丫鬟之首的平儿，不仅因为她在荣府丫鬟中最有实权，更因为她行事也最为周全，从容貌到口才到管理能力，是书里书外大家公认的好，几乎没有人能挑出她的不好！然而这样好的平儿，大家都认为她最苦，最不容易。

红学家王昆仑先生曾做过这样精辟分析："艰难的处境和善良的性格是极其矛盾的，也因此把她锻炼成一个头脑清楚、手腕灵活的好姑娘。平儿的全部故事都在这种矛盾法则中。"

大家认为的艰难皆是因为平儿要在好色庸俗的贾琏和强势的凤姐之间周旋。贾琏和鲍二媳妇偷情事发，结果其夫妻二人都迁怒平儿，且拳脚相加，逼得无辜可怜的平儿，几欲寻刀觅死。冷眼旁观的宝玉，深深体察平儿的不容易："又思平儿并无兄弟姐妹，独自一人，供应贾琏夫妇二人。贾琏之俗，凤姐之威，他竟能周全妥帖，今儿还遭荼毒，想来此人薄命，比黛玉犹甚。"

宝玉所思不假，对平儿的不易体察入微，这固然与宝玉一向对女孩子极为用心，对她们用尽体贴和怜惜有关，同时也从侧面说明平儿做人之成功，人人皆赞赏有余，但红楼女儿又有谁能摆脱薄命的命运呢？因为宝玉的忖度，倒让更多人认为平儿对凤姐衷心体贴，而凤姐对平儿就未必那么走心，只不过是主子对奴才的恩威并施罢了。

其实平儿和凤姐之间的那份鱼与水的深情，宝玉未必能完全体察。平儿之所以能够在凤姐和贾琏之间做得这样周全，当然与平儿的聪明能干分不开，但更重要的是她与凤姐之间的那份深情。

平儿的懂得与体谅

凤姐是强势的，这毫无疑问，没有这样强势的威重令行，也就没有凤姐“脂粉英雄”的威名。

凤姐之威不仅让奴仆们闻之胆寒，背地里咒骂她为“阎王婆、夜叉星”，就是贾府的有些主子看到凤姐也是肝胆俱颤，比如赵姨娘母子。但是有趣的是，但凡对凤姐怕得要死、恨得要死的人，自己一定也不是什么正派之人，比如赵姨娘和贾环。同样是一母兄妹，探春不仅不怕凤姐，反而凤姐倒是对探春礼让三分，皆是因为三小姐探春正派而能干。

贾琏的心腹兴儿，在尤二姐尤三姐面前这样形容凤姐：“嘴甜心苦，两面三刀；上头一脸笑，脚下使绊子；明是一盆火，暗是一把刀：都占全了。”

总之，在兴儿的眼里凤姐就是个母夜叉，不仅心眼儿坏，嘴巴也毒，这个主母在兴儿看来没有丁点儿的好！他也曾这样抱怨：“我是二门上该班的人。我们共是两班，一班四个，共是八个。这八个人有几个是奶奶的心腹，有几个是爷的心腹。奶奶的心腹我们不敢惹，爷的心腹奶奶的就敢惹。”言外之意还是为了个人的私利。

在凤姐协助管理宁府时，宁府总管来升说道：“那是个有名的烈货，脸酸心硬，一时恼了，不认人的。”这是说王熙凤非常泼辣，从来不给人家好脸色，心也狠，一旦恼火起来就翻脸不认人了。

可是来升话音刚落，也有人这样说：“论理，我们里面，也须得他来整治整治，都忒不像了。”

显而易见，恨凤姐骂凤姐的人，皆因凤姐动了他们的“奶酪”，或者因凤姐的严管没有占到贾府的便宜。凤姐贪婪自私的婆婆邢夫人，也是因为没有占到便宜才会狠狠地骂凤姐：“雀儿拣着旺处飞，黑母鸡一窝儿，自家的事不管，倒替人家去瞎张罗。”

其次就是他们的目光短浅，正是“仆人眼中无英雄”。十六世纪法国学者蒙田就曾言：“人为其侍从所敬者，鲜矣。”仆人之所以是仆人，没有成长为英雄，正是因为他们缺少英雄的气魄、眼界和智慧。

当“仆人眼中无英雄”时，反而是英雄眼里有英雄的惺惺相惜。书中第十三回秦可卿托梦给王熙凤道：“婶婶，你是个脂粉队里的英雄，连那些束带顶冠的男子也不能过你……”

那么作为凤姐的心腹，平儿又是怎么看凤姐的呢？

当凤姐告诉平儿贾瑞纠缠自己时，平儿反应异常激烈，不禁大骂：“癞蛤蟆想天鹅肉吃，没人伦的混账东西，起这个念头，叫他不得好死！”

她的眼中，凤姐是高高在上的贾府的“脂粉英雄”，贾瑞敢动此歪心思，简直是癞蛤蟆想吃天鹅肉，那是对凤姐的大不敬！以至于善良的平儿也恶狠狠地说：“起这个念头，叫他不得好死！”

贾琏私下向平儿抱怨：

> “只许他同男人说话，不许我和女人说话；我和女人略近些，他就疑惑，他不论小叔子侄儿，大的小的，说说笑笑，就不怕我吃醋了。……”平儿道：“他醋你使得，你醋他使不得。他原行的正走的正；你行动便有个坏心，连我也不放心，别说他了。”

平儿何其肯定凤姐的好！无论多少人诟病凤姐“贪酷、狠毒，是醋坛子……”在平儿眼里，凤姐是行得正走得正的人，她的狠辣，都是在为贾府操劳，即便放高利贷，也不全是为一己之私，也是有为贾府留着后手。若王熙凤是那一味贪酷自私之人，秦可卿又怎会在临死之时托梦凤姐，把能够让贾府衰落之时也能保全的两项事情托付给凤姐知晓：

> “……但如今能于荣时筹画下将来衰时的世业，亦可谓常保永全

了。即如今日诸事都妥，只有两件未妥，若把此事如此一行，则后日可保永全了。”

而贾琏呢，他的私房钱更多是用来偷腥，偷娶二房。这也是平儿平生唯一做了让自己后悔事的缘起，若不是平儿对贾琏的“你行动便有个坏心，连我也不放心”的认定，又怎么会在得知其偷娶尤二姐后，告诉了王熙凤，以至于尤二姐有了悲惨的下场，让平儿自责不已呢。

宝玉因为平儿无辜被打而对平儿哀怜不已，甚至感叹平儿薄命。但平儿为此怨恨凤姐了吗？没有！事后贾母要凤姐安慰平儿时，书中第四十四回写道：

平儿却忙走上来给凤姐儿磕头，说：“奶奶的千秋，我惹了奶奶生气，是我该死。”凤姐儿正自愧昨日酒吃多了，不念素日之情，浮躁起来，为听了旁人的话，无故给平儿没脸。今反见他如此，又是惭愧，又是心酸，忙一把拉起来，落下泪来。平儿道：“我伏侍了奶奶这么几年，也没弹我一指甲。就是昨儿打我，我也不怨奶奶，都是那淫妇治的，怨不得奶奶生气。”说着，也滴下泪来了。

对自己的挨打受骂，平儿无疑是深感委屈的，不然也不会要寻刀觅死。但是她理解凤姐，更体谅凤姐是一时气得昏了头，不仅没有再委屈不已，反而主动向凤姐赔不是。平儿的做法让凤姐惭愧不已，也知凤姐确实不是真的要拿平儿出气，而是酒后失态，她的惭愧她的心酸她的落泪，皆因念及平儿的好，对自己的懂得。此时她对平儿的一颗真挚之心也跃然纸上。到此，我们也恍然大悟，为什么平儿这么心甘情愿对凤姐好，那是以心换心，而不是我们认为的平儿一味地放低自己到失去自我。

这还不算，待到房里无人时，凤姐又拉平儿笑道：

“我昨儿灌丧了酒了，你别埋怨，打了那里，让我瞧瞧。”平儿道：“也没打重。”

待到李纨、黛玉、探春她们来了，王熙凤再次当着众人面道歉：

“早知道，便有鬼拉着我的手打他，我也不打了。平姑娘，过来！我当着大奶奶姑娘们替你赔个不是，担待我酒后无德罢。”

因自己的一时糊涂，让平儿受了委屈，没了面子，凤姐是左右三番给平儿找面子，赔不是，这哪里还是那个威风八面，让许多人闻风丧胆的“凤辣子”？更像是惹了疼爱的妹妹不开心而不断讨好示弱的家姐。是的，她们的姐妹情深几乎快及得上黛玉和紫鹃。她们之间更有英雄惜英雄的惺惺相惜的懂得与珍惜。

善良而又聪慧能干

曾经凤姐的陪嫁的丫鬟有四个，为什么唯独只剩下了平儿一人？为此书中第六十五回兴儿曾这样对尤二姐说：

“……这平儿是他自幼的丫头，陪了过来共四个，嫁人的嫁人，死的死了，只剩了这个心腹。他原为收了屋里，一则他显良名儿，二则又叫拴住爷的心，好不外头走邪的。又还有一段因果：我们家的规矩，凡爷们大了，未娶亲之先都先放两个人伏侍的。二爷原有两个，谁知道来了没半年，都寻出不是来，都打发出去了。别人虽不好说，自己脸上过不去，所以强逼着平姑娘作了房里人。那平姑娘又是个正经人，从不把这一件事放在心上，也不会挑妻窝夫的，倒一味忠心赤胆伏侍他，才容下了。”

兴儿在这里比较详细地介绍了平儿能留下的原因：凤姐为显良名，让平儿拴住爷的心，平儿一味忠心赤胆。不能不说，兴儿说的自有他的道理，但未免夸大其词。他如果能看懂平儿和凤姐，他就不是兴儿了，正是眼界限制了他，让他至多只能是贾琏的跟班而不能成长为独当一面的旺儿，更不要说和平儿相比肩。

平儿能留在王熙凤身边，固然与平儿的赤胆忠心和“不会挑妻窝夫”有关。但更重要的是平儿不仅言语爽利而且办事的才智并不比凤姐低，但是她只为默默配合凤姐，从不拿凤姐赋予自己的权力去建立个人的威信、滥用职权。对此红学家吕启祥先生在她的《身居权要　心存淳厚》一文中做了这样的评析：“平儿之于凤姐，不仅可靠，而且得力。”为此李纨曾经打过这样的比方：

“我成日家和人说笑，有个唐僧取经，就有个白马来驮他；有个刘智远打天下，就有个瓜精来送盔甲；有个凤丫头，就有个你，你就是你奶奶的一把总钥匙，还要这钥匙做什么？”

“凤丫头就是楚霸王，也得这两只膀子好举千斤鼎，他不是这丫头，就得这么周到了！”

用今天的话来说，凤姐是董事长，平儿就是其贴身秘书，事无巨细，不必凤姐出面授意，平儿便能衡量轻重缓急，稳妥行事。

平儿知道凤姐与秦可卿素来亲厚，凤姐初见秦可卿之弟秦钟时，平儿便做主给其备下厚礼；凤姐暗中放贷，并不愿让贾琏知晓，去旺儿那里催要利银的，都是平儿，甚至为了不让贾琏察觉此事，平儿还要巧妙地为凤姐打掩护。平常的端茶倒水、烘烫衣服，服侍晨起夜寐、梳洗吃饭，只要平儿在，一定亲自动手。凡此种种，均可见平儿的聪慧能干以及对凤姐的懂得且用心，偌大贾府，真正能让凤姐推心置腹与之诉衷肠、道烦难的，大约也只有平儿一人！

第五十一回袭人回娘家，凤姐命平儿给她一件雪褂子。平儿却拿了两件出来：

> 一件是半旧大红猩猩毡的，一件是大红羽纱的。袭人道："一件就当不起了。"平儿笑道："你拿这猩猩毡的。把这件顺手拿将出来，叫人给邢大姑娘送去。昨儿那么大雪，人人都是有的，不是猩猩毡就是羽缎羽纱的，十来件大红衣裳，映着大雪好不齐整。就只他穿着那件旧毡斗篷，越发显的拱肩缩背，好不可怜见的。……凤姐儿笑道："我的东西，他私自就要给人。我一个还花不够，再添上你提着，更好了！"众人笑道："这都是奶奶素日孝敬太太，疼爱下人。若是奶奶素日是小气的，只以东西为事，不顾下人的，姑娘那里还敢这样了。"凤姐儿笑道："所以知道我的心的，也就是他还知三分罢了。"

平儿在行使权力处理事情上，不仅智慧且能推己及人，把复杂的局面和人物关系都处理得明明白白，妥妥帖帖。第五十二回当平儿得知自己的镯子被宝玉房中的小丫头坠儿偷去，为保全了宝玉和房内大丫头的面子，不让老太太、太太知晓生气，她只悄悄嘱咐麝月，以后留意坠儿，找个借口撵出去即可。

第六十一回中，平儿处理"茯苓霜失窃"事件，为了顾及宝玉的一片苦心，即便事情已经水落石出，她仍能瞻前顾后，诫饬了窃者的同时，宽容了窝主，也保护了好人，大事化为小事，小事化为无事。

凤姐给予平儿的权力之大，常常可以代替自己去处理事情。但平儿从来都是拿捏得恰到好处，进退有度。她忠于凤姐的同时，从没有迷失自己的本性，凤姐的“辣”和“狠”和平儿从不沾边，她默默为凤姐尽力的同时，还要向别人诉说凤姐的不易。她是凤姐的心腹，却能保有本心的善良。贾琏偷娶尤二姐之事，平儿虽然告诉了凤姐，但她对被凤姐和秋桐虐待的尤二姐心怀同情，偷偷给尤二姐做好吃的。

探春管家，要改规矩除弊端，凤姐特意叮嘱平儿：“他如今要作法开端，一定是先拿我开端。倘或他要驳我的事，你可别分辩，你只越恭敬，越说驳的是才好。千万别想着怕我没脸，和他一犟，就不好了。”平儿不等说完，便笑道：“你太把人看糊涂了，我才已经行在先。”

新官上任破前任的规矩，总归是打脸的，稍微糊涂点的必定就杠上了。平儿却冰雪聪明，口齿伶俐，话也说得圆滑漂亮，滴水不漏，连宝钗都走过来，摸着她的脸笑道：“你张开嘴，我瞧瞧你的牙齿舌头是什么作的……”

凤姐对口齿伶俐的最为偏爱，宝玉房里的小红，之所以能被凤姐一眼看上，收到自己身边使用，皆因她口齿伶俐。

平儿的体面和任性

平儿能保有善良的本性，其实和凤姐对她的宽容和用心是分不开的，凤姐不会不知平儿的善良，能够如此对平儿好，何尝不是因为她的内心也有柔软之处？

平儿无父母兄弟姊妹，在贾府毫无根基，却人人尊重，事事体面。

平日二门口该班的小厮们见了平儿出来，都站起来了，又有两个跑上来，赶着平儿叫“姑娘”，只为求着讨半日假。

赖嬷嬷在贾母面前都是有脸面的人，孙子都做官了，平儿给她倒杯茶，她却诚惶诚恐，笑道：“姑娘不管叫那个孩子倒来罢了，又折受我。”

金家的兴兴头头找鸳鸯，劝她做小老婆，不想被鸳鸯抢白一顿，又被袭人平儿说了几句，羞恼回来，便对邢夫人说：“不中用，他倒骂了我一场。”因凤姐在旁，却不敢提平儿，只说“袭人也帮着他抢白我……”

这些尊重和体面，当然离不开凤姐的提点和庇护。平儿懂得凤姐对自己的好，所以她也真心替凤姐着想。

凤姐病倒后，有下人造反，她主张酷刑逼供，平儿劝“何苦来操这心！‘得放手时须放手’，什么大不了的事，乐得不施恩呢。依我说，纵在这屋里操上一百分的心，终久咱们是那边屋里去的。没的结些小人仇恨……”

一席话，说得凤姐倒笑了，全凭平儿发放去了。平儿这是从心窝子里掏出来的肺腑之言，凤姐何尝不知？

平儿对凤姐并非如很多读者君所言的那样，活得最没有自我。她对凤姐并不是事事顺从，她不爽了敢当着凤姐的面摔帘子；言语不对付时平儿对凤姐说：“你不依，这不是嘴巴子，再打一顿。难道这脸上还没尝过的不成！”凤姐不仅不生气，还反过来笑着央求道：“你这小蹄子，要掂多少过子才罢。看我病的这样，还来怄我。”

唯有相互懂得，才有如此恣意的相处模式。

螃蟹宴上平儿被众姐妹留下喝酒，王熙凤派婆子传话：“使你来你就贪住顽不去了。少喝一杯儿罢。”平儿笑道：“多喝了又把我怎么样？”一面说，一面只管喝，又吃螃蟹。分明是“恃宠而骄”的样子。但是平儿从来都不是那不知高低深浅之人，她时刻知道自己的位置，知道自己是谁。

凤姐曾力邀平儿和她一起就餐，再三央求，平儿也只是屈一膝于炕沿之上，半身犹立于炕下，陪着凤姐吃了饭后就服侍漱盥。

贾琏搂着平儿求欢，平儿知道凤姐不喜，总是找借口躲开。

螃蟹宴上鸳鸯等大丫头起哄打趣凤姐和平儿，没大没小的，平儿反击，不想恰恰地把蟹黄抹在凤姐腮上。凤姐也禁不住笑骂道：“死娼妇！

吃离了眼了，混抹你娘的。”虽是笑骂，但在其他丫鬟面前一般人还真下不了台，平儿却一声不吭，反而忙赶过来替她擦了，亲自去端水。

无论何时，她对凤姐都存着那份尊重，那份真心和爱护。

袭人的忠心与野心

袭人的忠心

初见袭人，书中这样介绍：

> 原来这袭人亦是贾母之婢，本名珍珠，贾母因溺爱宝玉，生恐宝玉之婢无竭力尽忠之人，素喜袭人心地纯良，克尽职任，遂与了宝玉。宝玉因知他本姓花，又曾见旧人诗句上有：“花气袭人”之句，遂回明贾母，更名袭人。这袭人亦有些痴处，服侍贾母时，心中眼中只有一个贾母；如今服侍宝玉，心中眼中又只有一个宝玉。只因宝玉性情乖僻，每每规谏宝玉不听，心中着实忧郁。

这一段话道出了袭人作为宝玉的大丫鬟和平儿等一样，品行善良，对主子恪尽职守。值得深思的是，平儿、鸳鸯、紫鹃这三个人，真的是“心中眼中唯有自己的主子”，即便平儿是贾琏的通房丫头，然而贾琏在她心目中的地位是远远在王熙凤之下的。唯有这个被曹老先生冠以痴处的袭人“服侍贾母时，心中眼中只有一个贾母；如今服侍宝玉，心中眼中又只有一个宝玉”，却最让人怀疑她的“二心”，她的不厚道。

她的二心，当然不是对宝玉不尽心，相反她对宝玉的服侍，不可谓不恪尽职守。作为宝玉的贴身大丫头，与宝玉朝夕相伴，形影不离，对宝玉温柔细心，殷勤服侍。宝玉的衣食住行，件件都是由她照料。宝玉外出回来稍晚一点，她不是倚门而望，就是到处寻找。宝玉的脸色神情略有变异，她就首先察觉得到。宝玉的那块“命根子”通灵宝玉以及所有之物，她都悉心保护着，经管着。她无时无处不为她的主人担着心，生怕他有任何一丝一毫的烦恼、灾难，或有什么不妥当的行为。

袭人的二心来自和她的“世故与心地纯良”不那么相符的一面。袭人与晴雯都是宝玉跟前的大丫鬟，按照她的痴处“今跟了宝玉，心中眼中又只有一个宝玉”，眼里不会再有第二个人。可是偏偏她经常越过宝玉，甚至曾经的主人贾母，去和贾府实质掌权人王夫人汇报宝玉“性格乖僻”的地方，甚至直接违背宝玉的意愿希望王夫人把宝玉移出他的精神乐土“大观园”，与其说她忠于宝玉，毋宁说她忠于王夫人，甚至是忠于利益的取舍。

袭人的判词曰：

> 枉自温柔和顺，空云似桂如兰；堪羡优伶有福，谁知公子无缘。

曹老先生在判词中用“枉自”“空云”“堪羡”“谁知”，暗示她将来的结局与初愿是相违的，更让我们读者嗅到那么一丝丝嘲讽的意味。作为丫鬟的袭人，是尽职尽责的，纯良得如兰似桂，然而她的身份悄然发生了改变，她的纯良开始掺进了世故的杂质，她再也回不到她初心的纯粹和老太太眼里的“纯良”。

悄然滋生的野心

我们再见袭人，是第六回“贾宝玉初试云雨情　刘姥姥一进荣国府”，故事的序幕刚刚拉开，袭人就与宝玉有了肌肤之亲，王夫人最害怕在儿子身上发生的事故已经发生。这是“全书唯一一处实写宝玉性经历的笔墨”，竟然发生在王夫人最信任的袭人身上，这未免又是一个嘲讽，可见曹老先生的笔力有多么深刻和辛辣。生活的不可思议就是这样无处不在，最风流灵巧，最被王夫人认作“天生一副狐媚相勾引人”的晴雯，与宝玉却是最为清白干净。这样的晴雯，却被王夫人以“勾引”的罪名赶出了大观园，曹老先生的曲笔真是无处不在啊。

晴雯被撵，王夫人对贾母谎称晴雯得了女儿痨，心知肚明的贾母听了，顾左右而言它道：

> “但晴雯那丫头我看他甚好，怎么就这样起来？我的意思这些丫头的模样爽利言谈针线多不及他，将来只他还可以给宝玉使唤得，谁知变了。”

晴雯变了吗？没有！一直到死还是那个风流灵巧心比天高的清白女孩儿，所以，在第七十六回被逐之后，自知不久人世，宝玉去看她，晴雯呜咽道：

> “只有一件，我死也不甘心的，我虽生的比别人略好些，并没有私情密意勾引你怎样……今日既担了这虚名……”

王夫人死命维护的却是真的变了！袭人的纯良之变，恰是从王夫人千防万防的“不才”之事开始。袭人听宝玉“说至警幻所授云雨之情，羞的袭人掩面伏身而笑。宝玉亦素喜袭人柔媚娇俏，遂强袭人同领警幻所训云雨之事”，正如王蒙先生所评：“看来袭人不仅有显得笨手笨脚的一面，还有柔媚娇俏的另一面与掩面伏身而笑的似拒还招引的功夫。”

这分明已经有了小心机，再不是贾母所说的“不言不语的没嘴的葫芦”的贤良之辈。这一次肌肤之亲的经历，对宝、袭之间的关系，袭人性格变化的影响是极为深远的。

当贾宝玉对袭人提出性要求的时候，按照她对封建礼教维护的深入骨髓，理应表现出一个女孩子正常情况下应有的矜持。然而她没有，她理所当然地认为“素知贾母已将自己与了宝玉的，今便如此，亦不为越礼”。从封建礼法上说，两个人这种偷吃禁果的行为只能算是一种苟合，绝对谈不上合乎礼法。袭人“亦不为越礼”的想法，不是因为她的无知，而是在她的内心里，早将自己当作了宝玉的侍妾之身，宝玉的这种要求，在她看来，是很合理，很正常，甚至也是她内心所希望的。因为只有突破了这一道防线，她才是真正意义上的宝玉的妾室，是贾府的一分子。有人说，曹雪芹让袭人第二次出场便与贾宝玉发生关系，在很大程度上正是为了突出袭人对贾府的一种归属感。甚至袭人对宝玉的感情，有很大一部分也是因为归属感而产生的，而不是像其他的女孩子那样，是因为宝玉对她们的关心体贴。是的，唯有这种归属感，才能找到袭人性格变化的深层的合理解释。

袭人在幼小的时候，因家里太穷，老子娘快要饿死，为了换得几两银子就把她卖给贾府当了丫头。到了贾府的袭人，却意外享受到比原生家庭给予她的更好的待遇。最初的贾母和湘云待她都很好，宝玉就更不要说了。以至于她几乎把贾府当作自己的家，找到一种归属感，书中第十九回有一段很好的证明：

> 原来袭人在家，听见他母兄要赎他回去，他就说至死也不回去的。又说：“当日原是你们没饭吃，就剩我还值几两银子，若不叫你们卖，没有个看着老子娘饿死的理。如今幸而卖到这个地方，吃穿和主子一样，也不朝打暮骂。……权当我死了，再不必起赎我的念头！”因此哭闹了一阵。

为了让宝玉改掉那些在自己和王夫人、贾政等眼中的顽劣行为，她骗宝玉说母兄要赎自己回去时，不自觉之中也将这种归属感表露出来，袭人道：

> “……一个钱也不给，安心要强留下我，他也不敢不依。但只是咱们家从没干过这倚势杖贵霸道的事……”

袭人脱口而出“咱们家”这三个字，这分明就是不会回去的意思，可惜宝玉因心内着急，竟未听出这弦内之音。类似的话，袭人其后还说过很多，比如第三十一回与晴雯起争执时说道：“好妹妹，你出去逛逛，原是我们的不是。”让晴雯当场讥笑的“我们”两个字，也是应了袭人的心思。

这种妾身分明的归属感，没有比与宝钗一样常用一些仕途经济的大道理来劝说宝玉更明确的表示了，因为她和贾母一样深知宝玉是不容易管的，但她的劝说同样地激起了宝玉的反感，这也是袭人的悲剧之一：她是与宝玉肉体距离最近的女孩子，然而她的精神，却与宝玉相隔最遥远。书中暗示袭人映衬的角色是薛宝钗，而晴雯映衬的则是黛玉，她是另一个贾宝玉视为愿意同生共死的女性。袭人与宝钗一个得到了宝玉的肉体，一个得到了宝玉的婚姻，但都不曾得到宝玉精神上的应和。

袭人的归属感还表现在，许多特殊场合，她都极力用她的涵养和耐性忍耐着。李嬷嬷公然骂她“狐媚”，她只哭却不曾对抗；晴雯每每尖刻地讽刺她，她也一味低头让步。有一次宝玉误把她踢得吐血，使她平日“争荣夸耀之心尽皆灰了，眼中不觉流下泪来”，可是她不但不埋怨宝玉，反而劝宝玉不可声张，以免惊动别人。像这样委曲求全，显然不只是因为她柔顺的性格，更是为这份归属感带给她的更为深远的谋虑而低首下心。

这是袭人的另一悲剧：荣宠背后，永远隐埋着一份难为人知的心酸。

袭人和宝钗一样从来没有真正为自己活过，当然她比宝钗更不幸的是，她还是一个任人摆布的提线木偶，在受人支配受人怨怼时，只能以泪洗面，宣泄内心的羞辱和悲哀。

问题是这样忍辱负重的袭人很懂得借高枝，她懂得自己要实现野心，必须争取得到贾府实际掌权人王夫人的认可。于是她越过了老主子贾母，直接成为王夫人埋在宝玉身边的“心耳意神”，且铤而走险地在王夫人面前显示自己过人的“胆识”。宝玉挨打，人人都去慰问宝玉为宝玉流泪，连一向冷静稳重的薛宝钗也为此失了态，红了眼圈，说了深感造次的话。只有袭人敢于与众不同，说出自己的见解：

> “论理，我们二爷也须得老爷教训两顿……”由不得赶着袭人叫了一声“我的儿，亏了你也明白，这话和我的心一样……”袭人连忙回道：“如今二爷也大了……‘没事常思有事’，世上多少无头脑的事……反说坏了……我们不用说……粉身碎骨，罪有万重……但后来二爷一生的声名品行岂不完了，二则太太也难见老爷。俗语又说‘君子防不然’，不如这会子防避的为是……我们想不到则可，既想到了，若不回明太太，罪越重了。近来我为这事日夜悬心……惟有灯知道罢了。”王夫人听了这话，如雷轰电掣的一般……心内越发感谢袭人不尽……

这一段话，哪里是贾母所言的“没嘴的葫芦”，简直就是巧舌如簧，贼喊捉贼。在王夫人的心里，袭人的这段话是多么地有远见，多么地有担当，多么地苦口婆心！于是王夫人感激涕零，深信不疑，把袭人当作了恩人和救命菩萨。她叫道：

> “我的儿，你竟有这个心胸，想的这样周全！我何曾又不想到这

里，只是这几次有事就忘了。你今儿这一番话提醒了我。难为你成全我娘儿两个声名体面，真真我竟不知道你这样好。……只是还有一句话：你今既说了这样的话，我就把他交给你了，好歹留心，保全了他，就是保全了我。我自然不辜负你。”

王夫人能如此轻信袭人，未必是王夫人多么愚蠢，而是袭人巧借自己昔日的美名，“贤淑柔顺”，以及其寡言和不出众的容貌，最符合王夫人的审美观。果然，王夫人认为袭人深明大义，对其赞赏有加信任有加，不仅赏了她两碗菜，加了一半的工资，还暗中将其提升为“准姨娘”。这一次袭人的目的是达到了，但是她的话却害死了晴雯和一帮美丽的女孩儿，成为抄检大观园的导火索。这不仅是背叛，更显出了袭人不纯良、不厚道的一面。这是其他三个丫鬟从来没有的行为。她的不厚道还表现在时常和宝钗、湘云说道黛玉的不是。

袭人这样谋生也谋爱，几乎是铁定了宝玉的姨娘地位，但造化就是弄人啊，她最终还是嫁了别人，在贾府落魄时，嫁了温文尔雅的丈夫蒋玉菡。这正应了袭人在群芳夜宴上拈的签语。袭人离开已然落难混乱的贾府，与蒋玉涵结合，就像当初武陵人为避秦之乱步入桃花源一样，觅得了一个情感的好归宿。

但袭人仍然没能摆脱“红楼梦是一部大悲剧，几乎到了有情皆孽、无人不冤的地步”。因为从另一个角度看，袭人的愿望是落空的，因为她曾经几乎认定自己理所当然地成为宝玉的爱妾，将服侍宝玉走完一生，但造化弄人，命运却让她和宝玉天涯相隔，终究是好梦未成。正如百度百科所写的那样：这一种结局比起黛玉、晴雯的烟灭云散来，更有一种深刻的悲凉。佛家讲人生有八苦，其中有一种叫作求不得，袭人所遭遇的，正是这种求而不得的痛苦。

忠贞铁骨的鸳鸯

忠心善良的鸳鸯

鸳鸯是贾府“太上”家长贾母的贴身丫鬟，又是荣国府的“家生女儿”，自小就服侍贾母，再加上聪明伶俐深得贾母的喜爱，以至于众人都说贾母连吃饭都离不了她。贾母自己对鸳鸯的评价就更高了：“虽年长，幸心细；能知意，且稳重；既守份，又擅言。给个珍珠人也不能换”。

这样的鸳鸯在丫鬟中的地位自然无人能及，不仅一般奴仆皆对她另眼相看，“见是他来，便站立待他过去”，就是贾府的爷儿奶奶们也对她高看一眼，甚至有时还要赔着笑脸求她。例如贾琏因一时筹措不到贾府浩大的开支，想要鸳鸯帮自己把贾母房里的金银“偷着运出一箱子来，暂押千数两银子，支滕过去”，便赶着鸳鸯叫“好姐姐”，并称“兄弟还有一事相求”。即使凤姐在鸳鸯面前，也是放下主子的架子，和鸳鸯随便调笑，而鸳鸯也常常拿话反驳她。如那次宝钗替湘云在藕香榭摆下螃蟹宴，凤姐先在贾母席边“胡乱应了个景儿”，便去丫鬟席上吃，鸳鸯于是笑道：

> “好没脸，吃我们东西。”凤姐笑道：“你和我少作怪。你知道你琏二爷爱上了你，要和老太太讨了你做小老婆呢。”鸳鸯道：“啐，这也是作奶奶说出来的话！我不拿腥手抹你一脸算不得。”说着，赶来就要抹。凤姐央道：“好姐姐，饶我这一遭儿罢。”

这个画面好喜感，但也好违和，丫鬟说主子“好没脸”，主子央求“好姐姐，饶我这一遭儿罢”，这个看似不合乎主仆身份的画面，却符合生活真实，真实刻画出作为丫鬟的鸳鸯地位之特殊。

鸳鸯虽然位高权重，经常要代表贾母去执行某些使命，但是她公道公正，心存良善，贾府上下对她的敬爱也是发自内心的。正如李纨所说：

“老太太屋里，要没那个鸳鸯如何使得？从太太起，哪一个敢驳老太太的回，现在他敢驳回。偏老太太只听他一个人的话，老太太那些穿戴的别人不记得，他都记得。要不是他经管着，不知叫人诓骗了多少去呢。那孩子心也公道，虽然这样，倒常替人说好话，还倒不依势欺人的。”

是的，善良的鸳鸯不仅不依势欺人，反倒常常帮助地位在其之下的小姐妹。司棋和情人在园中幽会被她撞见，吓得“恹恹成病”，她不仅没有向上司打小报告，也没有像宝钗那样把他们看作“奸淫狗盗”之徒，“反是过意不去”，对司棋又是安慰，又是发誓：“我若告诉一个人，立刻现死现报！”

鸳鸯对丫鬟奴仆怀有同情，但丝毫不影响她对贾母的无限忠心，她用尽心力把“老祖宗”服侍得妥妥帖帖。为了让贾母高兴，鸳鸯出谋划策让二进贾府的刘姥姥出演插科打诨的喜剧角色，但是鸳鸯却又完全尊重刘姥姥的人格，事先跟姥姥说好。鸳鸯是一个多么细心周到善良的好姑娘！

她是贾母的一把钥匙，也是贾母的知己朋友。贾母是个人精，早已洞察世事，她亲手调教的鸳鸯自然也是个人精。贾母对自己家中何利何弊何亏何盈早了然于胸，耳濡目染聪明伶俐的鸳鸯，也是旁观甚清。书中第七十一回，贾母因担心前来给她拜寿的喜鸾和四姐遭人轻视，故而打发婆子去传话，鸳鸯扔下一句：“我说去罢。他们那里听他的话。”未等贾母点头，便一径往园子里来。显然她对贾母所说的“咱们家的男男女女都是‘一个富贵心，两只体面眼’”是深以为然的。这已经超越了主子与奴才之间上行下效的规矩，更似朋友之间的理解与默契情深。续书第八十八回鸳鸯曾对惜春说：“……得上这个分儿。却是除了老太太，别的也服侍不来，不晓得前世什么缘分儿。”虽说是续书所写，却相当喜欢鸳鸯的这个缘分说，她淡然地道出了她和贾母之间的情感是缘分，不卑不亢地表达着与贾母的深情。

贾母对凤姐欣赏有加，爱屋及乌，鸳鸯和凤姐之间又何尝不是互相欣赏，互为知音！

铮铮傲骨的鸳鸯

但所有的一切，都不能阻止鸳鸯为自由为尊严的抗争。

鸳鸯尽管出身低贱，但她并不自卑，她有自己的主见和追求。面对荣国府大老爷贾赦的逼婚，她勇敢说“不”，誓死捍卫自己做人的尊严。

鸳鸯的这份刚烈的骨气，凤姐何其懂得！当邢夫人要替贾赦求娶鸳鸯做姨娘，来向王熙凤讨主意，说要先让鸳鸯答应下来再向老太太要人时，凤姐表面说好，暗中却道：“鸳鸯素习是个可恶的。”这正话反说，是对鸳鸯不慕富贵虚荣的赞赏，与其后来所言“鸳鸯是个正经女儿”，都在说明她是多么懂得鸳鸯的倔强性情与洁身自好！凤姐就是鸳鸯的知音。偌大的一个贾府谁又是凤姐的知音人？除了平儿，鸳鸯也是当仁不让的。第七十一回，鸳鸯这样评价凤姐：

> “罢哟，还提凤丫头虎丫头呢，他也可怜见儿的。虽然这几年没有在老太太、太太跟前有个错缝儿，暗里也不知得罪了多少人。总而言之，为人是难作的：若太老实了没有个机变，公婆又嫌太老实了，家里人也不怕；若有些机变，未免又治一经损一经。如今咱们家里更好，新出来的这些底下奴字号的奶奶们，一个个心满意足，都不知要怎么样才好，稍有不得意，不是背地里咬舌根，就是挑三

窝四的……”

寥寥数语把凤姐这个上头有三层公婆，中间有无数姊妹妯娌，底下有大群管家奴仆的贾府当家人做人的难处，剖析得滴水不漏，足见两人的互相懂得与欣赏。

果然如凤姐所言，当邢夫人为贾赦来向鸳鸯当面保媒，鸳鸯先是“红了脸，夺手不行”，接着“鸳鸯只低了头不动身”，最后“鸳鸯只低了头，仍是不语”。

鸳鸯的智慧可见一斑，她知道自己的身份，作为女孩子，作为奴才，她不好婉拒也不能正面与主子冲突。她把所有的羞愤，所有的不屑，所有的反感全部积蓄在一言不发，夺手不行，低头不语里面。愚弱自私的邢夫人哪里懂得鸳鸯的为人，会有骨气地拒绝她所认为的“遂了素日心大志高的愿”？以至于她怀疑：“你这么个响快人，怎么又这样积粘起来？”

当鸳鸯面对自己嫂子的劝说，瞬间爆发：

“怪道成日间羡慕人家的女儿做了小老婆，一家子都仗着他横行霸道的，一家子都成了小老婆了！看的眼热了，也把我送在火坑里去。我若得脸呢，你们在外头横行霸道，自己封自己是舅爷；我若不得脸，败了时，你们把忘八脖子一缩，生死由我。”

这是多么沉重有力的控诉！她是早已看透了！她鄙视贾赦的为人，坚决拒绝做妾：“别说大老爷要我做小老婆，就是太太这会子死了，他三媒六聘的娶我去做大老婆，我也不能去。”

贾赦一听鸳鸯不肯屈从，恼羞成怒地威胁：“我要他不来，此后谁敢收他？……凭他嫁到谁家去，也难出我的手心。”鸳鸯面对这样的威逼，丝毫没有动摇，她当着贾母等众人的面，铰发立誓：

“我这一辈子莫说是‘宝玉’，便是‘宝金’‘宝天王’‘宝皇帝’，横竖不嫁人就完了！就是老太太逼着我，我一刀抹死了，也不能从命！”

鸳鸯这颗高傲的不为威武所屈服的心，不能不让人仰视。这一点可以和晴雯相媲美，但她比晴雯更深沉，更有胆识。鸳鸯借助贾母晚年在生活上对她的需要，暂时顶住了贾赦的淫威，瓦解了他的谋算。但她对自己的命运有清醒的认识，她早已预知了自己的未来！贾母一死，失了靠山的她便悬梁自尽，用生命来维护自己的清白和傲骨。

正如百度百科所言：为了尊严和自由，她可以舍弃爱情，甚至舍弃生命。从某种意义上讲这是一个不自由者的刚烈与悲哀。比如那些生来就没有自由的人。莫说人生无命无运，《红楼梦》中就勾勒了一批未曾面世就已注定为奴的“家生子儿”，鸳鸯就是其中之一。唯其如此，她忠诚的奴性才会平实自然，不温不火；她刚烈的反叛才更挺拔突兀，可歌可泣。

只为黛玉发光的紫鹃

平、袭、鸳、紫四位首席丫鬟，她们相对较高的地位，也使她们在贾府中闪闪发光，然而唯有紫鹃，她的光芒只为照耀黛玉，在任何其他人面前她都黯然敛去自己的光芒，像一个可以若有若无的存在。紫鹃原名鹦哥，是贾母房里的二等小丫头。贾母见林黛玉来时只带了两个人，恐不中使，便把鹦哥给了黛玉，改名为紫鹃。紫鹃与黛玉本是陌生的两个人，自从跟了黛玉后，紫鹃的一切活动筹谋都是为了黛玉。

袭人有自己的野心，鸳鸯有为自己的自由和尊严而抗争，平儿也有为自己开解郁闷和其他姊妹来往。唯有紫鹃的一颗心都扑在黛玉的身上，她的活动范围几乎都在潇湘馆，即使贾母和宝玉的屋里也很少见到她的踪迹。紫鹃也和鸳鸯一样勇敢反抗，然而她的无私无畏的反抗也只是为黛玉的幸福去抗争。唯其如此，尽心周详服侍黛玉的紫鹃，却又最有自己独立的人格。

她与黛玉的关系似乎早已超越了主仆的界线而上升到朋友知己的层面。紫鹃不仅在生活上对黛玉体贴细心，在精神上更是给予黛玉有力的支持，为黛玉操碎了那颗聪慧柔软的心。在大观园里，只有她真正懂得黛玉难以言说的痛苦，这也是紫鹃能成为黛玉知己的最重要原因。

联结她和黛玉感情的正是紫鹃对黛玉无私的爱，这种爱没有任何功利性，完全出于一种本心，同时也出于一种思想上的深刻契合。书中第五十七回紫鹃说：

> “我并不是林家的人，我也是和袭人鸳鸯是一伙的，偏把我给了林姑娘使，偏生他又和我极好，比他苏州带来的还好十倍，一时一刻我们两个离不开。”

孤傲的黛玉，目无尘下。很难听进别人的话，唯独紫鹃的话，她细心听取，尽管有时嘴上说一些相反的话，但心里早已是认可的了。因此紫鹃为了黛玉的幸福，总是不断变换着方式方法进言，只为让黛玉能够听进自己的催促、开导，甚至批评和埋怨。这哪里是一个丫鬟的所为？分明就是一个为女儿操碎了心的老母亲。

紫鹃支持宝、黛的爱情，忘我地为其争取着，以至于天真而幼稚地向那并不会真心为黛玉的薛姨妈请求支援宝、黛的爱情。虽然行动未果，但紫鹃勇敢、真诚的性格确实让人动容。无果后的紫鹃只好自己勇敢出马，用黛玉要回苏州去试探宝玉，结果宝玉差点发疯丢了性命，紫鹃也因此被已经清醒的宝玉扣在身边日夜服侍，但劳累的紫鹃甘之若饴，她为宝玉对黛玉的真心全然忘了自己的辛劳。

紫鹃如此支持宝、黛的爱情，不仅得不到任何一点好处，还要冒着违背上层主子意愿遭责斥的危险，但她还是义无反顾地为此奔走，无一丝畏惧。在那个充满自私、倾轧、奸诈的世态人情炎凉的社会里，有紫鹃这样无私无畏的小姐妹，孤苦的黛玉又是多么幸运！

黛玉本为还泪而来，还泪其实就是还爱。在那个视自由恋爱为洪水猛兽的社会，她的命运注定是悲剧的——为爱泪尽人亡。紫鹃，黛玉情同姐妹的知己，大观园里宝、黛的爱情的尽心支持者，是作为传统文化中啼血哀鸣的意象跟随着黛玉的，当黛玉的追求幻灭时，紫鹃就是为其啼血鸣哀的杜宇，这也就预示着黛玉香消玉殒的结局。

杜宇禅让帝位后出家隐居西山。黛玉死后，续书为紫鹃选择的出路是，出家为尼，在这一方面，应该和曹雪芹老先生的初衷是一致的。紫鹃正是和杜宇一样日夜悲啼，为着自己的知心姐妹哀鸣。紫鹃和宝玉同为黛玉的知己，不约而同地选择了同样的方式来报答黛玉的知己之情，“不如归去”，在青灯古佛旁度完余生。黛玉泪尽而亡，紫鹃啼血哀鸣，一起映照着《红楼梦》这部大悲剧。

人是作品的灵魂

——读《我看红楼梦中人》

蒯天

我一直都是《红楼梦》的拥趸者，但凡是与《红楼梦》有关的文章，我都会想尽办法找来品读一番。近年来随着对传统经典文化的高度倡导，国学的不断升温，普及类的读物也如雨后春笋般涌现市场，《红楼梦》的普及读物更是“乱花渐欲迷人眼”。

然而，好的传统文化普及读物，既不应该如快餐文化般只求速度不求营养，也不应该是高高在上，普通人无法读懂的高深的学术考据，而应是学者、普通读者都愿意读，都能有所收获的。陈苏梅的《我看红楼梦中人》恰恰遵循了这样的方向和原则，在坚持前人研究的基础上，又能够把自己对每一位《红楼梦》人物的独有看法深入浅出地推介给读者。

记得文艺界的一位资深领导人曾对学术文章的写作发表过这样的看法，大意是，一篇文章如果有新的观点（哪怕是一点新的看法）、新的材料（发现或重新发现）或新的表述（不重复过去、重复他人），三者只要居其一，就是好文章。虽然陈苏梅的书作不能算严谨的学术著作，但对每个人物的评析都有了一些自己的见解，这是值得肯定的。

陈苏梅的《我看红楼梦中人》本着原著的儒、释、道三种哲学思想的融通，遵循《易经》“一阴一阳之谓道”的阴阳矛盾对立而又和谐统一的哲学观进行人物评析，以曹老先生眼中的“红楼梦中人”没有绝对的“好与坏”，也没有绝对的“对与错”，只有“清与浊”，并结合神话背景和时代背景，客观冷静去认同人物，而不是以批判的态度去褒贬人物。

她发现书中《易经》的“一阴一阳之谓道”的阴阳矛盾和谐统一的理论阐释，出自湘云之口，来自湘云对翠缕大谈天地间万物都有阴阳。于是她发出这样的追问：是巧合还是曹公有意为之？因为湘云的形象塑造也最具阴阳和谐统一。湘云是很多读者心目中具魏晋名士之风的女性，但内心却又和宝钗一样追求儒家的入仕；她的可爱有趣在于她有男孩子的潇洒和淘气，偏偏要起小性子又最具小女子的不讲道理，比林黛玉是有过之而无不及。因为湘云的可爱的举动都极具感官冲击，所以让大家记住了她的好，忘记了她的任性，忘记了她的那么点点的不可爱。

与湘云相比，黛玉的可爱有趣来自她有趣的灵魂，用今天一句时髦话来讲“有趣的灵魂万里挑一”。因为爱的纯粹、爱的真诚与执着，让大家只看到了她展不开的眉头流不尽的泪水和别扭小性，而忘记了她有趣的灵魂。所以湘云的可爱是显性的，黛玉的可爱是隐性的。

黛玉和宝玉同具有叛逆的个性，但又有区别。黛玉挑战规范的同时，又严格遵守“大家闺秀”的修养，绝不逾矩。她与宝玉的爱不管怎样地炽烈，都仅限于柏拉图式的精神之恋。所以黛玉之死不仅是其一切为了爱的人生价值观的追求，也是内心仍推不开对封建礼教的遵循，导致的煎熬使然。

宝玉在贾政等眼中的不读仕途经济类的书，只读闲书的无用，恰恰是丰富心灵，提升气质无所不通的道家的有用，这样的海量的阅读以及自身的聪慧，宝玉如果在今天的社会，必定会成长为文学大咖，而不是很多读者眼中的“废物”。

曹公用他的天才之笔摹画出人性的幽微复杂，莫不遵循《易经》阴阳矛盾而又和谐统一之理。正如那曲《好了歌》，“好”就是“了”，“了”就是“好”。宝钗完美到少了些许“人味”的“高冷”，是“山中高士”如雪一样冷的内心的外化。她的对谁都好，恰恰是对谁都不好。她扑蝶所展现出的少女活泼美好的天性，转眼就被最让君子不屑的“偷听”破坏掉。

历来读者对宝钗的评价就形成两个非常尖锐的对垒之营，《山中高士晶莹雪》的篇目，就是从读者对“山中高士”评价薛宝钗到底是赞美还是反讽这个争论入手，以宝钗的人生哲学观为核心展开解析，最后以贾宝玉眼中宝钗是“清”还是“浊”才是最正确的评价打开方式做结论，这种观点不仅新颖，且有了一定的学术的谨严，是尊重着曹老先生的本心。

陈苏梅采用了辩护式逆向思维的写法去理解人物。比如王夫人，从读者对她是“大善人”还是“狠毒的人物”争论展开，围绕王夫人的怨妇心态带给她的人生价值观和性格的扭曲变化进行剖析，从而认为王夫人的悲剧性不仅仅是时代性的、家族性的，更是自身价值观的取向使然，使自己成为贾家走向衰亡的推手之一。

秉承红学家周思源、吕启祥对凤姐“五辣”和“魔力和魅力”论述的结论上，翻新凤姐这个“五辣俱全”人物在读者眼中“毒辣虚伪”的形象，看到了她不仅有其赤子之心的一面，更有柔软的内心：她对待邢岫烟和刘姥姥发自内心的关爱，对自己小叔子小姑子真诚的照顾，等等，远不是“打花胡哨”的交际，为此让我们不仅被王熙凤的“铁腕”征服，也一点点被凤姐的这些“小可爱”折服。探春在大观园姐妹中无人比及的综合素质的出众，以及对待自己的生母赵姨娘“哀其不幸、怒其不争”的矛盾心理很多红学家都有论述。对此，陈苏梅仍有自己的见解，那就是我们不仅要看探春自己的表现，还要看到她对待生母赵姨娘的表现，以及探春处境的尴尬，才能真正去理解探春对待舅舅及生母纠结矛盾的心理，才能更加客观看待贾府的三小姐。

全书每一个章节的标题、每一章节的题记看起来都很随意，像是从原著人物的判词中随手拈来的一句诗，仔细读来就会发现作者的精心和用心：每一句诗都紧扣人物评析的核心观点，和标题相得益彰地凸显出各章节的论点。

2020 年 10 月 4 日